KB271649

新歡密功

환희밀공

섬룡 新무협 판타지 소설

FANTASTIC ORIENTAL HEROES

환희밀공 2

설봉 新무협 판타지 소설

초판 1쇄 찍은 날 § 2009년 3월 26일
초판 1쇄 펴낸 날 § 2009년 4월 6일

지은이 § 설봉
펴낸이 § 서경석

편집장 § 문혜영
편집 § 서지현 · 문정흠

펴낸곳 § 도서출판 청어람
등록번호 § 제1081-1-89호
등록일자 § 1999. 5. 31
어람번호 § 제2-1708호

주소 § 경기도 부천시 원미구 심곡2동 163-2 서경B/D 3F (우) 420-822
전화 § 032-656-4452 팩스 § 032-656-4453
http://www.chungeoram.com
E-mail § eoram99@chollian.net

ⓒ 설봉, 2009

ISBN 978-89-251-1749-2 04810
ISBN 978-89-251-1747-8 (세트)

2

탈정(奪情)

환희밀공

歡喜密功

FANTASTIC ORIENTAL HEROES

설봉 新무협 판타지 소설

노서출판

청어람

目次

第八章
정상이 아니다!

환희밀공

"자신있어요?"

"해봐야죠."

"왜 굳이 모험을……."

"하하! 이게 세상을 배우는 것 아닙니까."

루검비가 두 손을 깍지 껴 우두둑 소리가 나게 꺾었다.

"조심하세요. 흉명(凶名)이 자자한 자들이에요. 기련산(琪蓮山) 들쥐들에게 걸리면 뼈조차 못 추린다고 해요."

"한마디로, 죽여도 되는 사람들?"

"네."

루검비는 앞뒤를 돌아봤다.

앞쪽에서 살벌한 병기를 든 자들이 걸어오고 있다.

도끼[斧], 철추(鐵鎚), 언월도(偃月刀), 낭아봉(狼牙棒), 팔각추(八角錐)…….

뒤에서도 십여 명에 이르는 자들이 다가온다. 그들도 묵직한 병기들을 들었다.

네 명은 활을 겨누고 있다.

산길 좌우로 앞쪽에 두 명, 뒤쪽에 두 명.

빠져나갈 곳은 어디에도 없다.

숫자를 정확히 헤아렸다. 앞에서 오는 자가 여덟이고, 뒤가 아홉이다. 활을 겨눈 네 명까지 모두 스물한 명이다.

그중 도끼를 든 자가 아무런 경계도 하지 않고 바싹 다가와 주위를 맴돌았다.

"이것들…… 뭐야? 쭉정이야? 허! 완전 쭉정이들이네! 형님, 이것들 아무것도 없는데요?"

"그래도 뭔가 있을 것 아냐! 뒤져 봐, 새끼야!"

앞에서 온 자들 중 낭아봉을 든 털보장한이 신경질적으로 말했다.

"척 보니 개털인데 뭘 뒤지라고……."

도끼를 든 장한이 궁시렁거리며 뒤로 돌아갔다. 그리고,

쒜엑!

지극히 짧은 파공음이 뒷머리를 노렸다.

루검비는 털보장한을 쳐다보며 앞으로 한 발 내딛었다. 그 순간이 아주 절묘하여 고의인지 우연인지 알 수가 없었다.

쒜에엑!

도끼가 길게 허공을 가르며 지나갔다.

"어! 뭐야? 죽이려고?"

루검비가 뒤를 쳐다보며 말했다.

"흐흐흐! 그래, 죽어줘야겠다. 사내새끼는 써먹을 데가 없거든. 호주머니야 뒈진 다음에 뒤지는 게 더 편하고. 뒤에서 깔 때 얌전히 뒈지지 뭐 하러 움직여?"

쒜엑!

도끼가 다시 날았다. 머리 정중앙으로 노리며 거칠게 찍어왔다.

루검비는 상반신을 왼쪽으로 살짝 수그리며 움직였다. 뒤로 물러서는 대신 앞으로 다가와 장한의 어깨를 잡았다. 아니, 잡았다 싶었는데 어느새 바싹 다가가 한쪽 손을 등 뒤로 해서 허리를 감았다.

모르는 사람이 보았다면 사내들끼리 괴상한 짓을 하는 줄 알았을 게다.

두 사람은 너무 정겨워 보였다.

루검비가 도끼를 든 사내보다 한 뼘 정도 더 컸다. 손으로 허리를 두르고 있는 사람도 그다. 그가 사내이고, 도끼를 든 사내가 여인이라면…… 볼에 입맞춤하기에 딱 알맞은 모양새다.

한데 도끼를 든 장한은 사랑과는 전혀 다른 반응을 보였다.

"컥!"

외마디 비명을 토해낸 게 시초다.

도끼가 손에서 굴러떨어졌다. 눈은 퉁방울처럼 커졌고, 입가에는 침이 줄줄 흘러내렸다. 하나 얼굴 표정만은 극도의 황홀감에 젖어 미소를 지었다.

퍼억! 퍽!

조금 멀리 떨어져 있는 사람도 들을 수 있을 만큼 격렬한 타격 소리가 울렸다.

루검비나 서화가 가격한 건 아니다. 장한의 내부에서 혈관이 터지는 소리다.

스르륵……!

장한은 수수깡처럼 무너져 내렸다.

관절이 없는 사람처럼 흐느적거리면서 털썩 주저앉더니, 그대로 고개를 꺾으며 널브러졌다.

죽었다. 죽는 순간 비명은 없었다.

"엇!"

"뭐, 뭐야!"

기련산 들쥐들은 난생처음 보는 광경에 경악했다. 그리고 즉시 반응했다.

"죽여!"

"이 새끼가!"

분노의 합공(合攻)은 활을 겨누고 있는 자들로 하여금 화살을 날리지 못하게 만들었다. 열여섯 명의 합공으로 충분하다고 생각했는지도 모른다.

쐐에엑!

낭아봉이 거칠게 내리꽂혔다.

루검비는 상반신을 틀어 낭아봉을 피했다. 낭아봉이 아슬아슬하게 가슴을 스치며 내리그어졌다.

그때를 이용하여 루검비의 상반신이 다시 한 번 반 바퀴쯤 틀어졌다. 털보장한에게 등을 보인 것이다.

"이 자식!"

털보장한은 기회다 싶었는지 낭아봉을 던져 버리고 두 손으로 루검비의 몸을 와락 껴안았다.

두 사람의 몸은 완전히 밀착되었다. 순간!

"컥!"

털보장한은 벼락이라도 맞은 사람처럼 화들짝 놀라 꽉 껴안은 팔을 풀어버렸다. 아니, 풀려고 했다. 루검비가 두 손으로 껴안고 있는 팔을 잡지만 않았다면 벌써 물러섰을 게다.

"크윽! 이…… 자식……."

털보장한의 음성은 점점 미약해졌다. 심지가 다한 촛불처럼 깜빡거리더니 오공(五孔)으로 피를 쏟으며 뒤로 넘어갔다.

스스스…… 슛!

루검비는 들어오는 자를 받아치기만 하다가 방법을 바꿔 스스로 찾아 나섰다.

"저리 갓! 커억!"

언월도를 든 자는 정면으로 루검비에게 안겼다.

털보장한의 죽음을 뒤로하고 재빨리 두 발을 내딛어 다가오는 자의 발목을 걸어찼다. 언월도를 든 자다.

루검비는 쓰러지려는 그를 안아 일으켰다. 그리고 등을 쓰다듬 듯이 가볍게 안아주었다.

그것으로 끝이다. 언월도를 든 자도 다른 자들처럼 오공으로 피를 쏟으며 절명했다.

루검비는 장한의 죽음을 보지 않았다. 그가 땅에 닿기도 전에 양팔을 좌우로 쭉 펴서 힘차게 날갯짓을 했다.

쭈우욱!

신형이 앞으로 쭉 딸려 나갔다. 누가 밧줄로 꽁꽁 묶어 잡아당긴 것처럼 두 발의 움직임이 없는데 나아간 거리는 사 보(四步)나 된다.

"때려죽일!"

철추를 든 자가 어른 머리만 한 철추를 휘둘렀다.

루검비를 공격하기보다는 접근을 막으려는 목적이 강해 보인다.

루검비는 허리를 숙여 철추를 등 위로 흘려보낸 후, 사내의 두 다리를 잡아끌었다.

쿵!

사내가 두 다리를 허공에 쳐들고 꼴사납게 나가떨어졌다.

꼴사납게? 아니다. 꼴사나운 일은 그 후에 벌어졌다. 사내를 넘어뜨린 루검비가 승냥이처럼 재빨리 달려들어 사내 배 위로 올라탔다.

"악!"

비명은 짧았다. 비명을 지른 후, 셋을 세기 전에 오공에서 피가 쏟아져 나온다.

루검비는 천천히 일어섰다.

서두를 필요가 없었다. 인해전술(人海戰術)만 믿고 우르르 달려들던 자들이 썰물처럼 빠져나갔다. 모두들 멀찍이 떨어져서 죽은 자들을 쳐다보고 있다.

그들은 공포에 질려 바들바들 떨었다. 그들에게는 루검비가 염라사자처럼 보였다.

손만 닿으면 죽는다. 어찌 된 영문인지도 모른 채 피를 쏟아낸다. 마지막 비명은 없다. 피를 쏟을 때쯤이면 이미 죽었다는 소리다. 물리면 일곱 걸음 안에 죽는다는 칠보사(七步蛇)보다도 무서운 자다.

"쐐! 쐐! 쐐앗!"

대도(大刀)를 들고 있는 자가 주춤주춤 물러서며 고함을 질렀다.

응답은 즉각 나왔다.

쒜엑! 쒜에엑! 쒜에에엑!

화살이 날아들었다, 날카로운 파공음을 흘리며. 하나 솜씨는 고명한 편이 아니다. 화살이 날아오는 강도로 보아 활을 쏴 본 경험은 풍부하지만 일시필살(一矢必殺)의 경지에 이른 자들은 아니다.

루검비는 여유있게 피했다.

산을 뛰어다니며 단련된 두 다리가 있고, 멧돼지가 치달려와 어금니로 들이받기 직전까지의 모든 것을 꿰뚫어 보는 눈이 있는 한 화살은 그를 상하게 못한다.

"으……!"

루검비가 화살마저 피해내자, 그것도 여유있게 피하며 걸어오자 겁에 질린 자들이 신음인지 비음인지 모를 소리를 흘렸다.

다시 한 걸음을 내딛었다.

더 쫓을 필요는 없었다. 기련산의 들쥐들은 꽁지가 빠져라 달아나고 있었다.

서화는 무공이라고는 채대를 수련한 것이 고작이다. 그것도 환희교에서는 침만 사용했고, 루검비를 지키는 동안 산속에서 홀로 수련한 것에 불과하다.

그럼에도 서화는 루검비의 단점을 한눈에 읽어냈다.

'달라붙지 못하게 만들면 그만이야.'

이건 아주 심각한 허점이다.

무인들 거의 대다수가 거리 두는 것을 좋아한다.

검끝이 서로 닿을 듯 말 듯한 거리를 '일족일도(一足一刀)의 거리'라고 한다. 한 발만 더 내딛으면 공격할 수 있고, 한 발만 물러서면 피격을 피할 수 있는 거리다.

무인은 이토록 거리에 대해 예민하다.

루검비가 다가와 바싹 껴안도록 내버려 둘 무인이 어디 있는가.

자신과 다른 무인들을 같은 선상에 올려놓고 생각하면 큰 오산이다. 천겁도 마찬가지다. 천겁 같은 자는 자신도 상대할 수 있다. 애초부터 루검비에게는 상대가 되지 않았다.

기련산 들쥐도 무인 축에 들지는 못한다.

그들이 흉명을 떨칠 수 있었던 것은 그들 대부분이 힘 하나는 타고났기 때문이다. 덕분에 보통 사람은 들기도 버거운 중병(重兵)을 장난감처럼 다뤘다.

그런 자들이 스무 명이나 모여서 산적질을 했다. 손속도 대단히 잔인했다. 산적들 대부분이 물건만 빼앗고 목숨은 살려서 보내는데, 이들은 걸리는 족족 죽였다.

잔인한 산적들이다. 그 이상은 없다. 무인처럼 정교한 초식 같은 것은 아예 기대할 수 없었다.

실전 경험이 거의 없는 루검비가 싸우기에는 딱 알맞다. 더군다나 합공까지 경험한 수 있으니 일석이조(一石二鳥)다.

결과는 스물한 명 중 네 명을 죽였고, 나머지는 도주했다.

결과만 놓고 보면 루검비의 대승(大勝)이다. 하나 속을 들여다보면 납답하기 이를 데 없다.

기련산의 들쥐들은 언젠가는 죽을 자들이었다. 흉명이 더 높아져서 더 이상 방치하면 안 되겠다 싶을 때가 그들이 죽을 때이다.

천하에는 일류무인들이 모래알처럼 많다.

그들 중 누구라도 기련산 들쥐들 정도는 단숨에 해치운다. 사실 기련산 들쥐들이 지금까지 산적질을 하면서 제대로 된 고수를 만나지 않았다는 건 대단한 행운이다.

루검비는 참으로 힘들게 네 명을 죽였다.

간단히 죽인 것 같지만 죽이는 시간이 짧아서 그렇지 한 명, 한 명을 잡을 때마다 목숨을 걸어야 했다.

검을 휘둘러 일 초에 두 명, 세 명 쓰러뜨리는 일도 할 수 없다.

그는 꼭 한 번에 한 명씩만 죽일 수 있고, 몸이 세 뼘 이상 밀착되어야 한다.

산적들은 그런 행동을 자신있는 자의 여유있는 행동으로 봤다. 고양이가 쥐를 어르듯이 가지고 놀다가 죽이는 것으로 해석했다.

환희밀공 같은 무공을 본 적이 없는 사람들은 거의 그렇게 생각하리라.

산적들은 조금 더 적극적으로 달려들 필요가 있었다. 그랬다면 두세 명 정도가 죽임을 당하더라도 루검비에게 타격을 가할 수는 있었으리라.

죽음의 방식에도 문제가 있다.

죽은 자들은 한결같이 오공에서 피를 쏟는다. 격산타우(隔山打牛)처럼 내장을 직접 타격한다. 주먹이나 발의 힘이 아니라 내력으로 승부한다.

내력이 무궁무진한 것도 아닌데, 한없이 쏟아내기만 하면 곧 지칠 것이다.

루검비에게는 단점이 너무 많다.

"만족했어요?"

“여러 명이 달려드니까 세 가지 중에 하나밖에 못 쓰는군
요.”
　환희밀공에 세 가지 초식이 있나? 서화는 더 듣고자 하지 않
았다. 루검비도 상세히 말하지 않았다. 공격 수법이 세 개다.
그중에 다수의 적이 협공해 올 때 쓸 수 있는 건 방금 전에 사
용했던 무공이다. 그것만 알면 된다.
　“더 알아볼 게 있어요?”
　“출출한데 어디 가서 요기나 하죠.”
　“이런 데서 먹기는 그렇고…… 조금 더 가요, 피 냄새가 풍
기지 않는 곳으로. 요기는 편한 곳에서 해야죠.”
　요기라고 해봐야 육포(肉脯) 몇 조각에 불과하다.
　몇 조각이라고 우습게 보면 안 된다. 전란(戰亂)이 끝났다고
는 하지만 중원은 아직도 전쟁의 여파에서 자유롭지 못하다.
여기저기 굶어 죽는 사람들 천지다. 모르긴 몰라도 육포 몇 조
각에 목숨 거는 사람들까지 있으리라.
　루검비는 죽은 사람들을 힐끔 쳐다본 후, 앞장서서 걸어갔
다.

　간공, 상공은 쓸 수 없다. 오직 반공만 유용하다.
　루검비는 험한 산길을 걸으면서도 환희밀공에 대한 생각에
만 몰두했다. 어디를 어떻게 걷는지 모른다. 발을 움직이니 닿
는 곳이 있고, 앞으로 나아가야 하니 딛을 뿐이다.
　반공만 쓴들 어떤가. 적을 상대할 수 있으면 된다.

　정작 고민은 그게 아니다. 아주 큰 고민이 있는데 해결할 방
도가 쉬이 생각나지 않는다.
　첫 번째는 손쉬웠다. 두 번째까지도 괜찮았다. 세 번째는 불
길이 약해졌다. 네 번째는 간신히 불길을 일으켰다.
　화룡을 쏟아내는 데 한계가 있다.
　산적들과 싸우기 전에는 전혀 몰랐다. 무궁무진하여 끝없이
쏟아내도 될 줄 알았다.
　사실 화룡을 쏟아낸다는 것은 어폐가 있다. 이체관통으로
상대방에게 흘러들어 가기는 하지만 다시 돌아온다. 손실이
있는 것도 아니다. 나갔던 그대로 돌아온다.
　그런데 왜 약해지나?
　"여기가 어때요?"
　귓가로 아련하게 서화의 음성이 들려왔다.
　루검비는 그제야 현실로 눈을 돌릴 수 있었다.
　"좋군요."
　경치는 좋았다. 험산이라서 기암괴석(奇巖怪石)이 난무하
다. 올라서기는 어렵지만 발아래 두고 보면 이만한 경치가 또
없다.
　"환희밀공은 모두 오 장(五章)으로 이루어진다. 제일장 자잔
지도, 제이장 적신노체, 제삼장 롱기화종, 제사장 화소천하, 그
리고 마지막 제오장 사대능원."
　무엇에 이끌린 듯 입에서 줄줄 새어 나왔다.
　수두화가 교주님에게 듣고 전해준 말이다.

자잔지도(自殘之道)는 이해한다. 환희밀공은 끊임없이 자신을 괴롭혀야 하는 무공이다. 음약에 중독된 사람에게 정욕을 참으라고 말하는 건 정말 괴로운 고문이다. 그런 고문을 참아내는 몸과 마음은 뒤죽박죽 엉망진창이 된다.

적신노체(赤身露體)는 이해하지 못했다.

환희밀공과 적신노체는 어떤 연관이 있을까?

수두화가 전해준 말은 심공(心功)이나 단순한 무리(武理)가 아니다.

그녀는 분명이 제일장, 제이장 하고 장(章)을 나눴다. 이는 자잔지도에서부터 사대능원까지가 수평적인 흐름이 아니라 수직적 상승이라는 뜻이다.

하나를 깨달아야 다음 것을 깨달을 수 있다.

자잔지도는 알았다. 온몸으로 알고 말았다. 지금도 절실히 느끼고 있다. 솔직히 평생 색(色)과 싸워가며 살 생각을 하면 차라리 환희밀공을 포기하고 싶은 생각까지 든다.

자잔지도에 대해서는 더 말할지 않아도 된다.

이제는 적신노체를 알아야 한다.

적신(赤身)이란 벌거벗은 몸을 일컫는다. 노체(露體)는 몸을 바깥에 드러낸다는 뜻이다. 발가벗은 몸을 바깥에 내놓는다? 정말 글자 그대로 해석해도 되나?

환희밀공과 벌거벗은 몸을 세상에 내놓는 것과는 연관성을 찾을 수 없다. 둘 사이에 조그만 실마리라도 있어야 하는데 아무것도 없다. 억지로 찾는다면 환희밀공이 성(性)과 밀접한 관계가 있다는 것 정도인데, 관계를 갖는 것이라면 몰라도 무공에서 벌거벗는다는 것은 이해할 수 없다.

'벗어보면 알겠지.'

루검비는 옷을 벗었다.

옷이라고 해봐야 몸에 둘둘 말아놓은 짐승 가죽이 전부다.

마을에 들어설 때마다 특이한 옷 때문에 놀림도 많이 받고, 미친놈 취급까지 당했지만 사람들이 입는 평범한 옷이나 무인들이 입는 무복(武服)으로 바꿔 입지는 않았다.

앞으로 일 년 동안은 이대로 지낼 생각이었다.

수두화를 만나고, 그녀를 따라가서 정식으로 교주를 만난 후에 수문장이 되면 그때야 옷을 갈아입을 생각이다.

"지, 지금 뭐 하는 거…… 예요?"

육포를 꺼내 든 서화가 깜짝 놀라 황급히 돌아섰다.

남녀 간의 성관계가 예사로운 환희교도라고 하지만 루검비의 알몸을 쳐다볼 수는 없었다. 서화에게 루검비는 아주 관심 있게 지켜본 어린 동생이다.

"이 산에는 우리밖에 없잖아요. 정상까지만 이대로 걸을게요."

루검비는 알몸으로 산길을 걸었다. 신발까지 벗어버린 태초의 모습이다.

2

옷을 괜히 벗었다. 이럴 줄 알았으면 벗지 않는 건데.

하물(下物)이 불끈 곤두섰다. 참으려고 했지만 본능은 의지를 무시해 버리고 제 할 바를 해버렸다.

여인의 냄새…… 서화의 냄새…….

자연 속에 뒤섞인 이성의 냄새는 지독한 자극이 되어 욕념을 일으켰다.

옷을 벗었기 때문에 더 자극적인가? 옷을 입고 있을 때보다 충동을 억제하기가 훨씬 어렵다. 그야말로 하늘과 땅의 차이, 천양지차(天壤之差)다.

서화의 눈길이 알몸을 더듬고 있다.

그녀는 환희교도, 언제든 관계를 즐길 여인이다. 자신에게 호감도 갖고 있는 터, 원하기만 하면 기꺼이 옷을 벗지 않을까? 안 된다고 해도 상관없다. 그녀 정도는 간단히 제압할 수 있으니까. 실제로 제압도 해봤고.

이 산에는 아무도 없다. 아무 곳에서나 사나흘쯤 운우지락을 즐겨도 방해할 사람이 없다.

하자! 하자! 해도 된다. 하자!

양물에 피가 몰려들었다. 육봉(肉峰)이 더 이상 커질 수 없을 만큼 커져서 아프기까지 했다.

'맨 처음 내 몸을 찢은 사람은 첨화. 칼날이 몸을 쑤실 때마다 너무 아파서…… 으윽! 서화! 서화!'

인법을 떠올려도 소용없었다. 과거의 고통이 육신을 갈가리 찢어놓았지만 아무 도움이 되지 못했다. 과거는 과거다. 이미 지나간 일이다. 현재 몸이 느끼고 있는 것은 욕정이며, 생각이나 의지로는 제어할 수 없다.

'음…… 으음…….'

연신 신음만 흘러나왔다.

입을 꽉 다물어 소리가 흘러나오는 건 막았지만, 몸이 뒤틀리는 것까지는 어쩌지 못했다.

걸음이 내딛어지지 않는다. 걷기가 힘들다. 항문에 힘이 들어가고 입안이 바싹 마른다. 한 발자국씩 내딛을 때마다 뒤로 돌아 서화를 덮치고 싶다는 생각이 간절해진다.

이대로 걸을 수는 없다. 뭔가 조처를 취해야 한다.

루검비가 생각한 것은 따라오지 말라고 고함치는 것이다. 서화가 이상함을 느끼고 다가선다면 위험은 가중될 것이고, 무엇인가 짚이는 것이 있어서 도주한다면 둘 다 산다.

생과 사의 갈림길이다.

서화를 덮치는 순간 둘 중에 한 명은 죽는다.

간공이든 상공이든 반공이든 무엇이든 환희밀공은 펼쳐질 것이고, 서화는 아주 짧은 순간에 절명하고 만다.

반대의 경우도 있다. 환희밀공을 펼치지 못할 경우다. 무엇을 생각할 겨를도 없이 화룡이 빠져나가기 시작하면 끝이다. 바짝 마른 북어처럼 정혈이란 정혈은 모두 빨려 죽는다.

루검비는 뱃속에서부터 쥐어짜 내 힘껏 고함쳤다.

"가까이 오지 마! 떨어져! 도망가!"

루검비가 이상하다는 걸 모를 서화가 아니었다.

알몸이 되었다고 해서 하는 말이 아니다. 걸음걸이가 비틀리고, 가끔 격렬하게 어깨를 들썩이고, 입으로는 '하아! 하아!' 하며 단내를 풍긴다.

음약에 중독된 상태다.

어쩐지 옷을 훌훌 벗어 던지더라니.

몸에 불이 붙은 듯 뜨거워지니 옷을 벗지 않고는 견딜 수 없었으리라. 가슴이 두 근 반, 세 근 반 쿵쿵 뛰고 눈에서는 열기가 쏟아져 나왔으리라.

'죽일 놈들!'

서화는 기련산 들쥐들을 떠올렸다. 무자비하고, 야비하다는 것은 알았지만 도주하면서까지 음약을 풀 줄은 몰랐다.

서화는 잠시 생각했다.

아직 어린애 같은 루검비와 몸을 섞을 수는 없다. 루검비는 사내가 아니라 동생이다. 애를 낳았다면 루검비만 한 자식이 있었을 것이다.

루검비에게서는 사내로서의 매력 같은 것도 찾아지지 않는다. 다른 여자들에게는 매력이 되었을 근육이 싫다. 까칠한 수염도, 사내 특유의 땀 냄새도 싫다. 사내의 특성이 모두 싫다.

이성으로서의 느낌이 전혀 들지 않는다.

오랜 세월 동안 지켜보면 동정심에서 싹튼 정만 없었어도 상관으로 모시지는 않았을 게다. 목숨이 위태로웠다고는 하지만 수문위 같은 건 절대 받아들이지 않았으리라.

"휴우!"

한숨이 절로 나온다.

상황이 불가피하게 되었으니 어쩌랴.

서화는 결심을 굳히고 루검비에게 다가섰다.

그때, 루검비가 외쳤다. 가까이 오지 말라고. 도망가라고!

음약이 무엇인지를 모르니 무서울 게다. 여인을 범하고 싶은 충동이 생기니 두려울 게다. 욕망을 견딜 수 없으니 도망가라는 거다.

순진한 아이…….

서화는 더 바싹 다가가 루검비의 허리를 휘감았다.

"기련산 들쥐들에게 당했네. 이것도 좋은 경험이야. 앞으로는 조심할 거지?"

"서, 서화……."

루검비의 음성이 몹시 흔들렸다. 강풍이 문풍지를 뒤흔들 듯 덜덜 떨려나왔다.

"도, 도망…… 도망 가."

"쯧! 음약에 중독되면 방법이 없어. 난 처녀가 아니니 부담 가질 필요없잖아? 이런 일로 부담 갖는다면 내가 더 불편해. 서로 눈 찔끔 감고 일 한번 치르자. 아무 생각 없이. 그리고 깨끗이 잊는 거야. 알았지?"

"도…… 도주하지 않…… 으면…… 환희밀…… 공이…… 깨, 깨져."

서화는 정신이 번쩍 났다.

무슨 말을 하고 있는지는 알 수 없지만 일이 잘못되었다는 건 퍼뜩 느꼈다.

음약이 중독된 사람이 환희밀공 운운할 리 없다.

"지금 무슨 말을?"

"어서!"

루검비의 인내는 한계를 넘어섰다.

두 눈에 핏발이 곤두서고 온몸을 사시나무처럼 벌벌 떤다.

서화가 부드럽게 감싸 안은 게 치명적인 유혹이 되었다. 활활 타는 불길에 기름을 끼얹는 격이다. 그렇잖아도 간신히 버티고 있는데 보드라운 살결이 억눌려 있던 야수를 끌어냈다.

"아혹!"

루검비가 단말마를 토해내며 뒤돌아섰다. 두 팔은 활짝 벌려 서화를 껴안아갔다.

서화는 벌써 물러서 있었다.

잘못되었다는 느낌이 드는 순간에 전력을 다해 뒤로 빠졌다.

서화가 도망간다. 먹이가 도망간다. 원하기만 하면 가질 수 있는 여자였는데, 발버둥 치며 도망간다.

도주…….

달아난다는 것은 추격 본능을 일깨운다.

필요한 것이든 필요치 않은 것이든 무엇을 잃는다는 것은 포기라는 결단을 필요로 한다. 한데 사람들은 어쩔 수 없는 상황이 아니면 결코 자신의 것을 놓으려고 하지 않는다.

배부른 맹수는 달아나는 짐승을 보아도 쫓지 않는다. 필요치 않기 때문이다. 사람은 다르다. 아무리 배가 불러도 달아다는 걸 보면 무조건 쫓아서 되찾아온다.

루검비는 서화가 필요하다. 한데 도망간다.

스스스슷!

루검비의 신형이 유령처럼 움직였다.

"혁!"

서화는 경악성을 토해냈다.

충분히 빠져나왔다고 생각했는데, 어느새 완맥(腕脈)을 붙들리고 말았다.

전에도 느꼈고, 산적들을 죽일 때는 직접 눈으로 보았지만 루검비의 신법은 정말 불가사의하다. 상상할 수 없는 빠름도 이해할 수 없거니와, 근육질의 사내가 문어처럼 흐느적거리는 굴신(屈身)은 정녕 고개를 갸웃거리게 만든다.

신법이란 비급으로 읽고 머리로 외운다고 되는 게 아니다. 불철주야 수련에 수련을 거듭해서 몸에 붙여야 하는 게 신법이다. 익숙할 대로 익숙해서져 밥을 먹을 때 손과 입을 사용하는 것처럼 필요할 때 필요한 동작이 나와줘야 한다.

루검비가 신법 수련하는 걸 본 적이 없다.

한마디로, 그의 신법은 하늘에서 툭 떨어진 선물처럼 느닷없이 탄생한 것이다.

서화는 루검비의 신법이 석실 벽화 백팔십 개의 체위에서 비롯되었다는 것을 알지 못했다. 그의 무공에 초식이 없듯이,

그의 신법 또한 형태가 없다는 것을 까마득히 몰랐다. 그녀가 보는 곳에서는 수련을 하지 않았지만 석실에서, 석묘에서 부단히 수련했다는 걸 생각하지 못했다.

탁! 스스스슷!

루검비가 익숙한 손길로 서화를 요리했다.

서화를 돌려세워 품 안으로 빨아들였다.

아주 짧은 순간이다. 그야말로 찰나에 불과하다. 하나 그 시간 동안에 서화의 상반신은 백주 대낮에 환하게 노출되었다. 앞섶을 풀고, 옷을 젖히고 벗겨내기까지 어린아이 옷 갈아입히듯 너무도 손쉽게 진행되었다.

상반신이 드러났다. 한낮의 따사로운 햇살이 부끄러운 듯 살짝 드러난 가슴을 엿본다.

스스슷!

등을 만지던 손이 밑으로 향하는가 싶더니 하의(下衣) 끈이 뚝 끊겨 나갔다.

루검비의 손길은 거침없었다.

이런 일을 수십 번 해본 화화공자(花花公子)처럼 옷 벗기는 방법을 너무 잘 알았다. 서화가 동조를 하여 같이 옷을 벗었다고 해도 이토록 빠른 순간에 벗을 수는 없었을 게다.

쑤욱! 퍼억!

서화는 손에 내력을 운집하여 힘껏 쳐냈다.

일장(一掌)은 루검비의 가슴에 격중했다. 찰싹 달라붙은 상태에서 쳐낸 일장이라 파괴력은 감소되었다 해도 상당한 충격

을 주었다. 더군다나 신봉혈(神封穴)을 정확히 격타했으니 최
소한 뒤로 몇 걸음 정도는 물러서리라.

한데 루검비는 꼼짝도 하지 않았다. 그녀의 일장쯤은 미풍(微
風)에 불과하다는 듯 한 손으로 허리를 잡고 위로 번쩍 들어 올
렸다.

스르륵!

남은 옷이 미끄러져 내려갔다.

매미가 껍질을 벗듯이 순식간에 알몸이 되었다.

타악!

루검비의 무릎이 그녀의 허벅지를 감아 올렸다. 그와 동시
에 들소 한 마리가 비소를 향해 돌진해 왔다.

서화의 머릿속에는 오직 한 가지 생각뿐이었다.

'도주하지 않으면 환희밀공이 깨져.'

환희밀공이 깨지면 지난 십 년간의 고생이 물거품된다. 자
신의 고생뿐만이 아니라 천하를 떠돌고 있을 수두화와 사신녀
의 고생까지 한 줌 재가 되어 날아간다.

'벗어나야 돼!'

이럴 땐 루검비가 사내로 보이지 않으니 다행이다. 조금이
라도 사내로 보였다면 그의 품 안에 무너지고 말았으리라. 알
몸과 알몸이 맞닿는 순간, 그녀에게도 찌릿찌릿한 전율이 흘
렀으니까.

퍼엉! 펑! 펑! 펑!

서화는 연달아 신봉혈을 격타했다. 효과가 없는 건 알지만

그녀가 할 수 있는 최선이었다.

양물이 비소에 닿았다.

"자, 잠깐! 잠깐만! 거, 검비, 잠깐만!"

서화는 다급해져서 말을 마구 쏟아냈다.

어떤 식으로든 제지를 해야겠는데, 침착하지 못하고 말까지 더듬거려진다.

"내가…… 내가 해줄게."

비로소 루검비가 반응을 보였다. 반응이라고 해봐야 눈가에 머뭇거리는 느낌이 출렁였다는 정도에 불과하지만, 그것만으로도 서화에게는 회생의 빛이었다.

서화는 손을 밑으로 내리기 무섭게 양물을 힘껏 타격했다.

퍼억!

"크윽!"

신봉혈을 그렇게 맞아도 꿈쩍하지 않던 루검비가 단 한 번의 타격에 고통스런 신음을 토해냈다.

그도 양물을 얻어맞고는 버티지 못한다.

인간이구나. 아직은 사람이구나.

퍼억!

두 번째 타격은 루검비의 몸을 떨어뜨려 놓았다. 바람 한 점 스밀 사이가 없도록 꽉 밀착되었던 상반신이 떨어졌다.

하나 예상치 않았던 반격도 불러왔다.

탁! 타악!

서화의 몸이 돌려세워졌다.

이번에는 뒤다. 등이 그의 가슴에 밀착되었다. 넓고 단단한 가슴이 차디찬 철벽처럼 느껴진다. 억센 두 팔은 갈고리가 되어 양어깨를 움켜잡는다.

'끝났어. 벗어날 수 없어.'

끝없는 절망감이 엄습했다.

관계를 갖는 것은 큰 문제가 아니다. 어차피 처녀도 아니고, 사내가 싫다지만 루검비라면 눈 한 번 찔끔 감고 할 수 있다. 또 그러려고 했다.

실수다, 아주 큰 실수.

그로 인해서 환희밀공이 깨진다면 문제가 달라진다. 십 년에 걸친 오랜 기다림이 산산조각 난다는 뜻이다.

스읏!

루검비의 오른손이 턱을 움켜잡았다. 그리고 강제로 자신 쪽을 향해 돌려세웠다.

얼굴이 다가온다.

'입맞춤······.'

서화는 본능적으로 눈을 감았다. 다음에 일어날 일이 상상되었다.

순간, 입술 대신 승장혈과 승장혈이 맞닿으며 뜨거운 불줄기가 거침없이 쏟아져 들어왔다.

"헉! 허억!"

온몸이 뜨겁게 타들어갔다. 팔팔 끓는 기름 솥에 던져진 것처럼······ 말로 표현할 수 없는 고통이 전신을 강타했다. 불덩이를 삼킨 듯, 용암 속에 던져진 듯…….

서화는 고개를 푹 떨궜다.

너무도 극렬한 고통에 정신을 잃은 것이다.

승장혈로 쏟아져 나간 양기는 수분혈을 통해 회수되었다.

돌고 도는 윤회는 아니다. 단 한 번으로 끝난 관통이다. 하나 강렬한 양기는 음기를 끌어당겼고, 수분혈을 통해 끝없이 뽑아냈다.

'시원하다!'

펄펄 끓던 욕정에 찬바람이 와 닿았다. 빨간 숯덩이에 찬물을 뿌렸을 때처럼 치이익…… 열기가 수그러들었다.

'이건! 이건!'

루검비는 음기를 빨아들이고 또 빨아들였다. 수분혈을 통해 들어온 음기가 자신의 양기와 어울리자 지금까지 단 한 번도 느껴보지 못했던 쾌락이 물밀듯이 밀려늘었다.

정신을 차릴 수 없다. 몸이 덜덜 떨린다. 단 한순간도 놓치고 싶지 않다. 조금만 움직여도 기쁨, 즐거움, 흥분이 날아가 버릴 것 같아서 손가락 하나 꼼짝하지 못하겠다.

루검비는 머릿속이 텅 빈 백치가 되어 끊임없이 밀려드는 환락에 몸을 맡겼다. 그때!

"끄으윽……!"

지극히 미미했지만 극한까지 수련한 인내심을 다시 일깨우기에는 충분한 소리가 들려왔다.

숨이 넘어간다. 이승에서 토해내는 마지막 숨소리다.

'서화!'

퍼뜩 정신이 들었다.

몸과 몸이 부딪치려는 마지막 순간에 욕정을 억누르고 간공을 펼칠 수 있었던 것은 상상을 초월한 고련(苦練) 덕분이다.

지법 석실 벽화를 터득하며 쌓은 고통은 욕정을 극히 일부나마 상쇄시켜 주었다. 천법에서 수련한 가짜 음기는 순음(純陰)을 눈앞에 두고도 한 번쯤 고개를 옆으로 돌릴 수 있는 기회를 주었다.

그 한 번, 딱 한 번이면 족하다. 그 한 번의 숨죽임이 육체적인 접촉에서 눈을 돌려 환희밀공을 펼칠 수 있게 만들어주었다.

합궁(合宮)을 피해 환희밀공을 사용하면 들끓던 욕정이 사라질 줄 알았는데…… 전혀 예상치 못한 사건…… 정말로 끊임없는 쾌락이 밀려들 줄은 짐작조차 하지 못했다.

진기로 빨아들인 음기가 합궁을 하여 육신으로 부딪친 음기와 동일하리라고 누가 알았겠는가. 똑같은 성질로 온몸을 휘저어 합궁한 것과 동일한 쾌락을 줄 줄이야 꿈엔들 알았겠는가.

루검비는 극한의 위기에서 환희밀공으로 숨통을 열어놓은 것처럼 미미한 신음을 듣는 순간에 또 한 번 인내를 쥐어짜 냈다.

탁! 타악!

서화를 곱게 내려놓을 정신은 없었다. 환희밀공을 중단하며
그녀의 등을 떠다밀 듯이 내팽개쳤다.

아깝다. 더 빨아먹을 수 있는데. 맛좋은 먹이를 이대로 놓아
야 하나? 이 쾌락을…… 이 절정을…… 여기서 끝내야 하나.

루검비는 아랫입술을 잘끈 깨물었다.

비릿한 피 냄새가 입안에 가득했다. 미끈미끈한 액체가 목
구멍으로 콸콸 넘어갔다.

몸이 연신 떨린다. 부들부들 경련을 일으킨다.

고통만 참아오며 지내다가 난생처음 맛본 쾌락이기에 더욱
미련이 남는다.

“커억!”

루검비는 큰 기침과 함께 피를 토해냈다.

목구멍으로 흘러들던 피가 제대로 넘어가지 않고 사레들리
고 말았다. 폐가 딱 막히는 것 같아서 폐병 환자처럼 기침을
쏟아냈다.

“쿨럭! 쿨럭! 커억!”

서화의 몰골은 처참했다.

얼굴에서 핏기라고는 찾아볼 수 없었다. 창백하다 못해 백
색 물감을 칠해놓은 것 같아서 차마 눈 뜨고 보기가 어렵다.
한가닥 숨은 붙어 있다. 마지막 순간에 인내심을 쥐어짜 내 간
공을 중단했기 때문이다.

“환희…… 밀공…… 지킨 건가?”

서화가 힘겹게 물었다.

"네."

루검비는 어떻게 해야 할지를 몰랐다.

고의는 아니었다고 하나 서화에 심장에 칼을 꽂은 것과 마찬가지인지라 입이 열 개라도 할 말이 없었다.

서화의 목숨은 무척 위태롭다.

기력이 달려 자리에 누워 일어나지 못하는 팔순 노인처럼 언제 마지막 숨이 끊어질지 모른다. 그야말로 바람 앞에 등불, 풍전등화(風前燈火)다.

더욱 안타까운 것은 그녀의 맥조차 살펴볼 수 없다는 것이다.

서화의 목숨이 경각에 달렸는데 왜 맥을 살펴보고 싶지 않으랴. 하나 손을 내밀지 못했다. 그녀의 팔목을 움켜쥐는 순간 또다시 치밀 욕정을 감당할 자신이 없었다.

"따라다니기만 했지…… 한 게 없었는데, 그나마…… 다행……."

서화가 힘겹게 말을 이었다.

루검비는 괴로웠다. 그녀를 죽음으로 몰고 가서가 괴로운 것이 아니라 금방이라도 달려들고 싶어서 괴롭다. 서화는 죽어가고 있는데, 인간 같지 않게 머릿속에는 방금 전에 맛보았던 쾌락이 스멀스멀 피어오른다.

어차피 죽을 목숨이라면…… 괜찮지 않을까? 서화도 자신의 모든 것을 주고 떠나는 것을 원하지 않을까?

'인간도 아냐!'
루검비는 세차게 고개를 내저으며 서화를 쳐다봤다.
"미…… 안해요."
그 말밖에 할 말이 없었다.
"괜찮…… 죽지는…… 않을 것……."
서화가 말을 끝맺지 못하고 눈을 감았다. 말할 기운도 없어서 혼절한 것이다.

3

서화는 죽지 않았다. 정상으로 돌아온 것도 아니다. 혼자서는 사지조차 움직이지 못하는 신세가 되었다. 무기력한 모습으로 하루 종일 축 늘어져 있기만 했다.
"내…… 임무는 끝났…… 놔두고…… 가요."
한마디 한마디가 뱃속에서부터 쉬어짜 내는 듯 뚝뚝 끊어져 나왔다. 평소 같으면 단숨에 내뱉을 몇 마디 말을 참으로 힘들게 한다.
"아무 소리도 하지 마요. 버리고 갈 때가 되면 말하지 않아도 버릴 테니까."
루검비는 대나무를 다듬어 망태를 만들었다.
편히 누워 갈 수 있도록 길게, 딱딱한 나무가 등에 배지 않도록 솜도 넣고, 비가 올 경우를 대비해서 뚜껑에는 송진을 바르고…….

완성된 망태는 관처럼 길고 넓었다.

망태를 만들기 위해 하루를 소모했다. 한데 그 하루 사이에 서화의 몸은 몰라보게 야위었다. 통통하던 몸이 다 어디로 가고 뼈만 앙상하게 남았다.

'근육이 녹아버렸어.'

할 말이 없다.

음기를 빼앗는다는 게 어떤 것인지 비로소 알았다.

눈에 보이지 않는 기운이라고 아무렇게나 생각해서는 안 된다. 음기가 곧 생기(生氣)다. 음기든 양기든 모두 생기다. 기운을 빼앗는다는 건 생명을 빼앗는 행위다.

서화는 생명을 잃어가고 있다.

금방 숨이 끊어지지는 않는다. 하지만 노화는 무척 빠른 속도로 진행된다.

"날…… 버리고……."

"아무 말도 하지 말라니까요. 아무 생각 말고 푹 쉬어요."

루검비는 서화를 망태에 뉘이기 위해 안아 들었다. 그 순간!

"으음!"

루검비는 자신도 모르게 신음을 흘리고 말았다.

서화의 몸이 종잇장처럼 가볍다. 포동포동한 양 볼은 가죽만 남았다. 살이 없어지니 광대뼈도 움푹 튀어나왔다. 입술은 가뭄에 바짝 마른 논처럼 갈라져 파삭파삭하다.

하룻밤 사이에 이삼십 년을 늙고 말았다.

신음을 흘린 건 서화의 변화 때문이 아니다. 노화된 모습은 안아 들기 전부터 알았다.

전율이 일어난다. 욕정이 치솟는다.

맙소사!

여인이라고 할 수조차 없는데, 뼈만 남아 금방이라도 숨이 끊어질 듯 위태로운데, 여인이라고 느낄 수 있는 부분이 모두 사라지고 말았는데…….

늙어서 수족조차 자유로이 움직이지 못하는 구순 노파를 여인으로 보는 것과 같은 현상이다.

그야말로 인두겁을 쓴 개, 돼지나 다름없다.

"하아!"

루검비는 숨을 크게 들이마시며 서화를 망태 안에 뉘였다.

중이 고기 맛을 알게 되면 절에 빈대가 남지 않는다고 했다. 도박에 빠지면 부모 형제도 팔아먹는다고 했다. 난봉자식이 마음잡아야 삼 일이라는 말도 있다.

루검비는 여자 맛을 알아버렸다. 하고 많은 것들 중에 하필이면 여자를 알아버렸다.

정확히 말하면, 여자는 아니다. 여자가 지닌 음기다.

활활 타오르는 열기를 차디찬 음기가 촉촉이 적셔줄 때의 쾌감은 이루 형언할 수 없다. 이 세상에서 그보다 더한 쾌락은 찾아볼 수 없으리라.

아니다. 그 정도로는 설명되지 않는다. 음기가 수분혈을 밀치고 들어설 때의 느낌이란…… 벼락! 정수리에 벼락을 맞아 온몸이 재가 되어버린 것 같다.

그에게 여인이란 먹잇감에 지나지 않는다. 음식의 일종? 먹고 또 먹어도 질리지 않는 음식? 운우지락(雲雨之樂) 같은 것은 생각도 하지 않는다.

음기, 음기, 음기…….

굉장히 위험한 갈망이다.

그의 포식감은 여인에게는 치명적인 살상 무기가 된다. 어느 누구든 목숨을 잃기 십상이고, 잘해야 서화처럼 젊은 나이에 폭삭 늙은 노파가 된다.

더욱 곤란한 것은 음기 맛을 보지 않았을 때와 지금은 상황이 완전히 달라졌다는 것이다.

굶주림을 참을 수 없다.

여자만 보면 이성이 마비된다. 손을 잡는 것과 같은 가벼운 접촉 행위만으로도 인법, 지법, 천법을 겪으며 쌓았던 인내가 흔적없이 사라져 버린다.

여기까지는 오로지 여인을 갖고 싶다는 욕구뿐이다.

음기라거나 환희밀공 같은 건 떠오르지 않는다. 보통 사내들처럼 여인의 육체를 탐한다.

하나 정작 육체적인 결합을 이룰 순간이 되면 그의 의지와는 전혀 상관없이 환희밀공이 일어난다.

그가 선택할 수 있는 것은 간공이냐, 반공이냐, 상공이냐 하는 공격 방법뿐이다.

절대규칙이 생겼다.

여자를 만지지 마라. 여인과는 손도 닿지 마라.

세상풍파를 온몸으로 느껴보자는 계획은 일그러졌다.

그는 세상에 나설 수 없는 몸이었다. 이 세상의 절반은 여인, 여인이 없는 곳은 없다. 한데 여인을 만나면 안 되는 몸이니 결국 돌아다닐 곳도 없다.

루검비가 혼잣말로 중얼거렸다.

"어디 사람 눈에 띄지 않는 곳에 가서 살아야 할까 봐."

"어디…… 로…… 갈 거예요?"

서화가 힘겹게 물어왔다.

인적이 끊긴 산길만 더듬어 가고, 그래도 간혹 사람이 눈에 띄면 보이지 않을 때까지 숨어 있고…… 루검비가 무슨 생각으로 은밀하게 움직이는지 짐작하고도 남는다. 사람을 피하는 이유도 안다.

하나 여인만 피하면 될 것인데, 세상 사람들 모두를 피해 버리니 이러다가 은거한다는 말이라도 튀어나올까 봐 겁난다.

"천법이요."

루검비가 순순히 대답했다.

"천…… 법?"

"너무 일찍 하산(下山)했어요."

루검비가 노릇노릇 익은 꿩고기를 내밀었다.

그는 몹시 조심스럽다. 고기를 건네주면서 행여나 손이라도 닿을까 봐 잔뜩 긴장했다.

서화도 조심조심 고기를 받아 들었다.

비록 여인의 매력을 잃어버린 몸이지만 루검비에게는 여전히 여자로 존재한다는 사실을 안다.

루검비는 여인의 미추(美醜)를 따지지 않는다. 나이도 불문한다. 나이 든 노파뿐만이 아니라 아직 여자의 성징이 드러나지 않은 동녀(童女)조차도 여자로 보일 게다.

환희밀공이 이토록 지독한 무공일 줄이야.

"가서…… 뭘…… 하려…… 고요?"

서화는 손으로 입을 가리며 말했다.

혹여 자신의 숨결이 바람을 타고 건네질까 봐 두렵다.

"환희교는 매음굴이나 다름없어요. 그렇죠?"

루검비가 고개를 돌려 먼 곳을 쳐다보며 말했다.

두 사람은 언제부터인가 서로를 쳐다보지 않았다. 서로 다른 곳을 보고, 자신의 느낌을 최대한 죽이며 남남처럼 담담히 이야기를 나누려고 애썼다.

'매음굴……'

서화에게는 안타까운 말이다. 절대로 인정할 수 없는 말이다. 환희교에서 추구하는 바를 모욕하는 말이다. 하나 교리를 모르는 사람들에게는 세상에서 가장 지저분한 매음굴로 보인다는 것도 부인하지 못한다.

"나는 비정상적인 몸이고……."

루검비가 잠시 말을 끊었다.

환희교를 생각하자 다시 몸을 끓어오르는 듯했다.

큰일이다. 이 정도면 이건 무공이 아니라 병이다. 생각하는 것만으로 이성을 잃을 정도라면 이게 병이지 뭐가 병인가. 이런 상태로 사람 사는 세상에 풀어놓으면 색마(色魔)로 돌변하는 건 시간문제다.

전에는 이렇지 않았다.

천법을 끝낼 때까지만 해도 루검비는 정상이었다. 여자를 만지는 게 아니라 품에 안고도 이성을 놓지 않았다. 그때도 환희밀공을 사용했지만 풀 때와 끊을 때를 자신 스스로 주도했다.

지금은 여자만 보면 아예 미치는 것 같다.

살인! 살인 때문이다!

조금 더 정확히 말하면 사내들을 죽이면서 흡취한 양기가 그를 비정상적인 인간으로 만들었다.

천겁을 죽일 때도 그렇고 산적늘을 죽일 때도 그렇고…… 루검비는 그들을 병장기로 죽이지 않았다. 환희밀공을 써서 양기를 흡취, 고갈시켜 죽였다.

그 양기들이 모두 체내에 축적되어 짐승보다도 더한 극도의 발정 상태를 만든 것이다.

아니다. 루검비가 시전한 것은 간공이나 상공이 아닌 반공이다. 양기를 흡취한 것이 아니라 경맥 안에 이질적인 양기를 불어넣음으로써 끊임없이 공격케 만들어 혈맥 파열을 유도했다.

결코 양기나 음기를 빼앗는 수법이 아니다.

실제로 산적들과 싸울 때도 루검비는 살짝 붙잡기만 했지 양기를 빨아들일 만한 시간을 갖지 못했다.

정확히 따지면, 루검비는 아무런 기운도 흡취하지 않았어야 한다.

한데 그렇지 않다. 일단 진기가 이체관통을 하는 순간, 어떻게든 상대의 기운이 암암리에 묻어온다. 진기가 상대의 몸 안을 휘젓는데 어떻게 아무런 기운도 묻지 않을 수 있으랴.

양은 아주 적다. 너무 적어서 본인이 느낄 수조차 없다. 눈에 띄지도 않을 만큼 아주 살짝 묻어온 것에 불과하다.

하지만 그 영향은 대단했다.

루검비의 진기가 강성했다면 아무런 영향도 미치지 않았을 터이지만 그의 진기 또한 그리 강성하지 못했기에 조그만 변화에도 맥을 추지 못한 것이다.

바다에 먹물 한 사발을 쏟아부으면 흔적도 남지 않지만 세숫물에 먹물을 쏟으면 온통 시커메지는 것과 같은 이치다.

반공이 이럴진대, 하물며 간공이나 상공을 펼쳐 본격적으로 진기를 흡취했다면 어떻게 되었을까?

상상만 해도 끔찍하다.

서화 자신도 한몫하지 않았다고는 할 수 없다.

자신의 음기는 루검비를 다스리지 못했다. 활활 타오르는 활화산 속에 감질나게 물 몇 방울 떨어뜨려 놓은 것에 지나지 않는다. 열기를 식히는 것이 아니라 이렇게 시원한 것도 있다하고 맛만 보여준 게다.

루검비가 미치는 것은 당연하다.

그렇다고 넘쳐흐르는 양기를 식힐 정도로 많은 음기를 흡취할 수도 없다.

자신은 운이 좋았다. 어떤 여인이든 루검비에게 걸리면 죽는다.

루검비는 음기 맛을 단단히 알아버렸기 때문에 차후 똑같은 일이 벌어지면 이성을 완전히 놓아버리리라. 환희밀공을 펼치기만 할 뿐, 거둬들이지 못한다는 뜻이다.

음기가 완전히 고갈되어 생명이 끊어지고 난 후에야, 먹을 것이 없어진 후에야 정신이 들 것이고, 그제야 자신이 무슨 짓을 했는지 깨닫게 되리라.

루검비는 언제 터질지 모를 화약이다.

돌아다니게 놔둬서는 안 된다. 뇌옥에 가둬놓아야 한다.

"나 같은 자를 환희교에 놔두면 환희교 여자들…… 씨가 마를 거예요. 넉넉잡아 이틀. 이틀이면 충분할 것 같은데요? 환희교를 멸절시키는 데."

서화는 눈을 부릅떴다.

'바, 방금…… 멸절…… 이라고…… 멸절이…… 라고!'

그건 생각하지 못했는데 정말 그렇다. 하늘이 무너져도 루검비를 환희교 근처에 얼씬거리게 해서는 안 된다.

"후후! 놀랐어요? 놀랄 필요 없어요. 누가 환희교를 멸절시킨대요? 말이 그렇다는 거죠."

루검비가 쓸쓸하게 웃었다.

"나도 알고 서화도 알고…… 내가 환희교에 머물면 안 되는
데…… 그런데 내가 수문장이래요. 환희밀공이 수문장 무공이
래요. 하하하! 세상에 이런 일이 어디 있어요. 여자만 보면 눈
이 뒤집히는 나보고 발가벗은 여인들이 득실거리는 곳에 가서
그 여자들을 지키래요. 그게 가능해요?"

루검비가 다시 말을 끊었다.

후우! 후우! 거친 숨도 쏟아낸다.

분명히 생각만으로도 욕정이 솟는 단계에 이르렀다. 지금까
지 한 말 중에 무엇인가가 그의 욕정을 자극한 것 같다.

"이런 일은 있을 수 없어요. 만약 정말 그렇다면…… 이건
지옥이에요. 지옥 중에서도 가장 처참한 지옥. 내가 무슨 죄를
지었다고…… 억울해요. 정말…… 억울해요."

'운명이야.'

서화는 루검비의 심중을 헤아렸다. 하나 무엇을 할 수 있으
랴.

다행히도 루검비가 해결책을 제시했다.

"천법에 해결책이 있을 거예요. 그곳에서 이 문제를 풀지 못
하면 끝이에요. 이런 몸으로 세상을 나돌 수는 없잖아요."

나중 말은 거의 혼잣말로 바뀌었다.

루검비는 누구보다도 자신의 상태를 정확히 인식하고 있
다.

그는 사람들을 피할 생각이다. 여자만 피하는 게 아니다. 세

상 사람들 모두를 피할 심산이다. 문제가 풀리지 않는 한, 하루 이틀이 아니라 영원히.

'천법…… 그래, 그곳이라면…….'

절망만 가득하던 곳에 희망의 불빛이 보였다.

루검비가 마지막에 한 말처럼 천법에 가면 비정상적인 몸을 고칠 수 있을 것 같다는 생각이 든다.

무엇보다 루검비의 마음을 알게 되어서 다행이다.

루검비의 나이 때에 여자를 알게 되면 무공이고 학문이고 전폐하고 여자 뒤꽁무니만 따라다니기 일쑤인데, 다행히도 루검비는 그런 부류의 인간이 아니다.

역시 인법의 고통이 효과를 발휘하는 것일까? 루검비 또래들 중에 그만한 고통을 감수한 아이는 없으리라. 힘들게 살았다, 어렵게 살았다 하고 말하는 이들은 많겠지만 루검비만큼 처참한 과거를 가진 아이도 드물 게다.

그런 과거가 비범한 아이로 만든 것 같다.

다른 욕구도 아닌 성욕을 의지로 눌러 참을 수 있으니 득도한 고승(高僧)보다 훨씬 낫다.

"환희밀공…… 은 틀림…… 없이 수문장…… 무공이야. 그래…… 천법…… 에 가면…… 잘못된 걸…… 바로잡…… 을 수 있…… 어."

서화가 힘겹게 말했다.

"그만. 이제 그만 말하는 게 좋겠어요."

'나는 괜찮아.'

서화가 하고픈 말이었다.

"가늘고 힘없는 음성. 나약함. 나 미쳤거든요. 그런 음성을 들으면서 범…… 하고 싶은 생각이 나니까요. 하니 이제 그만 말해요."

서화는 아무 소리도 할 수 없었다.

第九章
허망하고 허망하다

환희밀공
功

1

나그네의 발길이 기련산에 닿았다.

"흠······!"

나그네의 입에서 가벼운 신음이 새어 나왔다.

얼핏 보면 몰매 맞아 죽은 것 같은 시신들이 길 한복판에 널브러져 있다. 체구가 작지도 않다. 철추 같은 중병을 사용하는 장한들의 시신이다.

"거 보십쇼. 보통 놈이 아니라니까요. 계집도 그렇고······ 생긴 건 멀쩡하게 생긴 것들이 요상한 사술을 배워 가지고는······."

나그네를 뒤따르던 중년인이 주절주절 말을 이어가다가 차가운 눈빛을 접하고는 입을 꾹 닫았다.

나그네는 시신들을 꼼꼼히 살펴 나갔다.

시간이 얼마나 지났을까.

"흠……!"

그는 들릴 듯 말 듯 신음을 토해냈다.

사람이 죽을 때는 반드시 이유가 있다. 몸 어딘가에 이상이 생겼기에 죽는다. 멀쩡하던 사람이 아무 이유 없이 죽는 경우는 천에 하나, 만에 하나도 보기 어렵다.

한데 기련산에 그런 자들이 즐비하게 쓰러져 있다. 아무 이유 없이 죽은 자들.

오공에서 검은 피를 줄줄 흘리며 죽었다. 물에 빠져 죽은 시신처럼 몸이 퉁퉁 부어올랐다. 하면 어딘가에는 이상이 있어야 한다. 아무 이상 없이 이런 현상이 일어날 리는 없다. 한데 이상이 없다. 아무리 살펴도 사인을 찾지 못하겠다.

"이놈 이거, 아예 살성(煞星)이 다 되었네. 이거 몇 놈이나 죽인 거야? 이제는 닥치는 대로 죽이자는 심산인가?"

중년인이 인상을 찡그리며 중얼거렸다.

나그네는 그의 말은 들은 척도 하지 않고 시신만 뚫어지게 노려보았다.

"경맥 파열…… 그것도 대단한 내가중수법(內家重手法). 새로운 무맥(武脈)의 탄생인가."

생전 처음 보는 수법인데 놀라운 위력을 지녔다.

중년인의 말을 빌리자면, 천겁이란 자는 바싹 껴안긴 상태에서 이유없이 피를 흘리며 죽었다.

이유는 있다. 천겹이란 살수는 전신 경맥이 가닥가닥 끊겨서 죽었다. 내가중수법에 치명타를 당한 것이다.

상대가 껴안기만 했다?

잘못 봤을 게다. 어느 틈엔가 가격을 했는데, 미처 알아보지 못했으리라.

누구인지 모르겠지만 바로 곁에서 지켜보던 사람이 눈치채지 못할 만큼 빠른 손속을 지닌 자다.

"이게 무슨 수법인지 알려면……."

나그네는 허리춤에서 장검을 뽑아 들었다. 그리고 한 치의 망설임도 없이 죽은 장한의 목에 푹 꽂았다.

찌이익! 가가각……!

장검을 쭉 밑으로 훑자 살이 베이고, 뼈가 끊어졌다.

나그네는 벌어진 틈을 활짝 열고 장기(臟器)를 살폈다.

위, 간, 폐, 심장, 대장, 소장…….

"괜찮고…… 괜찮고…… 여기도 괜찮고…… 허!"

나그네는 정녕 알 수 없다는 듯 고개를 갸웃거렸다.

내가중수법에 당하면 장기가 산산조각 난다. 오장육부가 전부 뭉개지지는 않는다 해도 어느 한 부분은 반드시 치명적인 사흔(死痕)을 보인다.

기련산 들쥐들의 시신에는 아무런 흔적도 남아 있지 않았다.

그것이 희한하다. 궁금하다. 어떤 무공이 이런 죽음을 만들 수 있는지 직접 두 눈으로 보고 싶다.

"이놈들, 뒈지는 데 촌각도 걸리지 않았을 거야. 붙잡혔다 싶으니까 피를 줄줄 흘리면서 쓰러지던데 뭘.”

중년인이 이번에도 혼잣말처럼 말했다.

“당신…… 죽지 않은 게 감사하지 않나?”

나그네가 중년인에게 말하며 피식 웃었다.

“나이도 어렸다며? 그럼 보나마나 강호초출인데. 두어 번 정도만 경험을 더 쌓았어도 당신 역시 이놈들과 별반 다를 바 없는 신세가 되었을 거라는 생각은 안 해?”

“아니, 이거 왜 이러십니까? 할 일 다 제쳐 두고 길 안내를 해준 사람에게.”

“됐다는 이야기야.”

“네?”

“자네 길 안내, 여기서 끝내지.”

“그건 곤란합죠. 사촌을 죽인 녀석인데 놈이 죽는 꼬락서니는 이 두 눈으로 봐야겠습죠.”

“천겁이 자네 사촌인가?”

“……!”

중년인의 두 눈이 놀란 토끼눈이 되었다. 얼굴빛도 새파랗게 질려갔다.

“후후! 무천(武天)을 가볍게 본 모양이군.”

“그, 그럴 리가요! 그럴 리가 없습죠. 어떻게 감히 무천을…….”

“내가 널 따라온 것은 천겁의 죽음이 애석해서가 아냐. 천겁이나 이놈들이나 모두 죽어 마땅한 놈들이지. 아! 천겁이 사촌이라고 했지? 면전에서 사촌 욕을 하니 기분 나빴겠군."

"아, 아니…… 그게 아니라……."

"됐어. 너도 배포 하나는 큰 놈이야. 천겁 같은 놈의 죽음도 이용하려고 했으니. 그것도 무천을 상대로."

"그, 그럴 생각은……."

중년인의 몸이 사시나무처럼 바들바들 떨렸다.

"떨 것 없어. 죽일 생각이었으면 벌써 죽였다. 천겁 같은 놈으로 무천을 기망했으니…… 쯧! 아니, 아니. 기망한 것은 아니지. 사이(邪異)한 죽음, 그것이면 됐어. 기망한 게 아냐. 무천 분타(分舵)에 가서 모초권(茅楚權)이라는 이름을 대고 은자 서른 냥을 받아가."

"은, 은자까지! 서른 냥씩이나!"

중년인의 얼굴에 갑자기 화색이 돌았다. 지옥에서 부처님을 만난 듯 입술이 기쁨으로 씰룩거렸다.

"그만 가봐."

중년인은 두말없이 뒤돌아섰다. 그리고 꽁지가 빠져라 달아났다.

"훗! 웃긴 놈. 무천을 상대로 장난을 칠 배포라면…… 언젠가 한 번쯤은 쓸 데가 있겠지."

나그네는 눈길을 돌려 다시 장한의 뱃속을 쳐다봤다.

너무도 멀쩡한 장기들…… 그렇다고 근육이나 뼈가 손상된 것도 아니다.

눈을 크게 뜨고 찾아봤지만 좀처럼 사인을 찾을 수 없다.

나그네는 조심스럽게 장한의 두개골을 열었다.

단단한 뼈에 둘러싸인 뇌가 모습을 드러냈다. 생선 창자처럼 돌돌 말린 누런 뇌는 아직도 끈적거림을 유지하고 있다.

"뇌에도 출혈이 없고…… 허! 도대체가……."

너무도 기이한 죽음이다. 사인도 없고 독에 중독된 것도 아닌데 몰매 맞아 죽은 사람처럼 퉁퉁 부어 있다.

천겹 같은 놈 때문에 전당포 주인이라는 놈을 따라온 것이 아니다. 천겹의 죽음이 너무도 사이(邪異)하여 호기심이 치밀었기 때문에 놈을 앞세웠다.

무천 무인의 호기심을 자극할 만한 죽음은 흔치 않다. 하니 놈의 기망도 웃으면서 봐줄 수 있는 게다. 이런 죽음을 목도했다는 것만으로도 은자 서른 냥 값어치는 된다.

'혈관도 멀쩡해.'

아니다. 혈관은 곳곳이 터져 있다. 그 때문에 칠공으로 피를 쏟아낸 것이지만 직접적인 사인이라고 보기는 어렵다. 사인은 따로 있고, 부수적인 증상으로 혈관이 파손되었다.

그 사인…… 혈관이 터진 이유를 찾지 못하겠다.

나그네가 혈관이 멀쩡하다고 진단한 이유다.

"뭔가가 단숨에 훑고 지나갔다는 이야기인데……."

모초권이라고 이름을 밝힌 나그네는 기련산 산봉을 쳐다봤다.

죽음의 냄새가 산봉으로 이어진다. 산적들을 죽인 자가 산봉을 넘어갔다는 뜻이다.

사공(邪功)을 쓰는 자일까? 그렇다면 사마(邪魔)의 무리다.

그자가 죽인 놈은 천겁이란 살수와 기련산 들쥐로 불리는 산적들뿐이다.

죽일 자들만 죽였다.

아직까지는 뒤를 쫓을 이유가 없다. 즉, 무천이 개입할 사건이 아니다. 요즘같이 몸이 열 개라도 모자랄 정도로 바쁜 시기에 사건 같지 않은 사건 때문에 시간을 뺏길 수는 없다.

모초권은 잠시 망설였다.

"아냐. 이건 정상이 아냐. 이런 죽음은……."

망설임은 있었지만 결정은 빨랐다.

뒤를 쫓는다. 흉수를 만난다. 처리해야 할 자인지, 교분을 맺어야 할 자인지는 찾은 다음에 따진다.

"저쪽 산봉을 넘으면 음산(陰山)으로 빠지겠고…… 이놈들이 죽은 지는 반나절. 가로질러 가면 음산에서 만나겠군. 일남일녀라……."

모초권은 신법을 펼쳐 산허리를 가로지르기 시작했다.

쒜에엑!

그의 신형은 솔개처럼 쾌속했다.

음산은 자그마한 마을이다. 이리저리 가로질러도 전체를 돌아보는 데 불과 반 각밖에 걸리지 않는다.

모초권은 음산으로 들어가지 않았다.

마을 전체를 조망할 수 있는 곳, 산등성이에서 마을을 굽어

보며 오가는 모든 사람들을 감시했다.

마을은 한가롭다. 너무 한가로워서 사람 구경하기가 힘들다.

이런 곳에서 강호초출의 풋내기를 잡아채는 건 일도 아니다.

그는 편안하게 앉아 생각을 거듭했다.

흔적없이 사람을 죽일 수 있는 무공이 출현했다.

그는 고수일까, 하수일까?

지금까지 죽인 자들이래야 기껏 삼류살수이거나 산적 나부랭이들이다. 그들의 죽음으로는 무공의 고하를 가늠하기는 어렵다. 하수라서 쉬운 자들을 상대한 것 같지도 않다.

새로운 무공을 창안하면 제일 먼저 수목(樹木)에 사용해 보고, 그다음이 개나 돼지 같은 가축에게 사용해 본다. 결과가 만족스러우면 그때서야 산적같이 죽여도 될 자들을 찾아서 시전해 본다.

무림에 새로운 무공이라며 선보이는 것은 그다음이다.

실전을 통해 완벽히 가다듬은 후, 누구와 싸워도 자신있다 싶을 때 내놓는다.

그렇다고 그런 무공들이 모두 최강의 절기가 되는 건 아니다.

새로운 무공이 일 년이면 수십 개씩 쏟아져 나오지만 사람들 뇌리에 기억되기란 하늘의 별 따기다.

이제 갓 창안한 무공이라면 산적들을 죽인 게 이해된다.

한데 강호 경험이 없는 애송이가 무공을 펼쳤다는 게 이해되지 않는다.

무공을 창안하여 강호로 나섰다?

이거야말로 지나가는 개도 웃을 말이지 않은가.

어떤 종류의 무공일까? 사공일까, 정종 무공일까? 사공이라면 싹이 더 자라기 전에 죽여야 하고, 정종 무공이라면 장차 일대 종사(一代宗師)가 될 자다.

상당히 궁금하다. 도대체 어떤 자일까?

분명한 것은 무림에 모습을 드러내는 순간부터 돌풍을 일으킬 게 틀림없다는 거다.

시간이 흘러 날이 어둑어둑해지더니 달이 솟았다.

추적은 실패했다.

나타날 자였다면 벌써 나타났다. 지금까지 나타나지 않은 것은 다른 길로 이동했기 때문이다.

외통수 길이었는데…… 달리 빠질 곳이 없었는데…….

아직까지 기련산에 머물러 있을 수도 있다. 동굴이나 쓰러진 나무 아래에서 편안히 휴식을 취하고 있을지도 모른다. 산적들과 싸우면서 부족한 점을 깨닫고 보완에 들어갔는지도 모른다.

변수가 너무 많다.

어떤 경우이거나 그를 만난다는 건 모래밭에서 바늘을 찾는 것과 마찬가지다.

"후후!"

모초권은 가볍게 웃으며 일어섰다.

아직은 만날 때가 아닌가 보다. 하나 언젠가는 만난다. 이런 무공을 지닌 자라면 반드시 강호에서 만난다. 그때까지 기억 한 켠에 쌓아놓고 있으면 된다.

그는 산을 내려가기 시작했다.

2

떠날 때는 돌 위에 눈이 쌓여 있었다.

돌아와 보니 작열하는 태양의 열기가 돌을 뜨겁게 달궈놓았다.

계절이 겨울에서 여름으로 바뀌었다.

"쿨룩! 쿨룩……!"

서화가 연신 기침을 해댔다.

기침을 할 때마다 누런 가래가 한 움큼씩 쏟아져 나왔다.

주름은 더욱 깊어졌다. 머리카락도 거의 빠져서 몇 가닥 남지 않았다. 살은 뼈에 달라붙었고, 눈동자는 광채를 잃어갔다.

냄새도 났다.

몸에서는 쉰내 비슷한 냄새가 끊임없이 풍겼고, 입에서는 음식 썩는 냄새가 코를 진동했다.

그녀의 삶은 하루 앞을 장담하지 못한다.

"어서……."

서화가 손을 들어 석묘를 가리켰다.

루검비의 상태도 서화 못지않게 나빴다.

석관에 물을 넣은 가짜 음기 대신에 진짜 음기를 흡취했으니 좋으면 좋았지 나빠질 건 없다. 문제는 몸에서 요구하는 수준에 훨씬 못 미쳤다는 것이다.

서화의 음기는 음양의 평형을 이루기는커녕 양기의 성질만 곤두세워 놨다.

루검비는 부들부들 떨리는 몸을 이끌고 물을 길어 왔다.

한 걸음, 한 걸음이 지옥이다.

인간이든 짐승이든 암컷이라면 무조건 달려들고 싶다.

온 세상이 비릿한 냄새로 가득하다. 여자의 냄새다. 사람 냄새가 아니라 여자 냄새다. 남자와 여자의 냄새가 각기 다르다. 아예 사람 냄새가 있다는 것조차 모르는 사람이 태반이겠지만 루검비는 맡고 싶지 않아도 맡아진다.

"후욱! 후욱!"

입으로 거친 숨을 토해냈다. 입안에 침이 바짝 마르고, 단내가 풀풀 풍긴다.

서화를 죽이고 싶다. 차라리 그녀를 죽여 버리면 이 고통을 당하지 않아도 될 텐데. 그녀만 사라지면 여자 냄새 같은 건 맡을 리 없을 텐데.

다행히도 서화는 몸을 숨겼다.

그녀를 뉘어놨던 곳에는 빈 망태만 놓여 있다.

제대로 일어서지도 못하는 몸을 이끌고 숲 속 어딘가로 기어간 것이다.

"후욱! 후욱!"

루검비는 다시 한 번 거친 숨을 쏟아냈다.

그녀는 멀리 가지 못했다. 겨우 몇 걸음만 움직였을 뿐이다. 숲으로 들어가서 대여섯 걸음만 걸으면 그녀를 찾을 수 있다. 하기는 일어서지도 못하는 몸을 이끌고 어디를 가겠는가.

살의(殺意)와 그녀의 마지막 남은 음기를 빼앗고픈 탐심(貪心)이 번갈아 일어난다.

루검비는 이를 악물며 참았다.

인법에서 받은 고통은 아무 소용이 없었다. 지법에서 쌓은 인내도 휴지 조각에 불과했다.

아주 어려운 일을 겪으면 흔히 앞으로는 어떤 어려움이 생겨도 참을 수 있을 것이라고 말한다.

틀린 말이다.

팔이 잘리는 고통을 당한 사람이 손가락을 잘리게 되면 덜 아플 것 같은가? 심적인 고통이 덜할 것 같은가?

현재의 아픔이 중요할 뿐, 과거의 아픔은 전혀 도움이 되지 않는다. 아픔에 익숙해지는 경우는 있어도 가벼워질 수는 없다.

인법, 지법, 천법의 고통은 그냥 고통일 뿐이다. 앞으로 아주 큰 고통을 당할 테니 대비책으로 작은 고통을 겪어보라는 것은 터무니없는 주문이다.

자신이 그런 일을 당했다.

지법과 천법은 환희밀공을 수련하는 단계이니 어쩔 수 없다

고 해도 인법에서 당한 고문은 정말 헛짓거리였다. 어떤 일이
든 참을 줄 아는 독종을 만든다는 심산이었지만 원초적인 본
능을 자극하는 욕구 앞에는 독심(毒心)도 필요없다.

　쏴아아!

　길어 온 물을 석관에 넣고 힘들게 들어가 누웠다.

　밀려온다. 차디찬 기운이 피부를 통해 스며든다. 뜨겁게 타
오르는 불길을 삭혀준다.

　'관…… 이 관에서 벗어날 수 없는 몸…….'

　그런 건 아무래도 상관없다. 불덩이처럼 뜨겁게 달궈지던
양물이 차디찬 얼음을 만나 욕기(慾氣)가 사그라지니 이제야
비로소 숨을 쉴 수 있을 것 같다.

　루검비는 오랜만에 편한 마음으로 혼곤히 잠을 잘 수 있었
다.

　석관의 효과는 바로 나타났다. 가짜 음기에 취해 하루를 지
냈을 뿐인데 루검비의 얼굴에 화색이 돌았다.

　여인의 냄새는 아직도 맡아진다.

　서화…… 그녀는 어제 그 자리에서 꼼짝도 하지 않았다. 아
니, 꼼짝도 하지 못했다. 그녀의 몸 상태는 구순 노파나 다름없
다. 돌봐주는 사람이 없다면 이삼 일 안에 숨지고 말리라.

　루검비는 몇 걸음 걷지 않아서 서화를 찾아냈다.

　"뭐예요? 모기 밥이 되어준 거예요?"

　농담 삼아 건넨 말이다.

"내가…… 안 주면…… 굶…… 어…… 죽잖아요."

서화가 피식 웃으며 힘겹게 말했다.

그녀의 가죽만 남은 몸에는 모기에게 물린 자국이 가득했다.

루검비는 손을 뻗어 그녀를 안았다.

순간, 그녀가 움찔거리며 뒤로 물러섰다. 두 눈에서는 경악과 공포가 실타래처럼 풀려 나왔다.

"괜찮아요. 이제."

서화는 고개를 크게 가로저었다. 못 믿겠다는 듯 강력하게 도리질을 했다.

"이제 괜찮다니까요."

"나도…… 나도…… 괜찮……."

루검비는 말을 끝까지 듣지 않고 그녀를 번쩍 안아 들었다.

그녀가 눈을 찔끔 감았다. 또한 그 와중에도 한 손을 들어 승장혈을 가렸다.

"괜찮아요. 아무렇지도 않다니까요."

서화는 그제야 눈을 조심스럽게 뜨며 루검비의 눈을 쳐다봤다.

동요없는 눈길, 평온과 고요함이 담긴 눈길.

"저, 정말…… 괜찮군…… 요."

"괜찮다니까요. 이제 믿어요?"

루검비는 활짝 웃었다.

그녀를 석관에 뉘었다.

석관의 물은 가짜 음기 역할을 해준다. 하면 잃어버린 서화의 음기도 채워주지 않을까?

"마음을 차분히 가라앉히고 정사를 생각하세요. 뜨거운 정사. 석관의 물은 그냥 물이에요. 결코 약초나 영약이 아녜요. 하나 운기를 할 때, 양기가 움직일 때는 성질이 변해서 음기 역할을 해주죠."

석관의 음수(陰水)는 사내를 위한 것이다. 욕정으로 들끓는 마음을 차분히 가라앉혀 주는 역할을 한다. 여인에게는 전혀 가치가 없는 물이다.

그래도 서화를 눕혔다.

인간은 누구나 양기와 음기를 지닌다. 사내는 양기가 강하고 여인은 음기가 강할 뿐이지, 전혀 없는 것은 아니다.

아니다. 이 말은 틀렸다.

어느 인간이나 양기와 음기를 똑같이 가지고 있다. 양기나 음기 중 어느 한쪽이 모자라면 당장 병에 걸린다. 음양의 조화야말로 인체가 가진 기능 중에 가장 중요한 부분이다.

단지 사내를 양기, 여인을 음기의 결정체인 것처럼 말하는 것은 표면적으로 드러나는 성질이 그렇기 때문이다.

사내의 경우에 양기를 잃으면 음기는 자연히 그만큼 소멸된다. 여인의 경우도 음기를 잃으면 그에 맞춰 양기도 사라진다. 있으면 있는 만큼, 없으면 없는 만큼 채워진다.

루검비의 경우는 조금 다르다. 양기가 지나치게 격발되어

음기가 미처 따라오지 못했다. 양기에 맞춰서 음기도 키워져
야 하는데, 시간이 부족했다.

이런 경우는 왕왕 생긴다.

사내가 그럴 때도 있고, 여인이 그럴 때도 있다. 양기와 음
기 중에 어느 한쪽이 지나치게 극성하면 다른 한쪽이 채워질
때까지 비정상적이 된다.

늦게라도 채워지기만 하면 정상으로 돌아올 수 있지만……
끝내 채워지지 않는 경우도 있다. 양기가 너무 강한 사내나 음
기가 너무 강해 보이는 여인은 기의 조절에 문제가 있다.

서화도 양기를 지니고 있다.

잃어버린 음기만큼 미약해졌지만 이제 끄집어내야 한다.

"오늘 하루…… 다른 건 생각지 말고 뜨거운 정사만 생각하
세요."

루검비가 해줄 수 있는 마지막 말이었다.

쫘아악! 쫘악!

차가운 물을 연신 끼얹어 달궈지기 시작한 몸을 식혔다.

참으로 고단한 인생이다. 피곤한 몸이다. 도저히 여인으로
볼 수 없는 여인을 안고도 욕정을 느끼면 어쩌자는 말인가.

서화를 안을 때 욕정을 느꼈다.

그녀가 손을 들어 승장혈을 가릴 때, 와락 밀쳐 내고 양기를
쏟아 넣고 싶었다.

애써 평온한 모습을 보였지만 내심은 끓는 기름처럼 들끓

었다.

그녀에게 말을 건넬 때도 그랬다.

'뜨거운 정사'를 말할 때 그녀를 안고 있던 광경이 떠올랐다.

미친놈, 미친놈, 미친놈…….

머리를 쥐어뜯어도 벌거벗은 여인의 환영이 떠나지를 않는다.

이래서는 아무래도 색광(色狂)이라는 소리를 피하기는 어려울 듯싶다.

원래 석관은 알몸으로 이용해야 한다.

물과 신체의 접촉이 자연스럽게 이루어져야 한다. 옷은 물에 젖으면 살에 달라붙는다. 그때의 느낌은 썩 좋은 편이 아니고 집중을 방해하는 요소로 작용한다.

하나 어떻게 서화의 옷을 벗길 수 있으랴. 옷을 입고 있는 상태에서도 발성 난 수캐가 되어 있는데, 옷까지 벗기면…….

그녀 스스로 기운을 찾아야 한다. 조금이라도 효험을 봤을 때, 그래서 힘들게라도 몸을 움직일 수 있을 때 본인 스스로 옷을 벗고 진정한 음기를 받아들여야 한다.

석관의 효험을 시험해 볼 지름길이 없는 건 아니다.

자신이 서화와 석관에서 운우지락을 나누면 된다. 진짜 정사까지는 치르지 않아도 된다. 뜨거운 애무만으로도 서화의 몸은 반응할 것이고, 달궈질 게다.

그 일을 하라고? 여자만 보면 눈이 뒤집히는 놈에게?

촤아악!

한여름이지만 깊은 계곡을 흐르는 물은 얼음처럼 차갑다.

아니다. 차갑지 않다. 도무지 달궈진 몸이 식지 않는다.

"우우! 우우우우……!"

급기야 루검비의 입에서 짐승의 울음소리가 흘러나오기 시작했다.

가끔 선녀는 어떻게 생겼을까 궁금했던 적이 있다.

얼마나 아름다울까? 살결은 얼마나 고울까?

절에서 선녀를 봤다. 법당을 구경하다 보니 선녀들이 구름을 타고 하늘을 나는 그림이 그려져 있었다.

너무 아름다운 모습에 숨이 막혔다.

선녀가 머리에 쓰고 있는 가채도 신비했고, 매미 날개처럼 가벼워 보이는 옷도 가슴을 설레게 했다.

그때 본 선녀의 인상은 너무 강렬해서 좀처럼 지워지지 않는다.

왜? 왜……? 선녀의 얼굴은 기억나지 않는데, 전체적인 모습도 흐릿하게만 기억되는데 마치 항상 보았던 사람처럼 익숙한 것일까?

교주! 그렇다! 교주와 선녀가 흡사하다! 아주 빼다 박았다!

"교주님!"

루검비는 자신도 모르게 교주를 불렀다.

"호호호! 오랜만이네."

그녀가 다정히 불러준다. 뿐만이 아니라 가볍게 쓰다듬어 주기까지 한다.

퍽! 퍽퍽퍽!

너무 부드러운 손길이다.

"교주님!"

루검비는 이끌리듯 교주의 품 안으로 빨려 들어갔다.

교주의 품은 참으로 오묘했다. 꽉 껴안으면 수수깡처럼 으스러질 것 같다. 너무 연약해서 소중히 안아야 한다. 한데 너무 편안하고 아늑하다.

"이걸 원했구나. 미안. 한 번도 못 안아줬지?"

"네, 교주님."

"안아줄게. 어서 와."

교주가 그를 이끌었다. 그의 손을 잡아 가슴에 댔다. 몽실몽실한 가슴에 대고 꾸욱 눌렀다.

"다 컸네. 이세 어른이야."

"그럼요. 어른, 어른이에요. 저도 다 컸어요."

"다 컸으면…… 이것도 괜찮겠지?"

교주의 손이 밑으로 내려와 하물을 더듬었다.

"교주님! 교주님! 아아!"

루검비는 허물어졌다.

그에게 선녀의 유혹을 밀쳐 낼 만한 의지 따위는 존재하지 않았다.

교주의 품은 일단 휘말리면 정신없이 빨려들고야 마는 수렁이었다.

"어서! 어서!"

어른이 되기를 재촉하는 교주의 음성이 귓전을 간질였다.

"헉!"

루검비는 화들짝 놀라 일어섰다.

꿈이었나. 교주와 정사를 나눈 건 불경스럽지만 그렇다고 잊고 싶지도 않은데. 아니, 꿈이 아니기를 간절히 바랐는데 꿈으로밖에 이룰 수 없는 것이었나.

교주와의 관계가 사랑 운운할 만큼 깊은 건 아니다. 솔직히 교주의 얼굴도 잘 기억나지 않는다. 아주 자상한 분이었다는 막연한 생각만 맴돈다.

그럼에도 지난밤의 일이 사실이기를 바라는 것은…… 꿈속의 정사가 너무도 황홀했기 때문이다.

서화의 음기를 빨아들이면서 극에 이른 쾌감을 맛봤다.

세상을 살면서 그만한 쾌락은 두 번 다시 느끼지 못할 줄 알았다.

느꼈다. 그보다 훨씬 큰 쾌락이다. 벼락이 전신을 관통하는 듯한 충격이었다. 정신이 아득해서 오직 즐거움밖에 떠오르지 않을 만큼 황홀했다.

일장춘몽(一場春夢), 모든 게 꿈이다.

환상…… 일면 다행스럽고 일면으로는 아쉽다.

"그래도 다행이지. 교주님과 그런 일을…… 내가 미쳐도 단단히 미쳐 가는…… 헛!"

루검비는 혼잣말을 중얼거리다 말고 경악성을 내질렀다.

꿈이 아니었다. 간밤의 정사는 실제로 벌어진 일이었다.

삼 장 정도 떨어진 곳에 알몸의 여자가 누워 있다, 축 늘어진 모습으로.

"이게……?"

이게 어찌 된 일인가. 저 여자는 누구며, 왜 이런 곳에서 죽어 있는가. 왜 알몸인가.

생각만 하고 있을 때가 아니다.

루검비는 황급히 일어나려다 말고 다시 멈칫거렸다.

자신 역시 알몸이다. 옷은? 있다. 사방에 흩어져 있다. 상의는 찢겨 있기까지 하다.

"이게…… 이게……."

무슨 말인가 나오려다 만다. 머릿속에는 수만 마디의 말이 떠오르는데 한마디도 할 수 없다. 갑자기 백치라도 된 양 아무 생각도 나지 않는다.

휘청거리는 걸음으로 여인에게 다가가 상태를 살폈다.

느낌처럼 여인은 이미 죽어 있었다.

"내가…… 내가 죽였어."

힘없는 말이 탄식처럼 새어 나왔다.

막연히 말하는 게 아니다. 승장혈과 수분혈에 푸른 반점이 보인다. 바로 환희밀공의 흔적이다.

그 외에 다른 흔적은 보이지 않았다. 하초(下焦)를 살펴보기가 민망하여 흘깃 훔쳐봤지만 능욕당하지는 않은 것 같았다.

이제 여인이 어떻게 죽었는지는 명확해졌다.

강제로 옷이 찢기고 능욕을 당하려는 찰나, 환희밀공이 일어났다. 그리고 순식간에 음기를 빼앗긴 끝에 절명했다.

더 이상 무슨 변명거리를 찾는단 말인가.

처음 보는 여인…… 생면부지의 여인이 깊은 산골에는 웬일이란 말인가. 자신과는 어떻게 만난 것인가.

관계를 갖고 싶지 않았으리라.

죽고 싶지 않았으리라.

여인이라면 사족을 못 쓰던 놈에게 걸렸으니 죽을 수밖에 없었을 게다.

루검비는 착잡한 심정으로 앉아 있었다. 일다경, 이다경…… 반 각이란 시간이 무심히 흐르는 동안 애꿎게 죽어간 여인의 얼굴만 뚫어지게 쳐다봤다.

"언젠가는 꼭…… 이 죗값을 받을게요."

다른 말은 떠오르지 않았다. 오직 이 말밖에 할 수 없었다.

여인을 묻었다.

땅을 깊게 파고 여인을 눕혔다.

찢어진 여인의 옷도 일일이 찾아서 같이 묻어주었다.

여인은 부유한 집안의 딸이었던 것 같다. 옷이 참으로 매끄럽다. 손에 기름칠을 한 듯 슬슬 미끄러진다. 이게 비단인가?

여인은 무인이었다.

여인의 장검을 찾았다. 검신(劍身)에 봉황(鳳凰)이 음각(陰刻)되어 있고, 검격(劍格)에는 백옥(白玉)이 여섯 개나 박혀 있다. 붉은빛이 감도는 검집도 화려하다.

루검비는 검을 유심히 살폈다.

검끝에 달려 있는 기다란 수술부터 검선(劍先)까지 눈을 감고도 그려낼 수 있도록 보고 또 봤다.

봉황의 문양이나 검집의 독특함도 뇌리에 새겼다.

죽은 여인이 누구인지 알 수 있는 유일한 단서이지 않은가.

키는 오 척이 조금 넘고, 몸무게는 열두 관 정도 된다.

여인의 모든 것을 기억에 남겼다.

"이런 말…… 휴우! 들리지도 않겠지만…… 정말 언젠가는 꼭 이 죗값을 치르겠습니다. 꼭!"

루검비는 흙을 덮은 후에도 해가 중천을 넘어설 때까지 일어서지 못했다.

서화는 여전했다. 석관에 누워 죽은 듯이 잠들어 있다.

좋은 현상이다. 물속에서 잠을 청한다는 것은 그만큼 기력이 돌아왔다는 뜻이다.

기력이 더 쇠해졌을 경우도 있지만 그때는 얼굴빛이 푸르게 변하니 금방 알아본다.

서화는 좋아지고 있다.

"휴우!"

루검비는 가느다란 한숨을 내쉰 후, 석실에서 물러났다.

오늘, 이름 모를 한 여인이 죽었다. 그가 상처를 입힌 또 한 여인은 죽음 직전에서 간신히 목숨만 구명한 상태다.

'후후! 나란 놈…… 여인에겐 재앙이군.'

여인과 살을 맞대지 말라는 말을 절대규칙으로 삼은 적이 있다. 이제 그 말을 변경한다. 절대 여인과 만나지 말라로.

한데…… 한데? 느낌이 다르다. 이런 느낌이 아니었다.

루검비는 섬광처럼 스쳐 가는 생각이 있어서 황급히 석실 안으로 들어섰다.

서화를 봤다. 그녀가 잠들어 있다.

그것뿐이다. 그녀에게서 욕정이 느껴지지 않는다.

'이것……!'

루검비는 침을 꿀꺽 삼키며 한 걸음 앞으로 나섰다.

물에 젖은 그녀의 몸이 보인다. 가슴의 굴곡이며, 작은 포도송이며…… 그녀의 몸이 여실히 드러나 있다.

전 같으면 껴안고 싶어서 미쳤을 게다.

아무렇지도 않다. 아무 느낌도 안 든다. 아니, 너무 불쌍해서 잘 돌봐주어야겠다는 생각만 든다.

그리고 보니 죽은 여인을 묻어줄 때도 담담했다.

죽은 여인이라지만 발가벗고 있지 않았나. 여느 때 같았으면 시간(屍姦)이라도 하고 싶어서 미쳤을 텐데, 티끌만 한 욕념도 일어나지 않았다.

아무렇지도 않다, 아무렇지도…….

"이게……?"

어찌 된 영문인지 모르겠다. 분명한 것은 환희밀공의 업보에서 벗어날 수 있는 기회가 찾아왔다는 것이다. 이 기회를 놓치면 언제 또 이런 기회가 찾아올지 알 수 없다.

서화를 보고도, 발가벗은 여인의 몸을 보고도 욕정을 느끼지 않게 된 원인이 무엇인지 찾아내야 한다.

루검비를 가부좌(跏趺坐)를 틀고 앉았다.

3

음과 양의 조화는 반고(盤固)가 하늘과 땅을 구만 리나 떼어놓을 때부터 존재했다.

삼오력기(三五歷記)는 말한다.

천지가 개벽하여 양(陽)은 맑아서 하늘이 되고, 음(陰)은 탁해서 땅이 되었다. 반고는 날마다 한 길씩 길어졌다. 하늘은 날마다 한 길씩 높아졌고, 땅은 한 길씩 두꺼워졌다. 반고가 일만 팔천 살이 되었을 때, 하늘과 땅의 거리는 구만 리가 되었다.

음양의 조화는 세상이 탄생하면서부터 존재했다. 하여 하늘 아래 모든 동식물이 음양의 지배를 받는다.

그중에서 가장 핵심은 단연 번식이다.

식물은 씨를 만들고 퍼뜨린다. 동물은 상대를 찾아 짝짓기를 한다.

모두가 당연하게 여긴다. 골목에서 개가 교접하고 있어도 당연하게 여기며 지나친다. 소나 돼지 같은 가축은 돈을 들이면서까지 짝을 지어준다.

교접 장면 같은 것은 아무 문제가 되지 않는다. 동식물에게는 번식만 존재한다.

인간은 다르다. 인간은 동식물처럼 번식 때문에 정사를 나누기도 하지만 즐거움 때문에 나누는 경우도 훨씬 많다.

그렇다! 인간의 음양조화에는 즐거움이 있다.

환희교는 자연이 준 섭리를 순수하게 따른다. 변질되지 않은, 자연 그대로의 음양조화를 이끌어낸다. 어느 한쪽만 즐기는 것이 아니라 정사를 나누는 꽃과 나비 모두가 최상의 쾌락을 얻도록 노력한다.

환희교는 정사만 밝히는 음탕한 집단이 아니다. 자연의 섭리를 충실히 따르고자 할 뿐이다. 남존여비(男尊女卑)나 여성상위(女性上位)가 아닌, 동등한 입장에서 서로를 아껴주려고 한다.

운우지락? 성교? 그것이 전부가 아니다.

사물을 단편적으로 보는 사람이 환희교를 보면 음탕함밖에 보이지 않겠지만, 성교의 비중을 아주 낮게 잡고 아껴주는 마음을 중시하면 사랑이 보일 것이다.

환희밀공을 이해하려면 환희교부터 봐야 한다.

환희교의 밑바탕에 깔린 것이 사랑이라면 환희밀공 역시 사랑을 떼어놓고는 생각할 수 없다.

지금까지 인법, 지법, 천법을 거치며 수련한 환희밀공에는 사랑이 없다.

수련을 잘못했다.

언제 어디서부터 잘못되었는지 모르지만 아주 크게 잘못되었다.

환희밀공은 음양의 순환이어야 한다. 음기든 양기든 빼앗아오기만 하는 건 환희밀공의 틀에서 벗어나는 행동이다. 그러니 탈이 날 수밖에 없다.

음양의 순환이라…….

인법에서 미지의 여인에게 들은 구결을 다시 되짚어봤다. 지법에 그려진 그림들을 자세히 떠올렸다. 천법에서 겪은 경험도 세세하게 되살렸다.

환희밀공을 뿌리부터 다시 연구했다.

한데 없다. 주고받는 과정이 없다. 빨아들여 내 것으로 만들든지 완전히 내주어 폐인이 되거나 죽는 경우밖에 없다.

여자와 정사를 벌이면 둘 중에 한 명은 죽는다.

어디가 잘못되었을까?

환희교의 교리에 충실한 환희밀공이라면 죽는 사람이 없어야 한다. 정사를 벌이는 남녀 모두가 기력을 보강해야 마땅하다.

오랜 참오 끝에 여자를 보고도 담담할 수 있었던 이유만 간신히 찾아냈다.

음기가 충실해졌기 때문이다.

서화의 음기를 흡취했다. 그때까지만 해도 음기보다는 양기가 많았다. 양기는 음기 맛을 봤기 때문에 더욱 미쳐서 날뛰었다. 그러다가 이름조차 모르는 여인의 음기를 빼앗았다. 정신이 없는 와중이라 마지막 한 방울까지 모두 쥐어짜 내서 목숨까지 잃게 만들었다.

그러자 비로소 음양의 균형이 이루어졌다.

다시 말해서 보통 사람들은 육신 자체가 음양의 조화를 이루기 위해 노력하지만 자신에게는 그런 기능이 없다. 보통 사람들은 어느 한쪽 기운이 지나치게 모자라거나 왕성하면 병증(病症)을 나타내는데, 자신은 공격 성향으로 돌변한다.

지금이 딱 알맞다. 음기와 양기 중 어느 한쪽도 지나치지 않는다. 여기서 음기를 더 취한다면 이번에는 양기를 취하기 위해 발버둥 칠 게다.

양기를 얻기 위해 사내들을 죽이려 들 것이라는 이야기다.

양기가 지나치면 간살(姦殺)을 생각하게 되고, 음기가 지나치면 살인마가 된다.

환희밀공을 수련했지만 사용할 수 없다. 그래도 굳이 사용하겠다면 남자와 여자를 고루 죽여야 한다.

'헛수고한 거야. 아무것도 한 게 없어.'

허탈했다. 힘을 길러 아버지의 복수도 하고, 교주를 위해 수문장도 하려고 했건만 무공을 쓸 수가 없다. 꿈같은 어린 시절을 혹독한 고문과 고독 속에서 지냈건만 말짱 도루묵이 되어버렸다.

루검비는 실의에 빠져 사흘 밤낮 동안 꼼짝도 하지 않았다.

‘서화!’

잊어버리고 있었다. 기력이 쇠잔한 그녀는 누가 보살펴 주지 않으면 밥조차 먹지 못한다. 밥을 해먹는 것은 고사하고 차려놓은 밥을 떠먹는 것조차 하지 못한다.

충격이 너무 커서 그녀를 깜빡 잊었다.

루검비는 힘없이 걸어 석실 안으로 들어섰다.

서화는 여전히 잠들어 있었다.

일어나고 싶어도 기력이 없으니 쉽게 청할 수 있는 잠에 빠져든 것이다. 더군다나 삼 일 동안이나 물속에 방치해 놨으니 자칫 체온 저하로 죽을 수도 있는 상황이었다.

루검비는 급히 그녀를 안아 일으켰다.

“으음!”

서화가 잠꼬대인지 신음인지 모를 소리를 흘렸다.

무방비 상태의 여인.

불쑥 욕망이 치솟는다. 음양의 균형이 맞춰져 욕정이 생기지 않을 줄 알았는데, 또다시 치민다. 무슨 짓을 해도 저항하지 못하는 여인을 손에 넣었다는 자극이 욕정을 다시 일깨웠다.

“이런 제길! 지금 뭐 하는 거야! 원하는 게 뭐야!”

루검비는 하늘을 향해 욕을 퍼부었다.

원하는 게 색마(色魔)인가? 그럼 색마가 되어줘? 색마가 되어 세상 여자들은 겁간하고 다니면 그제야 원이 풀리려나.

아랫입술을 잘끈 깨물며 욕정을 참았다.

정말 참기 힘들다. 육봉(肉峰)이 딱딱하게 곤두서며 뜨겁게 달아오른다. 이성은 욕정을 떨쳐 내야 한다고 말한다. 다른 생각을 하자는 말도 한다. 하나 눈길은 자꾸 서화의 가슴을 헤집고 있다. 옷이 물에 젖어 살에 착 달라붙었으니 오죽 잘 보이랴.

"미치겠네. 정말 미치겠어."

간신히 석실 밖으로 나와 뜨거운 햇볕 아래 서화를 뉘였다.

한숨 돌렸나?

루검비가 말했다.

"잠시만 기다려요. 금방 먹을 걸 가져올게요."

토끼라도 잡아갈 심산이었다. 잡새라도 잡아서 고기를 마련할 생각이었다.

서화의 모습이 머릿속에 자리 잡은 채 떠나지 않는다.

측은하다는 마음은 온데간데없이 사라졌다. 사람이라는 느낌도 없고, 오로지 쾌감을 줄 수 있는 도구로만 보인다.

조급한 마음도 치민다. 가만히 내버려 두면 꼭 누군가 낚아채 갈 것만 같다. 반송장에 가까운 몸이지만 그래도 살아 있는 사람이니 나무처럼 땅에 박아놓을 수도 없고…….

'안 되겠어!'

루검비는 석실을 향해 달음박질했다.

서화는 자고 있지 않았다. 기력이 떨어져서 눈을 감고 죽음을 기다리던 차였다.

그녀는 자신의 등을 받치고 있는 손에서 욕망을 읽었다.

하늘을 향해 울부짖는 모습에서 악마의 저주를 들었다.

루검비는 착한 아이다. 꼬마 때부터 매만 맞고 살아왔으니 그보다 불쌍한 아이가 또 어디 있을까.

하지만 동정은 동정이고, 현실은 냉엄하다.

그는 절대로 환희교에 발을 들여놓아서는 안 된다. 그가 환희교에 들어서면 교의 장래는 지극히 불투명해진다. 아니, 너무도 뚜렷해진다. 멸망할 것이 뻔하니까.

'무슨 일이 있어도 막아야 돼.'

서화는 사력을 다해서 기었다.

루검비의 능력을 안다. 다른 것은 몰라도 여자를 찾아내는 능력만은 타의 추종을 불허한다.

숨는 것으로는 승산이 없다. 하지만 도주할 길이 없으니 숨기라도 해야 한다.

서화는 두 손, 두 발을 이용해 바닥을 기다가 좀처럼 나아가지 못하자 몸을 굴렀다.

전에 거처하던 곳으로는 가지 못한다. 그곳은 루검비도 익히 알고 있다. 루검비도 모르고 자신도 가보지 않았던 곳으로 가야 한다. 그곳에서 풀뿌리라도 캐어 먹으며 수두화가 올 때까지 버텨야 한다.

'반년만 버티면 돼. 금방 갈 거야. 반년……'

루검비는 빨갛게 충혈된 눈으로 한달음에 달려왔다.

그녀를 눕혀놨던 곳에는 하릴없이 태양 볕만 내리쬐고 있다.

서화는? 멀지 않은 곳에 있다. 죽을힘을 다해 풀숲을 기어간다. 조금이라도 비탈진 곳이 나오면 여지없이 몸을 굴린다. 손이 까지고 나무에 몸이 긁혀도 아랑곳하지 않고 박박 기어간다.

'저렇게까지……'

방금 전까지만 해도 들불처럼 피어나 주체할 수 없던 욕정이 일순간에 싹 가셨다.

서화의 행동은 처절한 몸부림이었다. 산불을 피해서 맹렬히 질주하는 사슴처럼 죽을힘을 다해 내빼고 있는 것이다.

서화는 다정한 여자가 못 된다. 오히려 냉혹한 편에 속한다. 자신에게는 친누이처럼 다정했지만 눈썹 한 올 까딱하지 않고 사람 목숨을 딸 수 있는 여자다.

그런 여인이 도주하고 있다. 악마를 피해서, 색마를 피해서.

이 순간, 서화와 그 사이에는 아무것도 남지 않았다. 과거의 인연은 완전히 사라졌다. 그리고 새로운 인연이 만들어졌다. 그것은 아마도 적대 관계가 아닐까 싶다.

사람이 사람을 피해 도주한다. 더 이상 무슨 할 말이 있겠는가.

루검비는 나무 그루터기에 털썩 주저앉았다.

지금이라도 마음만 먹으면 서화를 잡을 수 있다. 눈이 뒤집혀 달려올 때는 머릿속을 텅 비우고, 아무것도 생각하지 않고 당장 눈앞의 쾌락을 좇아서 겁간하려고 했다. 지금도 그럴 수 있다.

한데 마음이 동하지 않는다. 어찌 된 일인지 서화가 발버둥치는 모습을 보는 순간 찬물이 확 부어져 욕정의 불씨를 꺼버렸다.

"후후! 후후후후!"

루검비는 실소를 터뜨렸다.

쓰디쓴 웃음을 토해내는 것 외에 그가 할 것이 없었다.

서화에 대한 욕정은 몸이 일으킨 게 아니라 마음이 일으킨 것이다.

다시 말해서 환희밀공과는 전혀 상관없었다. 루검비라는 인간 자체가 일으킨 평범한 보통 사내의 욕정이다.

환희밀공이 일으킨 욕정이었다면 서화의 상태가 어떻든 그녀가 어떤 행동을 취하든 지금쯤 그녀의 목숨은 이 세상에 없으리라.

사내로서 여자를 갖고 싶다는 순수 본능이 그녀에게 음식을 줘야 한다는 사실까지 망각하고 달려오게 만들었다. 말이 좋아 순수 본능이지, 한마디로 그 순간만은 미친놈이 되었던 게다.

이 부분, 연구해야 할 대목이다.

환희밀공에 의한 욕정은 제어하지 못한다고 해도 본능만은 억누를 수 있어야 했다.

뭐가 잘못된 것일까?

두 손으로 머리를 감싸 안고 고민했다.

해답은 의외의 곳에서 찾아냈다.

하늘이 먹장구름에 가려지더니 빗줄기가 퍼붓기 시작했다.

후두둑! 후둑!

장대비를 맞은 나뭇잎이 요란한 소리를 흘린다.

폭우는 물줄기를 만들었다. 물이 전혀 없던 땅에 가느다란 실선이 생기더니 물이 흐른다. 사람은 눈여겨보지 않는 물줄기지만 개미에게는 건널 수 없는 강처럼 여겨지지 않을까?

물은 끊임없이 흐른다. 땅 위로, 썩은 고목 밑으로⋯⋯.

해답은 그곳에 있었다.

물은 위에서 아래로 흐르는 게 순리다. 어떠한 경우든 밑에서 위로 올라가지는 못한다. 주담자에 넣고 팔팔 끓여 수증기로 만들지 않는 한은 밑으로만 흐르게 되어 있다.

한데 위로 올라간다. 썩은 고목을 촉촉이 적셔간다. 위에서 떨어진 빗줄기가 윗면을 적시고, 아래로 흐르는 물줄기는 아래에서부터 위로 번진다.

비가 오지 않는다면, 그리고 물이 계속 흐른다면⋯⋯ 썩은 고목은 젖어 있을까? 말라 있을까?

물어보나마나다. 젖어 있다. 물의 성질이 아래로만 흐른다지만 이때만은 위로 번진다.

순리가 역행하는 순간이다.

그에게 일어났던 욕정도 이와 같다.

환희밀공에 의해 육신이고 정신이고 모두 욕정에 물들어 있다. 마른 나무라고 생각했지만 늘 젖어 있었다. 거기에 약간의 비만 내리면 순식간에 온통 젖어버리는 게다.

그는 이미 색(色)과 떨어지려야 떨어질 수 없는 몸이 되어버렸다.

"후후후! 후후후후!"

이번에도 허탈한 웃음만 나왔다.

서화가 옳았다. 세상을 하루라도 더 산 사람은 그만한 연륜이 있는 게다. 사람을 볼 줄 알고, 세상을 읽을 줄 알고, 장래에 있을 위험 또한 눈치챌 줄 안다.

기를 쓰고 도망갈 때는 그만한 이유가 있었다.

육반루가.

어떠한 가문인지 기억나지 않는다. 사용하던 무공이 무엇인지도 어렴풋하다. 육반루가의 것이라고는 오직 검초 일식(一式)만 기억하고 있다.

아버지도 잊었다. 얼굴을 떠올리려고 해도 흐릿한 윤곽밖에 떠오르지 않는다. 몸이 집채만큼 크셨던 것 같은데. 어머니도 마찬가지다. 어떻게 생겼는지 모르겠다. 어머니에 대한 기억이라고는 피를 쏟으며 운명하시는 모습뿐이다.

그분들의 한을 풀어드려야 하는데, 색마가 되고 말았다.

"환희밀공…… 아주 더러운 무공……."

환희밀공을 수련했다는 게 이토록 수치스러울 수 없었다.

수련을 중단했다.
석실, 석관, 음기, 양기, 환희교…… 모두 필요없었다.
여자에게서 음기를 빼앗으면 모자란 양기를 보충하기 위해 사내를 죽여야 하고, 사내를 죽이면 반대 현상 때문에 필연코 여자를 죽여야 하는 삶.
누구든 죽이지 않으면 된다?
여자와 살을 부딪치기만 해도 욕정이 치미는데 어떻게 참나. 차라리 깊은 산속에서 홀로 살다가 생을 마치는 것이 나으리라.
루검비는 장작개비처럼 말라갔다.
배가 고프면 물 한 모금 마시고, 위장이 쓰려오면 나뭇잎을 따서 씹었다.
짐승을 잡는 것조차 부담스러웠다.
자칫 사슴 같은 것이라도 잡았다가 사향(麝香)에 취하기라도 하면 어쩌나 싶었다. 살아 있는 목숨을 취하는 순간, 어떤 일이 벌어질지 모르니 토끼 한 마리 함부로 잡을 수 없었다.
흐르는 피를 본 순간, 죽음의 냄새를 맡은 순간, 아니면 끈적끈적한 피가 손에 묻을 때…… 어떠한 상황에서든 음기나 양기가 움직일 가능성은 농후하다.
또 하나, 아무것도 하지 않고 세월만 축내는 데는 이유가 있었다.

마음속 밑바탕에 깔린 욕망의 주기(週期)를 알 필요가 있다.

욕정이란 게 자극을 받아야만 튀어나오는 것인지, 아니면 일정한 시간만 흐르면 솟구치는 건지, 그렇다면 몇 시진마다 혹은 며칠마다 일어나는지 알아야 한다.

하루, 이틀, 사흘…… 칠 주야…… 열흘…… 보름…….

환희밀공에 대한 생각을 전혀 하지 않고 근 한 달이란 시간을 보냈다. 여섯 살이란 어린 나이에 인법의 고통을 겪으며 알지 못하는 구결을 얻어 들을 때부터 시작해서 처음으로 갖는 긴 휴식이었다.

폭염이 기승을 부리는 한여름, 루검비는 석실을 나서 바깥 세상으로 나왔다.

'여자를 보지 않고, 여자 생각을 하지 않고, 여자를 만지지 않고, 그리고 환희밀공을 시전하지 않는 한…… 욕정은 일어나지 않아.'

짐승을 잡기 위해 덫을 놓았다.

다른 때 같았으면 일다경도 되지 않아서 멧돼지 한 마리쯤은 잡았을 게다.

환희밀공을 펼치면 몸이 새털처럼 가벼워진다. 가볍게 발만 굴러도 일 장씩 쑥쑥 나아간다. 단전에 모인 진기를 두 손에 운집시키면 바위도 두부처럼 으깨 버린다.

그에게 짐승을 잡는 건 식은 죽 먹기였다.

이제는 아니다. 굶어 죽는 한이 있어도 환희밀공은 사용할 수 없다. 사용해서는 안 된다.

췱넝쿨로 올무를 만들고, 땅을 판 후에 죽창을 꽂아놓았다.

하루나 이틀쯤 기다리면 작은 짐승 정도는 잡을 수 있을 것이다.

아예 깊은 산중으로 잠적해 버릴까 하는 생각도 했다. 사람이라고는 그림자조차도 찾을 수 없는 곳에서 땅을 개간하여 곡식을 기르면 한 세상 살지 못할까 싶다.

결국은 그래야 할 것이다. 하나 지금은 아니다.

그는 수두화가 올 때까지 석실에서 기거할 생각이었다.

그녀들도 자신의 상태를 알아야 한다. 수두화도 알고, 교주도 알아야 한다. 환희밀공에 매우 큰 허점이 있다는 것을 알아서 차후 애꿎은 어린아이가 인법이란 이름하에 고통받는 일이 없도록 해야 한다.

인법을 받은 일이 억울한 건 아니다.

무공을 배우는 길이라고 생각했으니 보람도 있었다. 칼이 살을 찢을 때, 마냥 아팠던 게 아니다. 절대 무공을 향해 한걸음 더 내딛었다는 뿌듯한 희열도 함께 느꼈다.

그 세월이 아깝다.

교주나 수두화에게 악의(惡意)가 있었다면 모르겠거니와, 그녀들 또한 몰랐던 일이니 어쩔 수 있는가.

아마도 전대 수문장 역시 끝없이 밀려오는 욕정과 사투(死鬪)를 벌이다가 은거를 선택했을 것이다.

은거가 아니라면 스스로 자진했을 게다. 확신한다.

　수문장이 은거하지 않고 세상을 떠돌았다면 지금쯤 소문난 색마가 되어 있을 터이고, 온 세상이 그를 잡아 죽이려고 떠들썩할 게다.

　세상에 그런 색마가 출현했다는 소문은 없으니 확실히 은거 아니면 자진이다.

　글로 남길까 하는 생각도 했다.

　석실 안으로는 수문장만이 들어설 수 있으니 석실 밖에, 누구나 쉽게 볼 수 있는 곳에 글 몇 자를 남겨두면 될 것 같았다.

　물론 타당한 방법이지만 루검비는 달리 생각했다.

　환희교는 오랜 세월 동안 수문장을 기다려 왔다. 지금도 교주는 하루 빨리 수문장이 탄생하기를 고대하고 있으리라. 수문장만 있으면 엉터리 정랑들을 모두 쫓아내고 진정한 환희교를 일굴 수 있을 것이라고 생각한다.

　그만한 염원을 지닌 사람들이라면 글 몇 자에 흔들려 환희밀공 같은 절학을 포기하지 않는다.

　글을 보는 순간, 틀림없이 이상한 생각을 할 게다.

　루검비가 환희교에 정착하기 싫어서 시답지 않은 핑계를 대고 떠났다고 생각하기 십상이다.

　그렇기 때문에 자신의 본모습을 보여줄 요량이다.

　수두화를 보면 욕정이 일어날 테고, 그러면 서화에게 했듯이 미친놈처럼 앞뒤 가리지 않고 달려들 것이다.

　그 모습을 봐야만 한다. 환희밀공에 얼마나 커다란 구멍이 있는지 똑똑히 보아야 오랜 염원을 포기한다.

수두화의 무공이 약할 수도 있다. 아니, 틀림없이 약하다. 절대로 환희밀공의 적수가 되지 못한다. 그러면 서화처럼 음기를 빼앗기고 사나운 몰골이 되어 나뒹굴게 된다.

루검비는 그때를 대비해서 칡넝쿨로 밧줄을 만들었다.

'몸을 묶고…… 수두화를 만나야 해.'

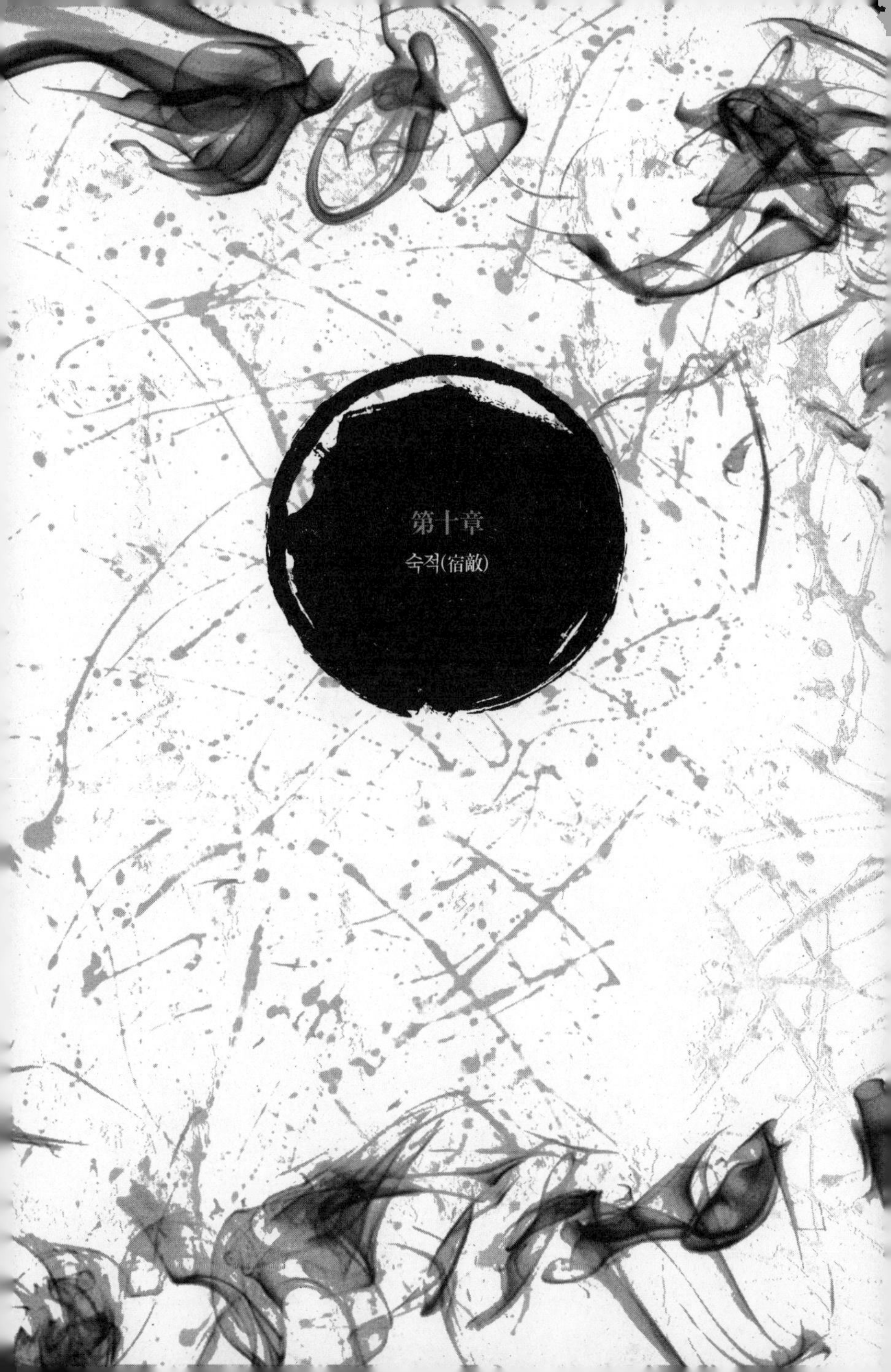
第十章
숙적(宿敵)

歡喜密功
환희밀공

1

추색(秋色)이 짙은 산에 낯선 자들이 방문했다.

사람 그림자라고는 평생을 가야 한두 번 볼까 말까 한 이름 없는 산에 백여 명에 이르는 장한들이 불쑥 들이닥쳤다.

사박! 사박! 사박……!

깊게 깔린 낙엽이 연신 비명을 내질렀다.

장한들은 말이 없었다. 서로 일정한 거리를 벌린 채 좌우를 두리번거리며 무엇인가를 찾았다.

수색?

그렇다. 그들은 부러진 나뭇가지조차 무심히 넘기지 않고 꼼꼼히 살펴 나갔다.

백여 명 모두 간편한 백색 경장(輕裝)을 입었다. 두 팔과 두

다리, 그리고 허벅지는 줄로 묶어서 활동성을 높였고, 등에는
삼 척 장검을 가로 멨다.

검은 검푸른 색의 검집에 녹색 보석이 두 개, 검격(劍格)에서
부터 검수(劍首)까지 하나가 박혀 있으며, 손잡이 전체가 금으
로 도금되어 있어서 산뜻한 인상을 준다.

앞서 가던 자가 걸음을 멈췄다.

"여기서부터는 산개(散開)하여 수색한다. 산개!"

짧은 명(命)이 떨어졌다.

사내들은 신속히 열 명씩 한 조를 이뤄 흩어졌다.

명을 내린 사내는 말을 끝냄과 동시에 앞으로 걸어나갔다.

그 뒤를 따르는 자는 다른 조와 마찬가지로 아홉 명이었다.

"녹옥(綠玉)에 빛이 들어옵니다!"

무인들 중 한 명이 말했다.

그리고 보니 장검 검집에 박혀 있던 녹색 보옥이 밝은 녹색
으로 변해 있었다.

모든 무인들의 검집에 녹색 불이 들어왔다.

"근처다."

"네!"

앞선 사내는 검을 풀어 보옥의 광휘를 눈으로 살폈다.

"이백 장."

"넷!"

무인들의 걸음은 한층 더 늦어졌다.

다른 곳으로 흩어졌던 무인들이 모습을 보이기 시작했다. 그들도 선두에 선 자는 장검을 풀어 보옥을 들여다보며 이동하고 있었다.

그들은 흩어졌다 만났음에도 가벼운 목례만 주고받을 뿐, 말을 하지는 않았다.

시간이 흐를수록, 아니, 무인들이 앞으로 나아갈수록 보옥은 눈에 띄게 밝아졌다. 엷은 녹색 정도가 아니라 반짝이는 구슬이 불빛에 비쳐진 듯했다.

"포위!"

사내가 걸음을 멈추며 말했다.

무인들은 미리 예행연습이라도 한듯, 아니면 이런 경우에 익숙한 듯 녹색 광휘에서 벗어나지 않도록 주의하며 사방을 둘러쌌다.

범위는 약 오십여 장에 이르렀다.

"보보(步步)!"

무인들이 다시 움직였다.

한 발, 한 발…… 언제 어디서 무슨 일이 생기더라도 즉시 반응할 수 있는 태세를 갖추고 앞으로 나아갔다.

십 보, 이십 보…… 이십여 장을 더 나아갔다.

포위망이 점점 좁혀진다. 동료들이 사방에서 옭죄어오는 게 느껴진다. 크고 굵은 나무들이 빼곡히 들어선 원시림인지라 서로를 보지는 못하지만 아주 가까워졌다는 건 안다.

차앙!

누군가 검을 뽑았다.

차앙! 차앙……!

다른 무인들도 검을 뽑았다.

싸움을 준비하는 데는 명령이 필요없다. 자신이 판단해서 위험하다 싶으면 준비한다.

녹주(綠珠)의 발광(發光)은 여전했다. 불빛처럼 환히 빛난다. 오십여 장 밖에서 빛을 발할 때와 똑같은 상태였다. 더 밝아지지도, 흐려지지도 않았다.

반짝, 반짝, 반짝!

검집을 풀어 손에 든 자는 눈으로 확인할 수 있고, 그렇지 않은 사람도 동료들의 등에 멘 검집을 통해 발광을 봤다.

저벅! 저벅! 사박! 사박! 스스슷!

걸음은 중단되지 않았다. 계속 이어졌다. 보폭은 일정했다. 전진하는 속도도 변함없었다.

어느덧 그들은 서로를 확인할 수 있는 거리까지 다가섰다.

원시림처럼 수림이 울창한 산이라고는 하지만 서로 어깨를 나란히 할 만큼 좁혀진 포위망 안에서는 어디에 뭐가 있는지 어렵지 않게 식별되었다.

포위망 안에는 아무것도 없다.

계곡이 있고, 물웅덩이가 있고, 나무가 있다.

어디서나 흔히 볼 수 있는 작은 계곡에 지나지 않는다.

"찾아라!"

명이 떨어지기 무섭게 무인들 중 열 명이 앞으로 나섰다. 각

조에서 한 명씩 나선 것이다.

그들은 둥근 포위망 안에 작은 포위망을 다시 만들었다.

그들이 무릎을 꿇다시피 낮게 앉았다. 그리고 서둘지 않고 시간을 넉넉하게 쓰면서 사방을 훑어왔다.

"여깁니다!"

열 명 중 한 명이 손을 들어 올리며 고함질렀다.

포위망은 풀렸다.

백여 명의 사내는 긴장을 늦췄다. 흩어질 사람은 흩어지고, 쉴 사람은 나무 그루터기에 앉아 쉬었다.

무인 열 명이 손 든 사내에게 다가왔다.

각 조의 조장들, 그들의 가슴에는 승천하는 적룡(赤龍)이 새겨져 있었다.

그중 한 명이 손 든 사내가 가리킨 곳을 살폈다.

다른 곳과 별반 다르지 않은 땅이었다. 낙엽이 쌓인 것도 비슷했고, 짐승 발자국 하나 찍히지 않은 점도 같았다. 한데,

"여기가 맞습니다."

그가 돌아보며 말했다.

그가 보고한 사내는 가슴에 새겨진 문양(紋樣)이 조금 달랐다. 승천하는 적룡이지만 입에 여의주를 물었다. 여의주를 그릴 때 보통은 붉은색이나 백색 혹은 황금색을 쓰는데, 사내의 여의주는 짙은 녹색이었다.

사내는 눈살을 찌푸리며 명했다.

"파라."

땅을 얼마 파지 않아서 한 구의 시체가 나타났다.

오 척이 조금 넘을 정도의 키에 바짝 마른 몸매의 여인이다.

시신은 조금도 부패하지 않았다.

전신이 곰팡이가 피듯이 푸르스름하고 수분이 쫙 빠져 마른
명태 같은 모습이었지만 생전의 모습을 확인하는 데는 별다른
어려움이 없었다.

"금령(金玲)……."

사내의 입에서 이름 하나가 튀어나왔다.

그는 힘들게 다가와 여인을 껴안았다.

"여기 이렇게 누워 있었구나. 많이 기다렸는데. 후후! 후후
후!"

그는 고개를 푹 떨궜다.

뚝!

여인의 이마로 눈물 한 방울이 떨어졌다.

사내는 고개를 몇 번 끄덕여 감정을 추스른 후, 여인을 안고
일어섰다.

"여기……."

적룡 문양을 한 무인이 백색 검을 내밀었다.

검집에 봉황이 음각되어 있고, 검격에는 백옥 여섯 개가 박
혀 있는 명검(名劍)이다.

사내가 고갯짓으로 허리춤을 가리켰다.

백옥검을 들고 있던 무인이 검을 허리춤에 찔러주었다.

"금령을 본가(本家)로 데려갈 것이다. 장례를 치르고 오마. 그동안 흉수를 찾아내라. 절대…… 손을 쓰진 마라. 놈은 금령의 검으로 죽을 것이니."

"존명!"

사내가 여인을 안고 갔다.

그 뒤를 아홉 명의 무인이 뒤따랐다. 죽음이 서로를 갈라놓지 않는 한 떨어질 수 없는 관계라는 듯, 그들 사이에 명령 같은 것은 필요없다는 듯.

"난 주변을 탐문하지."

적룡 문양을 한 사내가 아홉 명을 이끌고 떠났다.

"산막(山幕)은 내가 뒤진다."

또 한 명이 아홉 명을 데리고 갔다.

"동굴은 내 몫이야."

그들은 각기 하나씩 담당했다.

인적이 끊긴 산에서 사람을 찾기란 무척 어렵다. 하지만 이들은 지금과 같은 경우, 어디서부터 어떻게 시작해야 흉수를 찾을 수 있는지 아는 사람들이다.

진짜 수색이 시작되었다.

사내는 산을 내려오자마자 준비되어 있던 마차에 올라탔다.

네 마리의 준마가 이끄는 사두마차로, 작은 전각 하나를 통째로 얹어놓은 듯한 느낌이 드는 화려한 마차였다.

사내는 금령이라 불린 여인을 푹신한 곰 가죽 의자에 눕혔
다. 그리고 누더기나 다름없는 옷을 모두 벗겼다.

알몸의 여체가 드러났다.

기이할 정도로 바짝 말라 있고, 푸르스름한 귀광(鬼光)이 어
려 있다는 점이 다를 뿐, 전혀 손상된 곳이 없었다.

"솜."

말이 끝나기 무섭게 마차 문이 살짝 열리며 손 하나가 내밀
어졌다. 물 먹인 솜을 들고.

사내는 솜을 받아 여인을 샅샅이 닦았다.

"솜."

같은 일이 반복되었다.

마차 밖에서 물 먹인 솜을 넣어주고, 사내는 솜을 받아 여인
을 닦았다.

머리끝부터 발끝까지 솜털 하나 놓치지 않고 닦았다. 아니
다. 닦으면서 관찰했다.

언뜻 보아도 중병(重兵)과는 관계없이 죽었다. 병장기 자체
가 관계없다. 타격에 당한 것도 아니다. 죽은 지 석 달은 지난
것 같은데 조금도 부패하지 않고 시반(屍班)조차 없다.

무엇에 당했는지 모르지만 기이하기 이를 데 없는 죽음이
다.

두 군데 의심스러운 부분이 있다.

승장혈과 수분혈에 푸른 반점이 있다.

금령의 몸을 뒤덮은 푸른 귀기는 반점의 푸른 기운이 번지

면서 생긴 현상이다.

외적인 부분은 모두 살폈다.

사내는 소도(小刀)를 꺼내 만지작거렸다.

"금령, 원치 않을 줄 알지만…… 이대로는 놓아주지 못하겠어. 후후! 크크! 누군가가 내 것을 빼앗아갔는데…… 내게서 빼앗다니. 살다 보니 이런 일이 내게도 일어나는군."

사내는 그 후로도 한참 동안 소도만 만지작거렸다.

금령은 재미있는 여자다.

모름지기 무공이란 피와 땀으로 일궈야 하거늘, 금령은 하찮은 약초 따위에 의지하는 바가 컸다.

사내도 쉽게 발을 들여놓을 수 없는 깊은 산을 찾은 것도 늘 입버릇처럼 말하던 팔엽선초(八葉仙草)를 캐기 위해서였으리라. 팔엽선초가 있을 만한 곳이라면 어디든 가지 않는 곳이 없었으니 틀림없을 깃이다.

그따위 풀뿌리 하나가 뭐 그리 대단하다고.

쓰디쓴 탕약만 달고 사는 백초원(白草院)에서 주장하는 바이니 타당한 근거가 있겠지만 그깟 풀뿌리 하나 복용했다고 삼류무인이 일약 일류고수로 탈바꿈할 리 없다는 생각에는 변함이 없다.

그래도 금령은 팔엽선초만 캐면 중원제일고수로 변모시켜주겠다고 눈빛을 반짝였는데.

쉬익!

소도가 번뜩였다.

금령의 머리에서부터 하복부까지 섬광이 그어졌다.

한때는 사랑했던 여인이나 지금은 죽은 시신에 불과하다. 명복을 비는 시간도 충분히 가져 주었다. 이제 그녀가 말을 해야 한다. 누가 어떤 짓을 했는지..

사내는 여인의 뱃속을 천천히 뒤져 나갔다.

식도, 위, 간, 폐, 심장, 창자…….

머리 가죽을 밀쳐 내고 뼈를 드러낸 다음, 뇌 속도 살폈다.

조심스럽게, 천천히, 미세한 흔적이라도 놓치지 않으려고 주의를 기울이면서.

덜컹!

마차 문이 열리며 사내가 내려섰다.

금령을 안고 마차 안으로 사라진 후, 꼬박 하루 만이다.

그를 따르던 아홉 무인은 마차를 에워싼 채 경계에 임하다가 그가 나오자 진(陣)을 풀고 둥글게 모여섰다.

궁금한 게 많으리라. 하나 그들은 입을 열지 않았다.

사내는 눈이 부신 듯 눈살을 찌푸리며 하늘을 쳐다보며 말했다.

"이 시대 최고의 의원이 누구냐?"

"구생(九生) 갈굉촉(葛宏促)입니다."

"팔 하나를 가져가라."

"……?"

구생 갈굉촉을 말한 무인이 잠시 무슨 말인지 몰라 의아해

했다. 하나 곧 무슨 말인지 알아듣고는 놀라움을 감추지 못했
다.

"팔 하나라 하심은…… 그럼 장례는?"

사내가 대답 대신 무미건조한 눈빛을 보내왔다.

아무런 감정이 실리지 않은 무심한 눈빛이다. 차가움도 뜨
거움도 담겨 있지 않다. 길거리에서 한 번도 본 적이 없는 사
람과 스쳐 지날 때의 눈빛보다도 건조하다.

무인이 흠칫 어깨를 움츠리며 말했다.

"알겠습니다. 기한은?"

"본가까지 가는 데 닷새, 오는 데 닷새, 장례를 치르는 데 나
흘. 열나흘 후까지."

본가까지 가는 데는 열흘 이상이 걸린다.

사내는 밤을 새워 달릴 모양이다. 하기는 보름 후에 오겠다
고 용검대(龍劍隊)에게 말했으니, ㄱ때부터 날짜가 촉박하기는
했다.

무인은 마차 안으로 들어갔다.

금령은 사지가 분시(分屍)되어 있었다.

머리와 몸만 남겨놓고 팔다리는 각기 새하얀 광목에 둘둘
말려져서 누군가 집어 가기를 기다렸다.

무인은 오른팔을 집어 행낭(行囊)에 넣었다.

"이 시대, 최고의 박사(博士)는 누구냐?"

사내의 눈빛이 무인 중 한 명을 쏘아보았다.

사내의 물음은 물음이 아니다. 명령이다. 이 시대에 사는 최고의 의원도 그렇지만 최고의 박사도 모르는 사람이 없다. 이제 갓 말을 배우기 시작한 어린아이도 그들 이름은 들어봤을 게다.

"절죽원주(節竹院主) 포명봉(鮑明烽)입니다."

"……."

"팔을 가져가겠습니다."

무인은 명을 기다리지 않고 마차 안으로 들어갔다.

두 번의 물음이 더 이어졌다.

이 시대, 최고의 잡사(雜士)가 누구냐?

박사와 반대되는 개념으로 쓸데없는 잡다한 일을 가장 많이 아는 자를 말한다.

만인에게 인증된 박사와 달리 잡사의 경우에는 이견이 분분하다.

대답을 한 자는 호리수(狐狸手) 서유동(徐愉東)을 꼽았다.

얼핏 생각하면 오만 방도(幫徒)를 자랑하는 개방(丐幫)이 떠오르지만 인원이 많다고 잡다한 일을 많이 아는 건 아니다.

호리수는 무림제일의 구경꾼이다. 아니, 여우새끼처럼 기회가 생기면 잇속을 챙겨 사라진다.

호리수에 대해 알려진 것은 그 정도에 불과하다. 한데 무인이 다른 사람을 다 제쳐 두고 호리수를 말한 것은 세간에 전해져 오는 풍문이 있기 때문이다.

재천공부시(在天空俯視), 우준세간(愚蠢世間).

하늘에서 내려다보며, 세상을 조롱한다.

그는 무릎에서부터 절단된 다리 한 짝을 들고 사라졌다.

이 시대, 최고의 장의사는 누구냐가 마지막 물음이었다.

이 역시 생각하는 사람에 따라서 많은 사람이 거론될 수 있다. 공인된 사람이 아니라서 다분히 주관적인 생각이 가미된 대답을 할 수밖에 없다.

눈빛을 받은 자는 다른 자들처럼 즉시 대답하지 못했다. 긴 숨을 서너 번쯤 쉴 정도로 뜸을 들인 끝에야 간신히 한 사람의 이름을 말할 수 있었다.

"무, 무수루고(無手螻蛄) 부가의(傅家毅)."

어쩐지 자신없는 대답이었다.

엄밀히 말하면 무수루고…… 양팔이 없는 땅강아지는 장의사가 아니라 도굴꾼이었다. 누군가의 묘를 도굴하다가 붙잡혀서 양팔이 잘리는 형을 받았다.

그런 자의 이름을 거론한 것은 사내가 묻는 뜻을 알기 때문이다.

세상에서 가장 죽음을 많이 다뤄본 자가 누구냐? 사내의 말은 이렇게 달리 바꿔서 생각해야 한다.

주검을 가장 잘 다루는 장의사가 필요한 것이 아니라 많은 주검을 접해본 자가 필요한 게다.

사내는 금령의 시신을 해부했지만 아무런 단서도 찾지 못했다. 그렇지 않았다면 사지를 잘라 사방으로 흩뿌릴 리 없다.

그뿐만이 아니다. 시신을 본가에 데려가도 사인(死因)을 알아
낼 수 없다고 판단한 것이다.

사내를 따라다니기 십수 해, 그 정도의 눈치쯤은 숨소리만
듣고도 안다.

하면 사내의 질문은 금령의 시신 상태를 고려해서 대답하는
것이 현답(賢쫨)이 되리라.

금령은 바짝 말랐다. 수분이란 수분은 모두 빠져나가 목내
이(木乃伊)가 되었다. 엄밀히 말하면 목내이와는 조금 다른 상
태지만 목내이라 불러도 상관이 없을 듯싶다.

주검 중에서도 목내이만 다뤄본 사람이 누굴까?

장의사는 아니다. 그들은 갓 죽은 시신만 다뤘다. 죽은 시
신, 그것도 죽은 지 너무 오래되어 바짝 말라비틀어진 시신을
다뤄본 사람이 필요하다.

도굴꾼이다. 그리고 도굴꾼 중에 단연 최고는 무수루고 부
가의다. 어쩌다가 잡혀서 양팔이 잘리긴 했지만 도굴꾼의 세
계에서는 신처럼 여겨진다.

"부가의?"

사내는 뜻밖의 대답에 잠시 고개를 갸웃거렸다. 하나 곧 엷
은 웃음을 떠올렸다.

"그렇군. 내가 질문을 잘못했군."

"다리를 가져가겠습니다."

사내가 고개를 끄덕였다.

─가라. 가서 어떻게 죽어야 두 달 만에 이런 상태가 되는지 알아와라. 독에 당했는지, 기공에 당했는지…… 어떤 죽음인지 낱낱이 밝혀와라.

무인은 무언의 재촉을 받고 황급히 발길을 옮겼다.

사내는 네 명이 떠난 후에도 움직일 생각을 하지 않았다.
그는 마차 주위를 어슬렁거렸다. 금령에 대한 애틋함은 사라지고 없었다. 할 일 없는 어린애가 돌멩이를 차며 놀듯이 발길에 채이는 돌을 툭툭 건드리며 오갔다.
"저, 닷새 만에 본가에 가려면……."
보다 못해 무인 한 명이 나서서 길을 재촉했다.
"뭔가 빠졌는데…… 뭔가 빠졌는데 말이야. 그게 뭘까? 뭐가 빠지긴 했는데 도무지 생각이 나지 않는군."
"가면서 생각하시는 게……."
"후후! 죽은 시신을 인계하러 가는 길인데 서두를 게 뭔가."
"금령님은……."
"시신일 뿐이야. 뭐가 빠지긴 빠졌어. 후후!"
사내는 메마른 웃음을 흘렸다.
금령의 죽음은 여러모로 신비하다.
어떤 수법이기에 사람을 단숨에 목내이로 만들어 버렸는가. 도대체 어떤 놈이 그런 수법을 쓰는가. 놈의 무공은 어느 정도란 말인가.

아니다. 아니다. 냉정하려고 애쓸수록 더욱더 마음이 급하게 뛰는 것은 금령 같은 여자를 너무 쉽게 죽여 버린 자가 나왔기 때문이다.

금령은 미모가 무척 빼어나다. 미인이라고 죽지 않을 리는 없지만 죽는 방법이 달라야 한다. 실제처럼 인적 끊긴 산속에서 옷이 거의 찢긴 채 죽었다면 간살(姦殺)을 의심하는 게 당연하다.

놈은 강간하지 않았다.

일면 상대가 여자라고도 생각해 볼 수 있지만 여자는 아니다. 옷을 찢은 모양을 보면 우악스런 사내의 손길이 틀림없다.

옷을 찢었는데 몸은 건드리지 않았다?

이걸 어떻게 해석해야 되나?

금령은 자신도 건드리지 않았다. 매력이 없어서가 아니다. 매력은 차고 넘친다. 굴곡진 몸매는 그녀가 어떤 생각을 가졌든 간에 사내로 하여금 침상 생각을 떠올리게 만든다.

그럼에도 같이 자지 않았던 것은 그녀의 생각이 너무 단순하기 때문이다. 순진하다고 해야 할까? 좌우지간 잠자리를 같이하면 평생 함께 살아야 하는 줄로 아는 여자다.

그런 생각이 부담스러웠다.

드넓은 중원을 돌아다니다 보면 어떤 여인을 만날 줄 어찌 알겠는가. 가을비를 닮은 꽃, 추우상화(秋雨象花) 같은 천하제일미(天下第一美)와 인연이 닿지 말란 법이 어디 있는가.

그래서 잠자리를 미뤄둔 것뿐이다.

다른 사내들은 다르다. 그녀의 옷을 찢은 자라면 누가 되었든 일단은 범하고 보리라. 옷을 찢었다는 자체가 범할 생각이 있기에 취한 행동이지 않은가.

옷을 찢기만 하고 범하지는 않았다?

재미있는 놈이다.

더욱 재미있는 게 있다.

금령은 참으로 다정다감한 여인이다. 백초원을 맡은 후에는 사람을 긍휼히 여기는 마음이 더욱 커졌다. 가난하고 병든 사람만 보면 어떻게든 도와주고 싶어서 애를 쓴다.

그녀의 그런 마음은 얼굴에서도 묻어난다. 행동에서도 읽힌다.

누구든 그녀와 몇 마디만 이야기를 나누면 철천지원수라도 죽이고 싶은 마음이 사라질 게다.

놈은 금령과 대화를 나누지 않았다. 금령 같은 미인을 외딴 산속에서 만나 다짜고짜 옷을 찢었고, 단숨에 죽였다.

조금도 망설이지 않고 순식간에 숨을 끊은 건 확실하다.

심장과 폐에 출혈이 거의 없었다. 뇌에도 공포나 고통에 찌든 흔적이 보이지 않았다.

어떤 놈이기에 금령 같은 여자를 일말의 미련도 없이 단숨에 죽일 수 있나.

"후후! 후후후!"

사내는 연신 메마른 웃음을 흘리며 마차에 올라탔다. 하나 그의 두 눈은 활활 타오르고 있었다.

상관세가(上官世家)의 용검대주(龍劍隊主), 상관외(上官巍)는 본능적으로 필히 뚫고 나가야 할 난관에 부딪쳤음을 직감했다.

2

루검비는 수련을 완전히 중단했다.

석관에 들어가 가짜 음기를 받아들이는 것까지 겁이 났다.

여인을 죽였다. 살인을 저질렀다. 서화가 숨는다고 숨었지만 그녀를 찾아내는 것은 일도 아니다. 산중에 널리 퍼져 있는 여자 냄새만 뒤쫓으면 천 길 땅속에 숨어 있어도 찾아낸다. 그녀라도 죽이지 말란 법이 어디 있는가.

무공 수련 대신 소일거리 삼아 만고(萬庫)에 머물렀다.

백 권의 경서가 유일한 벗이다. 시간을 축낼 수 있는 유일무이한 도구다.

흥미? 그런 건 없다. 글에 대한 욕심이 없었던 것은 아니지만 지금은 그런 것조차 남지 않았다.

복수? 원한? 텅 빈 머릿속에는 혈한(血恨)조차 머물지 못했다.

그가 세상에서 할 것이라고는 아무것도 없었다. 사람과 섞이면 하루가 지나지 않아서 색마(色魔)가 될 것이다. 그러다가 결국은 살인귀가 되어 누군가에게 죽으리라.

복수를 하고 싶어도 하지 못하는 처지가 되었다.

눈에 보이는 사람은 모두 죽이고 싶어질 텐데, 부모님의 원수를 언제 가려낸단 말인가.

실의와 낙담이 온몸을 짓눌렀다. 살인에 대한 죄책감이 자다가도 눈을 번쩍 뜨게 만들었다.

그에게 세상은 저주였다.

그런 그에게 황정경(黃庭經)은 다소나마 위안이 되어주었다.

위(魏)·진(晉) 시대의 도가(道家)들이 양생(養生) 수련(修練)의 원리를 가르치고 기술하는 데 사용한 경전이니만치 무욕(無欲)과 허무자연(虛無自然)을 이해하는 데 많은 도움이 되었다.

기욕(嗜慾)을 단절시켜라. 호흡을 조절하라. 수진(漱津)하라. 신성(神性)을 길러, 정(精), 기(氣), 신(神)을 '황정'에 응집시켜라.

도인들에게는 금과옥조(金科玉條) 같은 말이지만 그에게는 도교 수련이 마음에 와 닿지 않았다.

'수련' 이라는 말 자체가 싫었다.

단지 수련하여 추구하는 바가 무욕(無慾)이라는 데 동감하고, 마음을 비울 뿐이다.

'가을…… 한두 달만 있으면……'

단풍나무가 곱게 물들었다. 산 전체가 불이 붙은 듯 시뻘겋다. 노랗고 푸른 나무들이 양념처럼 고운 빛을 낸다.

그때다! 싱그러운 산 냄새 속에 사람 냄새가 스며들어 후각을 자극했다.

‘사람. 남자.’

아주 좋지 않은 일이 벌어졌다.

인적 끊긴 산에 사람이 나타났다는 것은 특정한 목적이 있다는 뜻이다.

‘너무 많아.’

한두 명이 아니다. 수십 명이다. 온 산이 사람 냄새로 진동한다.

루검비는 죽은 여인을 떠올렸다.

지은 죄가 있어서일까? 이 사람들 모두가 그 여인 때문에 몰려오고 있다는 생각이 든다.

그는 즉시 만고를 벗어나 석실로 갔다.

자신이 죽는 것은 상관없다. 애꿎은 여인을 죽였으니 매 맞아 죽어도 싸다. 하나 천법의 비밀이 노출되어서는 안 된다. 두 번 다시 환희밀공 같은 엉터리 무공 때문에 어린 시절이 절단 나는 경우가 반복되어서는 안 된다.

루검비는 조금도 머뭇거리지 않고 행동에 옮겼다.

만고를 열 적에는 석관을 오른쪽으로 돌린다. 반대로 돌리면 큰일이 벌어진다.

그그그그궁……!

석관을 왼쪽으로 돌리자 발밑에서 용의 울음소리가 들려왔다.

구궁! 터엉! 구구궁! 우두둑! 후둑!

석실 바닥이 지진이라도 난 것처럼 흔들렸다. 보이지는 않지만 무엇인가 큼지막한 것이 무너지고 있다는 느낌이 확실히 들었다. 아마도 만고가 매몰되는 모양이다.

유희성, 그분의 역작이 역사에서 사라졌다.

곧 석실도 붕괴된다. 산처럼 보여서 쉽게 찾지 못했던 석실이 흙더미에 깔려 짓뭉개진다.

붕괴의 마지막은 지류(地流)가 장식한다.

땅속에 강물 같은 흐름이 생겨 무너진 석실을 이동시킨다. 어느 한 방향으로 이동시키는 것이 아니라 산지사방으로 흩뿌린다. 처음에는 강력한 힘으로 모두 끌고 가지만 지류의 힘이 약해질 때마다 무거운 돌덩이를 놓고 간다.

석관에 적힌 것이 맞다면 지류는 십 리에 걸쳐서 흐를 것이다.

천법이 영원히 사라지는 것이다.

루검비는 밖으로 나가려고 몸을 돌리다 말고 멈춰 섰다.

무엇 때문에 세월을 죽이며 지내왔는가. 허송세월로 몇 개월이라는 시간을 왜 보내야 하나.

환희밀공이 허황됨을 알려주고자 함이다.

한데 이제는 알려줄 필요조차 없어졌다. 환희밀공을 구성하는 주요 뼈대 중에 하나인 천법이 사라지니 환희밀공 또한 영원히 사장(死藏)되리라.

교주는 천법에 무엇이 있는지 모른다. 밤마다 글자 한 자씩을 알려줬던 여인도 천법에 대해서는 모른다. 가장 가까이에서 자신을 지켜봤던 서화조차도 천법 안의 사정은 모른다.

천법을 모르는데 어찌 환희밀공을 완성하랴.

환희밀공은 끝났다. 교주가 기대하는 수문장은 영원히 탄생하지 않는다. 부모님은 괜히 개죽음당한 것이며, 고통과 고독 속에 지내왔던 지난날은 헛된 삶이었다.

루검비는 움직일 생각을 포기하고 석실 바닥에 주저앉았다.

수두화를 만날 이유가 없어졌다. 천법과 함께 자신의 생도 접는 것이 좋다. 살인귀나 색마가 되어 세상을 떠돌 바에는 이렇게 생을 마감하는 것도 좋다.

우르릉! 우르르릉……!

석실 천장이 마구 흔들렸다. 벽면은 금이 가다 못해 커다란 틈이 벌어졌다.

콰쾅! 콰콰콰쾅!

발밑에서 폭음과 비슷한 소리가 울렸다. 그리고 거의 동시에 천장이 무너지며 돌 부스러기가 쏟아져 내렸다.

죽음을 목전에 두면 많은 생각이 스쳐 갈 줄 알았는데, 아니다. 아무 생각도 나지 않는다. 텅 빈 머릿속에 빨리 끝났으면 좋겠다는 조그만 바람만 가득해진다.

쉬익!

바람이 불어왔다. 무너지는 석실을 뚫고 가을바람이 온몸을 간질였다. 순간,

"헛!"

루검비는 경악성을 내질렀다.

무엇인가 강력한 힘이 온몸을 움켜잡더니 무지막지하게 끌

어낸다.

그토록 사용하지 않겠다고 다짐했던 환희밀공이 무의식중에 펼쳐졌다. 회음에서 일어난 진기가 척추를 타고 올라와 전정(前庭)을 꿰뚫었다. 한 줄기 진기는 곧바로 양발로 운집되었다.

끌어당기는 힘에 저항하기 위해 그가 펼칠 수 있는 최선의 방법이 즉각 취해졌다.

하나 소용없다. 끌어당기는 힘은 너무 강력해서 경황없이 펼쳐 낸 환희밀공쯤은 가볍게 젖혀 버린다.

쉬이익! 쿵!

루검비는 바람 소리를 일으키며 석실 밖으로 끌려 나왔다. 그리고 땅바닥에 매몰차게 내동댕이쳐졌다.

너무 강하게 던져져서 머리가 얼얼하다. 눈앞이 노래지며 별들이 떠돈다.

"누구……?"

쉬익!

쫘아악!

상대를 볼 틈도 없었다. 무엇인가가 순식간에 다가왔다고 느낀 순간, 오른쪽 뺨이 떨어져 나갈 듯 화끈거리며 고개가 확 돌아갔다.

루검비는 두 바퀴나 맴을 돈 후, 간신히 신형을 수습했다.

"누……?"

쉬이익!

쫘아악!

이번에는 왼쪽 뺨이다. 방금 전과는 정반대로 고개가 꺾이며 눈에 불똥이 튀었다.

이번에는 신형을 수습하지 못했다.

손바닥으로 뺨을 맞기는 맞았는데…… 충격이 그게 아니다. 강력한 철권(鐵拳)에 정통으로 턱을 가격당한 것처럼 텅! 하는 순간 몸이 무너져 내린다.

루검비는 아주 잠깐 동안 정신을 잃었다.

몸이 땅에 닿음과 동시에 정신을 차리기는 했지만 뇌가 뒤흔들린 충격 때문에 몸이 말을 듣지 않았다.

일어서야 한다. 한데 몸은 게처럼 옆으로 간다. 두 발로 곧게 일어서야 한다. 그러나 두 다리가 자꾸 엇갈린다.

"제길!"

루검비는 간신히 옆에 있던 나무를 움켜잡은 후에야 몸의 중심을 잡았다.

퉤엣!

입안이 비릿해서 침을 뱉었는데 작은 돌덩이가 뱉어졌다.

이빨…… 어금니가 빠졌다.

"후우! 후우! 이제 그만 좀 때려. 이것보다 훨씬 강한 매를 맞으면서도 악! 소리 한 번 안 낸 나거든. 기를 죽일 심산이면…… 그래, 나 기 죽었다. 그러니 얼굴 좀 보자."

루검비는 또 맞을 각오를 하고 고개를 쳐들었다.

주먹은 날아오지 않았다. 하나 단 두 대에 퉁퉁 부어오른 얼굴은 딱딱한 돌덩이처럼 굳어져 버렸다.

"……!"

너무 놀라 아무 소리도 나오지 않는다.

어떻게, 어떻게 이런 일이 있을 수 있나!

상대를 봤다. 두 눈으로 똑똑히 봤다. 냄새도 맡았다. 얻어
맞는 동안에는 경황이 없어서 아무 냄새도 맡지 못했지만 지
금은 뚜렷이 맡는다.

여자다. 뼈다귀만 남았던 여자다. 혼자서는 일어서지도 못
하던 여자, 그래서 지금쯤 죽지 않았나 싶었다.

"왜? 놀랐어?"

"서, 서화!"

비로소 입이 떨어졌다.

"천법은 왜 무너뜨린 거야!"

서화의 음성에 독기가 풀풀 묻어났다

루검비는 대답하지 못했다. 지난 일을 말해서 무엇 하나. 죽
은 사람이 살아올 리도 없고.

"상관세가 놈들이 득실거리던데, 너와 관계된 거야! 너……
너! 너 도대체 무슨 짓을 한 거야!"

살인.

루검비는 길게 말하고 싶지 않았다.

서화는 몰라보게 달라졌다. 멀쩡하게 서서 사람을 후려칠
정도로 건강해진 것은 물론이고, 외양도 예전처럼 포동포동해
졌다. 피부는 우윳빛처럼 뽀얗고 매끄러워 나이보다 훨씬 젊

어 보였다.

됐다. 전보다 보기 좋아졌으니 된 게다. 산속에서 굶어 죽었다면 또 얼마나 괴로웠을까.

"서화, 건강하니 좋네요. 잘됐어요."

"건방진 자식! 대답이나 해! 무슨 짓을 저지른 거냐고! 천법은 왜 무너뜨렸냐고!"

루검비는 쓴웃음을 흘렸다.

서화는 다시 건강해진 것만큼 많이 변했다. 거짓말에 속아 수하가 된 다음부터 항상 존대를 쓰던 사람인데, 죽음의 공포를 맛본 다음부터 적이 되었다.

서화의 심중이 읽혀진다.

자신에게 한 짓을 보면 당장 때려죽이고 싶지만 환희밀공을 익혔기에 환희교의 앞날을 생각해서 살심(殺心)을 억누르고 있다.

하지만 너무 늦었다. 모든 게 부질없다. 산에 깔린 상관세가 사람들은 틀림없이 죽은 여인 때문에 왔으리라.

그렇다면 상관세가…… 조용하지만 항상 조심해야 된다는 뜻에서 낭중지추(囊中之錐) 같은 사람들이라고 불리는 상관세가 무인들과 적이 되었다.

저들은 산적 무리와는 다르다. 정통 무공을 수련한 무인들이며, 무림에서도 알아주는 고수들이다.

저들과 싸워서 이길 가능성은 거의 없다.

승산이 있다고 해도 싸우지 못한다. 저들 중 어느 한 명이라도 죽인다면 다음은 여자를 죽여야 할 것이고, 그다음은……
남자, 여자, 남자, 여자…… 음양음양음양…… 끝없는 살육이
이어지리라.

삶은 끝났다.

다행히 천법이 보기 좋게 붕괴되었다. 이제 두 번 다시 환희
밀공이라는 이름으로 고통을 받는 사람은 없으리라.

"서화, 내게서 떨어져요."

"뭐?"

"서화, 날 알잖아요. 당해보기도 했고. 난…….."

"호호! 호호호호!"

서화가 느닷없이 크게 웃었다.

"아까 건방진 자식이라고 했는데 뭘 들었어? 네 그 알량한
재주로 날 건드릴 수 있을 것 같아? 호호호! 그래, 자신있으면
건드려 봐. 내 음기, 또 뽑아 먹어봐."

서화는 얼굴 가득히 비웃음을 담고 거리를 좁혀왔다.

여자 냄새가 난다. 진하게 풍긴다. 살 내음이 몸을 뜨겁게
달군다.

"서화, 제발!"

쐐엑!

루검비는 도리질을 하다가 사나운 경풍을 감지하고 뒤로 훌
쩍 물러섰다. 한데,

퍼억! 퍽! 퍼억! 퍽퍽퍽!

한 대, 두 대, 세 대…… 근 열 대에 가까운 주먹질이 복부에

틀어박혔다.

너무 아파서 비명도 나오지 않는다.

인법에서 온갖 고통을 다 겪어봤지만 이번 고통은 전혀 색다르다. 목구멍에 솜을 쑤셔 박아 숨을 막은 다음 쇠망치로 복부를 두들기는 느낌이다.

"커억!"

루검비는 배를 움켜잡고 한참 동안 땅바닥을 데굴데굴 구른 다음에야 비명을 토해냈다.

"그 정도로 쓰러져서야 인법을 겪었다고 할 수 있겠어? 일어나. 일어나!"

서화는 분노와 비웃음을 한데 담아 고함쳤다.

루검비는 비틀거리며 일어섰다.

이제야 비로소 그녀가 자신있게 앞에 선 이유를 알겠다.

'일취월장(日就月將)이라더니……'

일취월장이라는 말을 읽고 배우기는 했지만 지금처럼 온몸으로 느껴보기는 처음이다.

서화는 예전의 서화가 아니다. 그녀에게 무슨 일이 있었는지 모르지만 전혀 다른 서화가 되어 나타났다.

그런데 기가 막힌 일이 있다.

쇠망치로 복부를 난타당한 충격을 받았지만 육신의 고통과는 아무 상관이 없다는 듯 하물(下物)이 곤두선다. 여인의 냄새가 더욱 진하게 맡아지고 뜨거운 불기둥이 전신 경맥을 휘젓고 다닌다.

차가운 물이 필요하다. 여인이 필요하다.

"서화, 제발!"

"너 아직도 정신 못 차렸구나? 아직도 내가……."

쒜엑! 쒜에엑!

서화는 말을 하다 말고 옆으로 일 장이나 미끄러졌다. 루검비가 성난 멧돼지처럼 돌진해 왔기 때문이다.

"넌 정말 구제불능…… 훅!"

루검비가 사라졌다. 눈앞에 있었는데 감쪽같이 없어졌다.

서화는 급히 석실에서 루검비를 끌어낼 때 사용했던 병기, 채대를 휘둘렀다.

팔방풍우(八方風雨)!

루검비가 어디 있는지 모르니 전후좌우에 물샐틈없는 방어막을 친다.

탁! 타락!

뭔가와 부딪치는 소리는 등 뒤에서 들렸다.

'역시!'

루검비는 항상 뒤에서 공격해 왔다. 예전에 채대 수련 중에 당했을 때도 뒤에서 안긴 상태였다.

지법에는 수많은 자세가 있지만 여인을 공격할 때 쓰는 수법이 어느덧 고정되어 가고 있었다.

사부 밑에서 정통으로 무공을 수련하지 않고 혼자 독학으로 수련한 자들이 흔히 저지르는 실수다. 비무(比武)라도 충분히 하면서 많은 공격법을 몸에 붙였어야 하는데, 그럴 형편도 되지 않았다.

루검비는 수십수백 개의 초식을 수련했으면서 실전에 사용하는 수법은 한두 가지에 지나지 않는다.

쒜엑! 쒜에엑!

채대가 영사(靈蛇)처럼 움직이며 루검비의 두 발목을 낚아채 갔다.

루검비도 전처럼 당하지 않았다. 환영(幻影)인가 싶을 정도로 날렵했다. 충분히 잡아챌 수 있는 거리였는데, 어느새 빠져나가고 없다.

환희밀공을 극성으로 끌어올렸다는 증거다. 환희밀공만 펼치면 불가사의할 정도로 빠르고 강해진다.

쒜엑! 쒜엑! 쒜에엑!

채대가 사방으로 난무했다. 하늘하늘 허공을 누비며 사방을 가렸다.

어느 쪽에서 다가오든 채대 한 자락은 건드려야 접근이 가능하다.

채찍보다 두 배는 길면서 꼿꼿이 선 곳이 한 곳도 없을 정도로 유연한 채대이기에 펼칠 수 있는 수법이다.

채대를 손에 들고 빙글빙글 돌기만 해도 쉽게 접근할 수 없는데 천화대법(天花帶法)의 정수를 펼치고 있으니 가히 철옹성(鐵甕城)이라 할 것이다.

서화의 주위에는 돌풍이 일었다.

빠각!

남서(南西) 방향에서 기이한 울림이 터졌다.

진기가 주입된 채대가 검처럼 딱딱한 물체와 부딪쳤을 때 흘리는 소리다.

파라락!

채대가 회오리를 일으키며 한 점에 집중되었다.

빙글빙글빙글…… 나선형(螺旋形)의 긴 창이 남서 방향을 향해 곧장 찔러갔다.

빠각! 빠각! 빠가각!

보인다. 루검비가 채대를 정면으로 쳐내며 다가온다. 진기를 주입하면 철창처럼 단단해지는 채대가 힘없이 뚝뚝 꺾인다.

"타앗!"

서화는 거센 고함을 내지르며 다시 한 번 진기를 주입했다.

순간이다! 그녀의 코앞에 붉게 충혈된 눈이 바싹 다가왔다.

결코 잊을 수 없는 눈이다. 차라리 죽일 것이지 살아도 산 것이 아닌 몸으로 만든 눈이다. 그녀가 세상에서 가장 혐오하는 욕정에 물들어 번들거리는 눈이다.

"부탁했잖아. 나한테서 떨어져 달라고!"

루검비가 말을 이어갈 때마다 서화의 안색은 정반대로 새파랗게 질려갔다.

완맥(腕脈)이 잡혔다. 어느 틈엔가 마혈(麻穴)도 짚혔다.

자신만만했는데 거미줄에 걸린 곤충 신세가 되고 말았다.

환희밀공이 이토록 강한 무공이었나? 별것 아니라고 생각했는데, 루검비가 사용하는 초식도 몇 개 되지 않는데, 그가 어느 쪽으로 움직여 뭘 하려는지 짐작되었는데.

서화는 눈을 찔끔 감았다.

'틀렸어.'

3

서른 갓 넘은 처녀가 순식간에 팔순 노파로 변해 대소변조차 혼자 볼 수 없게 된다면 어떤 심정이 될까? 그것도 한 번도 아니고 두 번씩이나.

'내 팔자도 참…….'

철도 나지 않은 어린아이에게 맹독을 먹이는 경우도 거의 없을 것이다. 그 아이가 성장하여 음기를 빨아먹었다는 말도 들어본 적이 없다. 아무래도 루검비와는 전생에서부터 악연이 단단히 얽혀 있는 것 같다.

"전부 다 빼가, 남겨놓지 말고. 날 조금이라도 위한다면 차라리 모두 다 빼가줘."

루검비는 정상이 아니다. 악귀처럼 새빨갛게 변한 눈은 보는 것만으로도 소름이 오싹 끼친다. 이성은 이미 마비되었고, 오로지 욕구만 남았다.

전에는 이렇지 않았다. 환희밀공이 깨질까 봐 저어할 때도 이성만은 굳게 유지하고 있었다. 결국 욕구의 노예가 되어 음기를 빼갈 때도 마지막 한 올의 인정만은 남겨놓았다.

지금은 아무것도 없다. 루검비라는 사람은 죽었다. 자신이 보고 있는 사람은 악마일 뿐이다.

다 빼가라는 말을 할 필요도 없었다. 악마가 하는 짓이니, 한 올의 음기도 남기지 않고 모두 빼갈 것이다.

쫘악! 쫘아악……!

옷이 찢겨 나갔다.

우악스런 손길이 겉옷을 찢어발기고, 속옷까지 조각조각 찢어냈다.

하얀 나신이 백주대낮에 드러났다. 움직일 수 없는 몸으로 밝은 태양을 고스란히 받아들였다.

겁탈당할 걱정 같은 건 하지 않는다.

루검비가 욕구를 푸는 단계는 정상적인 인간과 다를 바 없다. 성질 사나운 폭군이 저항히지 못하는 여자아이에게 폭력을 휘두르는 것과 진배없다.

옷을 찢어발기고 겁탈이라도 하려는 듯 온몸을 주무른다. 바싹 껴안고 입술을 맞추는 과정까지 모두 같다.

달라지는 건 그때부터다.

입술과 입술이 합쳐지려는 순간에 얼굴이 살짝 미끄러진다. 그리고 승장혈과 승장혈이 부딪친다.

그것으로 끝이다.

의식적인 행동은 절대 아니다. 무의식적으로 여인을 취하는 행동 대신에 음기를 빼가는 행동으로 바뀐다.

루검비는 여인을 말려 죽이지만 자신도 평생 여인을 품에 안지 못하는 처지이니 참으로 불쌍한 인생이다.

'저주의…… 환희밀공.'

입술이 부딪쳐 온다.

'이제 곧…….'

한 번의 경험은 모든 순서를 정확히 예측해 냈다.

루검비의 얼굴이 살짝 미끄러지더니 승장혈과 승장혈이 부드럽게 얽혀들었다.

강력한 양기가 밀려들어 올 차례다. 그리고 임맥(任脈)을 순식간에 관통한 후에 수분혈을 통해 빠져나가리라.

한데…… 이번에는 예측이 틀렸다.

"헛! 컥!"

느닷없이 루검비가 외딴 비명을 토해내며 뒤로 물러섰다.

서화는 감았던 눈을 번쩍 떴다.

이게 무슨 일인가? 루검비가 왜 저러지?

"으헝!"

루검비는 짐승 같은 포효를 내지르며 다시 달려들었다.

그의 품속으로 서화의 알몸이 우악스럽게 빨려들었다. 승장혈끼리도 순식간에 부딪쳤다. 그 순간,

"커억!"

루검비가 다시 비명을 토해내며 물러섰다.

"후욱! 후욱! 후욱……!"

루검비가 거친 숨을 뿜어내며 서화를 노려보았다.

서화는 피식 웃었다.

무슨 일인지 알아냈다. 루검비가 두 번째 달려들 때, 그녀는 눈을 감지 않았다. 두 눈을 똑바로 뜨고 무슨 일이 벌어지는지 지켜봤다. 루검비의 변화도 살펴보았고, 자신의 변화도 직시했다.

루검비가 왜 저러는지 짐작이 간다.

"호호호! 호호호호! 그렇구나, 그래. 호호호호!"

서화는 마음 놓고 웃었다.

루검비는 또 달려들 것이다. 정신을 잃은 놈이니 안 되는 줄 알면서도 몇 번이고 달려든다. 여자가 앞에 있는데 달려들지 않고 배기겠나. 조금이라도 생각이 있다면 물러서서 원인을 생각할 터이지만, 루검비는 생각 자체가 없는 짐승이니 달려들고 또 달려든다.

그래도 상관없다. 얼미든지 달려들어라.

그렇다. 이 세상에서 루검비도 어쩌지 못하는 여인이 탄생했다. 음기를 빼앗기지 않을 뿐만 아니라 오히려 타격까지 줄 수 있는 유일무이한 존재다.

그녀 자신이다. 자신만은 환희밀공의 악몽에서 벗어났다.

이게 모두 팔엽선초 덕분이다.

팔엽선초가 아니었다면 진작 굶어 죽거나 짐승의 먹이가 되었을 운명이다.

영기(靈氣)로 똘똘 뭉친 팔엽선초를 만났으니 텅 빈 음기를 채우는 건 일도 아니다. 작은 종지가 바닷물에 빠진 것처럼 몸

뚱이는 사라지고 영기만 남은 것 같았다.

문제가 없지는 않다.

팔엽선초는 양강지공(陽剛之功)을 수련하는 사람에게는 천하에 둘도 없는 보물이지만 음한지공(陰寒之功)을 수련하는 사람에게는 치명적인 독이 된다.

대체로 사내는 양강지공을, 여인은 음한지공을 선택하는데 이는 선택권이 주어져서가 아니라 체질적으로 그럴 수밖에 없기 때문이다.

여인은 음기가 성하다. 두말하면 잔소리다.

평소의 서화가 팔엽선초를 복용했다면 독중독(毒中毒)을 복용한 것이 되어 즉사했을 것이다.

한데 서화는 음기가 말라 버린 상태였다. 아무것도 없는 텅 빈 공간이었다.

그곳에 양기가 가득 찼다.

루검비는 음기를 빨아먹기 위해 달려들었지만 뜻밖에도 양기를 만나고 말았다.

이럴 경우, 환희밀공은 즉시 변화한다.

일반적인 흡인공(吸引功)이라면 채음보양(採陰補陽)에서 그치지만 환희밀공은 사내가 사내의 양기를 빨아들이는 채양보양(採陽補陽)도 가능하다.

아니다. 채음보양이니 채양보양이니 하는 말이 필요없다.

부딪쳐서 음기가 있든 양기가 있든 무조건 빨아들이니 가히 천하제일의 흡인공이다.

서화의 영기도 빨려 나갔어야 한다.

그녀도 당연히 그럴 줄 알았다.

팔엽선초를 만난 덕분에 다행히 기력을 회복했는데, 이렇게 또 당하는구나 하고 생각했다. 기적이 일어날 줄은 정말 몰랐다. 팔엽선초를 얻은 기적만 해도 과분한데 또 한 번의 기적이 목숨을 살려줄 줄은 정녕 몰랐다.

팔엽선초가 만들어준 영기는 자연적으로 생성된 음기나 양기와는 종류가 다르다. 부드럽지 못하고 약초의 쓴맛이 배여 있다고 할까? 어쨌든 환희밀공은 빨아들여서는 안 되는 이질적인 기운으로 판단했음이 틀림없다.

"호호호! 호호호호!"

서화는 마냥 웃었다.

웃을 수밖에 없다. 그녀가 할 수 있는 것이라고는 웃는 것밖에 없었다.

루검비는 제정신이 아니니 대화가 불가능하다. 어떤 말을 해도 알아듣지 못하고 짐승처럼 으르렁거리기만 하니 말하는 입이 아프다.

그렇다고 움직이지도 못한다. 환희밀공에서 벗어나기는 했지만 마혈이 풀린 건 아니다.

하니 웃는다. 하늘 높이 웃는다.

"으헝! 커억!"

루검비는 세 번이나 습격했지만 서화를 어쩌지는 못했다.

"상당히 약 오르겠네? 호호호! 이런 날이 있을 줄은 몰랐을 거야. 여자는 마음대로 주무를 줄 알았지? 호호호호!"

루검비는 안면 근육을 씰룩거렸다.

부화가 치미는데 화풀이할 곳은 없는 사람처럼 시뻘겋게 달궈진 얼굴로 이빨만 으드득 갈았다.

루검비의 태도가 변하고 있다.

음기를 취하는 대신 죽이기로 작정했나? 무작정 달려드는 대신 눈을 가늘게 뜨고 매섭게 노려본다.

서화는 아무 걱정도 하지 않았다.

루검비는 음기를 빼앗는 것 외에는 할 줄 아는 게 없다. 그게 환희밀공의 한계다. 색(色)에 눈이 뒤집혀서 그밖의 것은 일절 생각하지 못한다.

남자의 경우는 다르다.

남자와 만난 루검비는 양기를 빼앗는 대신 죽이기만 했다. 양기를 빼앗을 수 있을 텐데…… 죽이는 것밖에 보지 못했다.

'마혈을 풀어야 하는데…….'

루검비로부터 안전하다는 것을 확인한 순간부터 서화의 모든 생각은 마혈에 집중되었다.

마혈만 풀면 다시 한 번 자웅을 겨뤄볼 수 있다.

한 번 더 해보는 거다, 한 번 더…….

그때, 루검비가 느닷없이 신형을 날려 사라졌다.

"엇!"

서화가 경악성을 토해내는 그 짧은 순간에 루검비의 모습은 숲 속으로 빨려들어 보이지 않았다.

“흠! 흠!”

사내들이 뒤돌아서서 헛기침을 터뜨렸다.

사락! 사락! 사락……!

단지 장삼뿐이지만 여인이 옷을 걸쳐 입는 소리는 무한한 상상을 불러온다.

“흠! 큰일 날 뻔했소이다.”

사내들 중 한 명이 예의적인 말을 건네왔다.

“됐어요. 다 입었어요.”

서화는 찢어진 옷 대신에 사내가 건네준 장삼을 입었다.

어린아이가 어른 옷을 입고 있는 것처럼 볼썽사납다. 그러면서도 귀엽다.

“소저, 경황이 없겠지만 몇 마디 대답해 줘야겠소.”

사내들 중 가슴에 용 문양을 새긴 무인이 감정 섞이지 않은 무덤덤한 말투로 말했다.

서화는 이런 음성을 잘 안다. 그녀 자신이 형당에서 죄인을 다루는 입장에 있었으니 낮은 말, 높은 말, 거친 말 등등 말에 담긴 감정을 읽을 수 있다.

사내는 여인의 안위 따위는 아랑곳하지 않는다. 장삼을 건네준 것은 나신을 보지 않으려는 뜻일 뿐, 다른 의미는 없다.

언뜻 보기에 서화는 곤경에 빠진 여자다. 겁탈당하기 직전에 구출된 여인이다.

루검비는 이들이 오는 것을 감지하고 도주했다.

이들도 루검비의 존재를 안다. 루검비가 사라지자마자 나타났으니 그를 보지 못했을 리 없다. 아니, 봤다. 이들 일행 중 몇십 명은 루검비를 쫓아서 숲 속으로 뛰어들었다.

평범한 자였다면 서화의 몸 상태부터 염려했을 게다.

이 사내는 다르다. 아무런 걱정도 하지 않는다. 그보다는 루검비와 어떤 연관이 없는지 의심한다. 그의 눈빛은 여자의 몸으로 깊은 산중에는 어떤 일 때문에 왔는지 노골적으로 묻는다.

"도주한 자는 누구요?"

"루검비란 놈이에요."

서화는 사실대로 말했다.

"뭐하는 자요?"

"몰라서 물어요? 때려죽일 놈이죠."

"놈이 금령 소내내(少奶奶:아가씨)를 죽였소?"

"네?"

서화는 무슨 말이냐는 듯 눈을 동그랗게 떴다.

"명태처럼 바짝 말라죽은 시신. 생각나는 게 없소?"

'루검비!'

서화는 이제야 이들이 왜 이곳에 나타났는지 이유를 알았다.

자신을 팔순 노파로 만든 것도 모자라서 한 여인을 죽이기까지 한 모양이다.

여인의 이름은 금령. 절도있는 무인 백여 명이 일시에 수색

에 나설 정도이니 상당한 명문가의 여식이며, 그녀 또한 녹록
치 않은 무공을 지녔으리라.

　그 여인이 죽었다는 건 한 올의 음기조차 남기지 않고 모조
리 빨아먹었다는 뜻이다.

　루검비가 드디어 살인을 저지르기 시작했다.

　교주가 잘못 생각했다. 수두화도 잘못 알았다. 루검비 같은
자는 절대로 환희교에 발을 들여놔서는 안 된다. 놈은 악마다.
더 크기 전에 죽이는 것이 상책이다.

　"채음보양술이에요."

　"채음보양. 좋소. 놈과 소저의 관계부터 말해주시오."

　"불쾌하군요. 심문당할 이유가 없는데요."

　툭! 하고 건드려 본 말이다. 상대가 어떻게 대응하느냐에 따
라서 사내들이 어떤 성정을 지닌 자들인지 알아볼 수 있다.

　스릉!

　사내가 검을 뽑았다.

　'말하지 않으면 죽는다!'

　이들은 목적을 위해서라면 물불 안 가리는 자들이다. 이런
자들은 자나깨나 명령만 생각한다. 문파의 명이라면 냉정한
심정으로 가족도 죽인다.

　아주 위험한 자들과 말을 나누고 있는 것이다.

　"사실대로 말해줄게요, 사실대로……."

　서화는 사실대로 말하지 않았다. 그녀가 사내에게 해준 말

중에 '환희교'에 대한 말은 단 한 자도 언급되지 않았다.

루검비에게 언니를 잃고 그를 쫓아 이름없는 산속까지 찾아온 과정을 남의 일처럼 담담히 말했다.

서화는 말을 하는 내내 슬픔을 안으로 삭였다는 인상을 틈틈이 내비쳤다.

"놈이 사용하는 무공은 뭐요?"

"몰라요."

"우린 놈을 쫓을 생각이오. 소저는?"

"괜찮다면 같이 가고 싶네요. 놈이 죽는 모습을 꼭 봐야겠어요."

이 부분에서는 눈에 독기를 품었다.

루검비를 피해서 숲 속을 박박 기어가던 생각만 하면 독기 정도는 간단히 표출할 수 있다. 그런 몸으로도 수두화를 만날 때까지, 그래서 루검비가 어떤 인간인지 말해줘야 한다며 풀을 씹어 먹을 때의 처절함을 떠올리면 못 지을 표정이 없다.

사내가 다른 곳을 쳐다봤다.

됐다! 형당 경험으로 비추어 연극이 통했다. 사내는 자신이 한 말을 진심으로 믿고 있다. 아마도 제일 마지막에 같이 가겠다는 말이 주효한 듯싶다. 다른 말을 했다면, 혼자서 루검비를 쫓겠다는 등의 말을 했다면 의심을 지우지 못했을 게다.

"소저 혼자 몸으로는 놈의 상대가 안 되는 듯하니…… 따라오는 것은 자유이나, 우리 발길에 걸림돌은 되지 마시오."

"제 한 몸을 감당할 수 있어요."

사내가 피식 웃었다.

한 몸을 감당할 수 있어서 놈에게 당해 알몸으로 서 있었느냐는 비웃음이리라.

서화는 멀리 떨어져 있는 채대를 집어 허리에 감았다. 그러면서 어금니를 꽉 깨물었다.

'수두화가 오기 전에 놈을 죽여야 돼.'

수두화가 오면 사실을 안다 해도 루검비를 감쌀 여지가 있다. 어쩌면 수두화조차도 놈에게 당할지 모른다.

그런 일이 벌어져서는 안 된다.

사내들은 한 곳에서만 온 것이 아니다. 삼삼오오 짝을 지어 여기저기서 불쑥불쑥 튀어나온다.

상당히 무질서하다. 너무 정신없다는 생각도 든다.

쉬이익!

용 문양을 새긴 사내가 신형을 쏘아냈다.

그가 가는 방향은 천법이 무너진 곳이다.

곧장 나아가지는 않았다. 왼쪽으로, 오른쪽으로 정신없이 굽이지면서 돌고 돌았다. 그러면서 조금씩조금씩 천법이 있는 곳으로 다가가고 있다.

서화는 어째서 이런 행보를 하는지 알아냈다.

사내들은 백여 명이라고 하지만 깊고 험한 산에 비하면 눈에 보이지 않는 점에 불과하다. 또한 산의 지형을 알지 못하니 어떻게 움직여야 빠짐없이 수색할 수 있는지 알지 못한다.

그런 연유로 이들은 하늘로부터 지시를 받는다.

하늘에서 내려다보는 자가 있다. 그리고 그자가 빠짐없이 곳곳을 수색할 수 있도록 방향 지시를 한다.

포위망을 빠져나가는 자가 있어도 곤란하다. 그래서 일정한 범위를 정하고 두 명, 세 명이 겹쳐서 관찰한다.

산에서 하늘은 산 정상이다. 범위는 루검비가 움직인 곳에서부터 반경 오백 장 안이다.

오백 장이라는 넓은 범위를 관찰하는 자가 있다. 이들은 그들을 철저히 믿고 행보를 이어간다.

절대적인 신뢰로 구축한 사이여야만 이런 움직임을 보일 수 있다.

"어디서 온 분들이죠?"

사내는 눈빛에 기광이 맴돌았다.

'앗차!'

서화는 자신의 실수를 금방 알아챘다.

사내들에게는 한결같은 특징이 있다. 입고 있는 옷이 똑같다. 승천하는 용이 있느냐 없느냐의 차이뿐이다. 검도 같다. 검집에는 한눈에 알아볼 수 있도록 녹색 구슬이 두 개씩 박혀 있다. 손잡이는 모두 금칠을 했고…….

이만한 공통점이라면 이들이 어느 문파 사람들인지 쉽게 알아냈어야 한다. 무림에 몸을 담고 있는 무림인이라면 말이다.

그녀의 채대술, 지옥노후공은 천잔파파(天殘婆婆)의 무공이
다.

천잔파파라면 고수로 일컬어지는 사람인데 무공을 가르치
면서 무림에 대해 말해주지 않았을 리 없다.

서화는 무공만 습득했지 천잔파파라는 사람은 얼굴도 보지
못했다.

환희교 내에서도 평범한 교도였다면 정랑들과 얽히고설키
며 무림 이야기도 나눴을 테지만, 형당 안에만 틀어박혀 있었
던 관계로 무림에 대해서는 전혀 문외한이다.

사내들이 어느 문파 사람인지 알아볼 리 없다.

사내가 말했다.

"섭섭하군. 제갈세가(諸葛世家)도 알아보지 못하다니."

음성의 미미한 변화, 이럴 때 형당 도수(刀手)는 가차없이 칼
을 날린다. 어떻게든 지금까지 유지되어 오던 판을 뒤집을 수
있기 때문이다.

'제갈세가? 떠보시겠다?'

서화가 말했다.

"섭섭하군요. 제가 정신이 없기로서니 그렇게 떠볼 필요는
없잖아요."

사내는 대답하지 않았다.

좀처럼 의심을 떨구지 않는 사내다. 어쩌면 루검비와의 관
계도 의심하고 있지 않을까? 그렇다면…… 루검비가 죽을 때
자신도 죽는 게 좋다. 그래야 환희교에 해가 가지 않는다.

사내가 걸음을 멈췄다.

십여 장 밖, 무너진 석실 앞에 루검비가 앉아 있었다, 두 손으로 머리를 감싸 쥐고 부들부들 떨면서.

第十一章

가을바람처럼

환희밀공

1

　도망가지 마라. 어차피 죽으려고 했지 않느냐. 서화 때문에 강제로 끌려 나온 게 아니었나? 아니면 이제 와서 목숨이 아까워졌나? 죽어라. 깨끗하게 죽어라. 너만 죽어 없어지면 환희밀공이고 뭐고 다 사라진다. 그나마 그것이 육반루가의 명예에 흠집을 내지 않는 길이란 걸 모르겠나.

　웃기기 마라. 산목숨을 어찌 끊는단 말인가. 악착같이 살아남아서 환희밀공을 대성해야 한다. 색마가 되면 어떻고 살인마가 되면 어떤가. 언제 세상 사람들이 널 도와준 적이 있나? 왜 보지도 않은 사람들을 염려하나. 너만 잘되면 된다. 살아라. 악착같이 살아라.

　머릿속에서 선과 악이 다툼을 벌였다.

목숨쯤은 쉽게 포기할 수 있을 것 같았다.

인법을 겪어보지 않은 사람은 헛소리마라고 하겠지만 자신의 생명을 완전히 남에게 맡겨본 사람들은 삶과 죽음의 차이가 종이 한 장밖에 되지 않는다는 걸 안다.

하루에도 몇 번씩 죽었다가 살아나곤 했다.

이젠 정말 죽었구나 하는 생각을 수십 번은 더 했다. 죽음 직전의 혼절 같은 건 하루에도 수십 번씩 겪었다.

죽음이란 게 별것 아니다. 잠을 자듯 눈만 감으면 된다. 그러다가 눈이 떠져 세상을 보면 다시 산 것이고, 영원히 눈을 뜨지 못하면 죽은 것이다.

눈을 뜨지 못하면 어쩌나 걱정할 필요도 없다.

혼절 중에는 아무것도 기억하지 못한다. 잠에 푹 떨어졌을 때처럼 자신의 의지와는 상관없이 눈이 감기고, 그것으로 끝이다. 죽는 자는 살고 싶어도 죽게 되어 있다.

한데 이 무슨 망상이란 말인가.

새삼스럽게 선과 악은 왜 다투는가.

"하아! 하아! 하아!"

루검비는 거친 숨만 쌕쌕 뿜어냈다.

무인들이 몰려든다.

도주할 길은 이미 막혔다. 굳이 고개를 들어 확인할 필요는 없다.

사방에서 수컷들의 냄새가 풍긴다. 냄새로 강한 놈과 약한 놈의 구분까지 가능하다. 양기가 진한 놈이 있고 약한 놈이 있다. 너무도 뚜렷이 구별된다.

도주하려면 약한 쪽을 돌파해야 한다.

지금 아니면 못 가는 것 알지? 어서 일어서. 일어서서 몇 놈 죽이고 도주하는 거야. 제길! 네 목숨이 석 자인데 누굴 걱정해. 우선 살고 봐야 할 것 아냐.

가만히…… 가만히 있는 거야. 그럼 저들이 네 목을 따줄 거야. 가만…… 이 냄새는? 서화구나. 서화가 저들과 함께 있어. 그럼 더 가만히 있어야지. 그녀가 너의 위험성을 충분히 말해 줬을 테니 순식간에 숨이 끊어질 거야. 조금만 참아.

"하아! 하아!"

살고 싶은 욕망이 너무 강해서 두 손으로 머리칼을 쥐어뜯었다.

그래도 두 눈은 약한 놈이 있는 쪽을 쳐다본다. 약한 놈과 약한 놈이 연결된다. 뚫고 도주할 탈출로다.

'다섯…… 다섯 명만 죽이면…… 안 돼! 내가 왜 이래! 어서…… 죽이려면 빨리 죽여!'

무인들은 루검비의 마음을 읽지 못한다. 그래서 천천히 포위망을 좁혀온다. 함정에 걸린 멧돼지를 쳐다보듯 득의롭게 웃으며 느긋이 다가온다.

"죽엇!"

역시 제일 먼저 손을 쓴 사람은 서화다.

쒜에엑!

기다란 채대가 장도(長刀)가 되어 날아온다.

목을 휘감고 우드득!

숨이 끊어지는 건 실로 찰나에 지나지 않을 게다. 한데,

쒜엑! 쒜에엑!

그녀의 좌우에 있던 두 무인이 재빨리 신형을 날려 그녀를 막아섰다. 한 명은 우수를 절단해 가고, 다른 한 명은 검을 뻗어 채대를 휘감았다.

스읏! 파파팟!

서화는 옆으로 한 발 물러섰다. 그로써 손목이 절단되는 위험은 벗어났다. 루검비의 목숨을 노린 채대는 계속 뻗어나갔다. 또 다른 무인의 공격쯤은 손목을 살짝 비틀어 채대를 위로 쳐올리는 것으로 막아냈다.

여러 수를 나눌 필요가 없다. 단 한 수, 루검비의 목만 꺾으면 된다. 그다음에는 기꺼이 목숨을 내주겠다.

서화의 의지는 단호했다.

쒜엑! 사각!

또 다른 검이 채대를 가로막았다.

채대의 유연성을 간과하지 않은 검이다. 검이 크게 호선(弧線)을 그리더니 중간 부분을 싹둑 절단해 냈다.

가슴에 용 문양을 새긴 무인이다.

그는 서화를 쳐다보지도 않았다. 처음부터 서화가 이리 나올 줄 짐작했다는 듯 가볍게 일수를 선보여 채대를 자른 후, 루검비를 향해 걸어갔다.

"그놈! 그놈! 죽여야 해요! 당장!"

서화의 외침은 텅 빈 허공만 울렸다.

그녀의 말을 듣는 사람은 아무도 없었다. 백여 명이나 되는 절정무인들, 단 한 번의 패배도 기록하지 않은 무적의 전사들 앞에 제정신이 아닌 듯이 보이는 폐인 한 명쯤은 그물에 걸린 물고기에 지나지 않았다.

'이래서는 안 돼!'

루검비는 무인들의 뜻을 알아챘다.

이들은 자신의 목숨을 원한다. 하나 당장은 아니다. 우선은 생포할 것이고, 고문을 가한 후에 천천히 죽음을 안길 것이다.

그런 죽음은 너무 고통스럽다.

끝없이 악의 유혹과 싸울 자신이 없다.

루검비는 벌떡 일어섰다.

"흐흐흐! 흐흐흐흐!"

그의 입에서 음침한 색마의 웃음소리가 새어 나왔다.

"발악하지 마라."

무인이 말했다.

쐐엑!

루검비는 신형을 날림으로써 대답을 대신했다.

"이 자식이!"

루검비에게 선택된 자는 한 걸음 물러서며 검을 쳐들었다.

금령의 죽음은 굉장히 심각하다. 간단히 목숨 하나 빼앗아서 해결될 문제가 아니다. 용검대주의 명령도 있다. 직접 처단하겠다고 했지만 금령의 죽음과 얽혀 있는 자이니 대주에게도 처단 권한은 없다고 봐야 한다.

선택의 여지가 없다. 생포해서 본가로 끌고 가야 한다. 위협만 줘서 스스로 물러서게 해야 한다.

파아앙!

검이 순식간에 열 개로 늘어나 허공을 휘저었다.

루검비가 나아가는 곳은 온통 검기(劍氣)로 그득하다. 상관세가의 독문 무공인 천수검법(千手劍法)이 펼쳐진 것이다.

그는 그것으로 루검비가 물러설 줄 알았다.

쒜엑!

루검비는 눈부시게 빨랐다. 어느 틈에 검막(劍幕)을 찢고 들어와 오른손 완맥을 움켜잡았다.

"뭐야! 헉! 컥!"

사내의 칠공에서 피가 줄줄 흘러내렸다.

새카맣게 죽은피다. 검은 피가 끝없이 흘러내린다.

사내의 눈이 뒤집혔다. 검은 눈동자가 위로 말려 올라가더니 두 눈 가득히 흰자위만 남았다.

"크크크!"

루검비의 승리의 웃음을 흘렸다.

하나 이 웃음은 그가 흘린 게 아니다. 사내의 양기와 접하는 순간, 더 많은 기운을 얻고자 하는 욕념이 꿈틀거렸다.

이곳에는 많은 사람이 있다. 이들 모두가 자신에게 기운을 넘겨줄 종자(種子)들이다.

그의 웃음은 한 사내를 죽인 승리의 웃음이 아니라 선을 무너뜨린 악마의 웃음이었다.

"저, 저놈!"

쒜에엑!

다른 자가 검을 쳐냈다.

이번에도 검이 열 개로 쭉 불어났다. 마치 얇은 면검(綿劍) 열 개를 한데 묶었다가 일시에 풀어낸 것 같았다.

맞다. 천수검법은 면검 열 개를 묶어 부챗살처럼 활용한다. 진기를 돋워 검을 펼쳐 내는 것만으로도 훌륭한 초식이 된다. 하물며 초식까지 전개하면 열 개의 검은 순식간에 백 개로 늘어난다.

쒜엑! 쒜에엑!

스무 개, 서른 개…….

손오공이 분신술이라도 펼친 듯 면검이 수십 개로 불어났다.

탁! 타악!

루검비는 그중 두 개만 건드렸다.

사내를 붙잡기 위해서는 방해물을 제거해야 한다. 수십 개의 검 중에 장애가 되는 건 두 개뿐, 나머지는 허공을 제멋대로 나도는 것에 불과하다.

루검비는 검막을 뚫고 들어가 사내의 허리를 껴안았다. 그리고 곧 겨드랑이 사이로 빙그르 돌아서 등을 점했다.

뒤에서 앉아 있는 사람을 일으킬 때처럼 양손은 겨드랑이 사이에 들어가 있다.

완전히 제압된 것이다.

"헛! 컥!"

두 번째 사내도 첫 번째 사내와 똑같은 반응을 보였다.

주루룩!

칠공에서 피가 쏟아진다. 인상이 찌부러질 대로 찌부러졌다. 더욱 기가 막힌 것은 사내의 얼굴이 핏기 한 점 없는 백면(白面)으로 변해간다는 것이다.

놀랍게도 루검비는 반공(胖功)을 쓰지 않았다. 채음보양의 정수인 간공(干功)을 사용했다. 양기를 들여보내 사내의 양기와 합류한 다음, 가차없이 뽑아냈다.

승장혈로 들어가서 수분혈로 나오는 일상적인 경로도 거치지 않았다. 어디로 들어가 어디로 나왔는지 모르지만 분명히 사내의 양기를 모두 뽑아버렸다.

그는 모두가 지켜보는 앞에서 아주 간단하게 채양보양을 펼쳐 보인 것이다.

가슴에 용 문양을 한 사내들은 한데 모여 있지 않았다. 루검비를 중심으로 자신들의 수하를 이끌고 열 방위를 점한 채 서 있었다.

그들은 서로를 쳐다봤다.

이심전심(以心傳心), 뜻이 모아졌다.

"죽여라!"

나직하면서도 단호한 명이 떨어졌다.

쐐엑! 쐐에엑!

검이 몸을 훑고 지나간다.

등이 사선(斜線)으로 그어지며 피가 분수처럼 뿜어져 나온다.

시원하다. 통쾌하다. 꽁꽁 묶인 채로 형당 도수들에게 칼을 맞을 때보다는 훨씬 낫다. 그래도 지금은 손발이나마 자유롭게 움직일 수 있지 않은가.

쐐에엑!

검이 허벅지를 그었다.

당장 신법이 둔해진다. 몸이 마음대로 따라주지 않는다. 지금보다 서너 배는 빨리 움직여야 하는데 굼뜨기만 하다. 오죽하면 날아오는 검을 멀거니 바라보고 있겠나.

사각! 사아악!

가슴에서부터 복부까지 횡(橫)으로 사선(四線)이 그어졌다. 면검 네 자루가 일시에 훑고 지나간 것이다.

루검비는 손을 들어 배를 꾹 눌렀다. 틈이 길게 벌어지면 내장이 쏟아진다.

사내들의 합공은 무서웠다. 열 개의 검이 아니라 수천 개의 검이 일시에 날아왔다. 한 명을 상대할 때는 뚜렷이 보이던 허점이 수십 명과 대적하니 아무것도 보이지 않았다.

하늘로 날아갈 수 있다면 또 모른다. 땅으로 꺼질 수 있다면 어떻게든 빠져나가리라.

지금은 안 된다. 아무것도 할 수 없다.

악마는 참 치사하다. 기껏 싸우라고 부추길 때는 언제고 온몸이 난자당하니 온다 간다 말도 없이 사라져 버렸다. 그와 동시에 어떻게든 살아야 한다는 마음도 없어졌다. 오직 환희밀공의 비밀을 안고 깨끗이 죽게 되니 다행이란 생각뿐이다.

루검비는 털썩 무릎을 꿇었다.

한계가 왔다. 왼쪽 다리는 벌써 마비되었다. 피를 너무 쏟은 탓에 정신도 혼미해진다.

이런 경험…… 많다. 인법에서 숱하게 겪었다. 숨 몇 번 몰아쉴 순간이면 정신을 놓을 게다.

'아버지.'

묘하다. 마지막 순간에는 어머니가 생각날 줄 알았다. 어머니에게 어떤 사랑을 받았는지 기억나지 않지만 막연하게나마 어머니의 영상이 그려지지 않을까 싶었다.

아버지가 그려진다. 위풍당당한 모습이다. 수염도 거칠게 기르셨다. 부릅뜬 눈은 적을 노려본다. 오똑한 코를 타고 핏물이 흐른다. 입술은 아예 새빨간 선홍빛이다.

아버지의 복수도 끝이다. 모두, 모두 끝이다.

"후후후! 후…… 후!"

루검비는 웃으면서 고개를 꺾었다.

"천수강막(千手剛幕)이 원래 약한 거야, 이놈이 강한 거야?"

"이놈이 강한 거야. 일대일로는 우리들 중 누구도 승리를 장담하지 못해."

"그렇…… 겠지."

무인들은 쓰러진 루검비를 내려다보면서 치를 떨었다.

루검비 주위에는 부러진 검날이 수북이 쌓였다.

상관세가의 검은 얇디얇은 면검이지만 잘 부러지지 않는다. 면검의 단점을 보완하기 위해 철 중에서도 단단하기로는 단연 으뜸이라는 빙철(氷鐵)을 사용했고, 거기에 고무처럼 질긴 탄성을 지니라고 적사(赤沙)를 섞었다.

상관세가의 검을 자르거나 부러뜨릴 수 있는 검이 있다면 천하명검이라고 추켜세워도 무방하다.

루검비는 죽은 자가 지녔던 검을 사용하여 수십 자루나 잘라냈다.

같은 강도로 주조된 검이다. 면검과 면검이 만나면 강한 부딪침만 생길 뿐이지 잘라지거나 부러지지 않는다.

루검비는 무를 베듯 잘라냈다.

그가 지닌 검은 아직도 멀쩡하다. 검을 휘두르던 육신은 쓰러져 있지만 면검 한 자루만은 많은 피를 머금은 채 귀기(鬼氣)를 발산하고 있다.

귀신처럼 빨랐다. 그의 검에 걸리는 것은 모조리 잘렸다. 사람의 뼈마디는 물론이고, 검이나 돌, 나무도 싹둑싹둑 베어져 나갔다.

가주도 깜짝 놀랄 만큼 대단한 내공이다.

무인들은 루검비의 내공이 어디서 나왔는지 안다.

동료 두 명을 죽였을 때만 해도 그는 강하기는 했지만 해볼

만한 상대였다. 그 뒤로 한 명이 더 죽었다. 칠공으로 피를 쏟
으며 패그르르 쓰러졌다.

그 후로 루검비는 더 강해졌다. 빠른 신법에 의존할 뿐, 초
식다운 초식을 구사하지 못했는데, 그럼에도 불구하고 그의
검을 막을 수가 없었다.

한 명이 더 죽었다. 그리고 루검비는 그만큼 더 강해졌다.

용검대로 하여금 절대강자로 군림케 해준 천수강막을 펼치
고도 고전을 거듭한 끝에야 쓰러뜨릴 수 있었다.

"처음부터 죽였어야 했어요."

서화가 냉랭한 표정으로 루검비를 내려다보며 말했다.

기실 그녀의 마음은 편치 않았다. 악마가 되었기에 어쩔 수
없이 죽이려 했지만 그녀의 임무는 엄연히 그를 보호하는 것
이다. 그의 수족까지 되었다. 나이가 절반이나 어려도 존댓말
을 썼다.

환희교의 희망은 사라졌다.

"소저, 미안한 말이지만 본가까지 가줘야겠소."

"네?"

"소저 말이 사실이라면 팔 하나를 잘라서 사죄하리다."

용 문양을 한 무인이 냉담하게 말했다.

그녀에게는 선택의 여지가 없었다. 그가 말한 대로 무조건
따르는 수밖에 없다. 반항하더라도 억지로 끌고 갈 태세이고,
충분히 그럴 수 있는 사람들이다.

팔 하나를 잘라서 사죄하겠다? 상당한 자신감이다. 서화의

말이 거짓이라고 확신하고 있는 게다. 그렇다면 당연히 루검비와 모종의 연관이 있을 것이고, 그런 그녀를 잡아가지 않을리 없다.

"그러죠. 팔까지 내놓을 것 없어요. 가는 길에 심심치 않게 술이나 받아주면 되요. 안주는 필요없어요. 이놈을 생각하면 어지간해서는 취하지 않아요."

서화는 루검비의 옆구리에 발길질을 했다. 발끝에 진기를 모으고 장문혈(章門穴)을 힘껏 걸어찼다.

루검비는 인법을 거친 몸이다. 어지간해서는 죽지 않는다.

루검비가 입은 상처는 상당히 중했지만 서화가 보기에는 아직도 목숨이 붙어 있을 여지가 많았다.

온몸이 걸레가 되었는데 어찌 살 수 있겠냐고 말하는 사람들은 그의 옷을 벗겨보면 된다. 어느 게 살이고 어느 게 흉터인지 구분하지 못할 지경이 되면 지겨울 만큼 목숨이 질긴 괴물이 되는 게다.

하나 서화는 마지막 발길질마저도 하지 못했다.

면검 한 자루가 장문혈을 가로막았다. 발길질을 끝까지 하려면 면검을 차고 나가야 한다.

서화는 물러섰다.

"훗! 이것도 안 되나요? 죽은 놈한테 원한도 못 풀어요?"

"죽이지 않았으니까."

"네? 그게 무슨……?"

"놈은 죽지 않을 것이오. 가주님 앞에 무릎을 꿇기 전까지는 숨이 붙어 있을 거요. 시작해!"

그가 말하기 전에 작업은 이미 시작되었다.

무인 몇 명이 나서서 루검비의 상처에 금창약(金瘡藥)을 덕지덕지 발랐다. 또 한편으로는 고래 힘줄같이 생긴 끈으로 손발을 꽁꽁 묶었다.

'저…… 런데도 살 수 있다고?

서화도 의술을 안다. 환희교에서는 유화 다음으로 고명한 솜씨를 자랑한다.

의원의 눈으로 보건대, 루검비는 죽는다. 만에 하나 기적이 일어나면 모를까, 틀림없이 죽는다. 자신이 발길질을 하려던 것은 '만에 하나' 조차도 없애기 위해서다.

한데 무인들은 놈을 살려내고 있다.

이자들은 참으로 무서운 자들이다.

염라대왕에게 끌려간 자를 다시 살려냈다고 해서 이런 말을 하는 게 아니다. 그런 일은 있을 수 없다. 설사 화타(華陀)가 환생한다 해도 그런 일은 할 수 없다.

이들은 동료가 죽어가는 모습을 보면서도 살수를 쓰지 않았다.

살을 깊게 베긴 했지만 장기는 전혀 건드리지 않았다. 네 명이 죽었고, 몇 명이 더 죽을지 모를 싸움판에서조차 치밀하게 짜여진 계획대로 움직였다.

그게 무서운 거다.

'안 돼! 살아서는!'

　　서화는 눈가에 피어나는 독기를 감추기 위해 눈을 감아버렸
다.

2

　　'죽지…… 않았구나.'
　　의식이 없으면 죽은 것이요, 깨어 있음을 느끼면 산 것이다.
　　전신에서 진한 통증이 일어난다. 머리끝부터 발끝까지 성한
곳이 없는 것 같다. 손발도 움직이지 않는다. 큰 동작은 고사
하고 손가락 하나 움직여지지 않는다.
　　"흠……."
　　루검비는 쓴웃음을 지었다.
　　기경팔맥(奇經八脈)이 모두 막혔다.
　　하나의 흐름으로 단숨에 혈두를 제압한 것이 아니다. 각기
다른 열 가지 수법으로 각 경맥을 막았다.
　　눈동자는 돌아간다.
　　경맥 전체를 막은 게 아니라 일부분만 통제했다는 뜻이다.
　　고개를 좌우로 돌려보았다. 돌려진다. 단지 목 아래로만 움
직여지지 않는다.
　　잘못 생각한 것일까? 목뼈에 있는 신경만 죽인 것인가.
　　그렇다면…… 일부러 죽였을 수도 있지만 무인들과 싸우는
와중에 검을 잘못 맞은 후유증일 수도 있다.
　　혈도를 건드린 것이 아니라면 완치되기는 틀렸다. 평생 전

신마비 상태로 살아야 한다.

웃어야 하나, 울어야 하나.

이런 상태에서도 환희밀공은 돌아갈까? 여인이 살을 만져오면 욕구를 느낄까?

느낀다. 멀지 않은 곳에 여인이 있다. 여인의 살 냄새가 진하게 풍겨온다.

사내들도 많다. 족히 수십 명은 되는 것 같다.

쉬익! 쉬익! 쉬이익!

귓가로 바람이 흘러간다. 그럴 때마다 머리가 심하게 흔들린다.

그렇구나. 움직이고 있는 중이구나. 무인들이 들것에 실어 나르는 중이구나.

루검비는 어떻게 된 상황인지 비로소 알았다.

그가 생각한 것들 중 최악의 상황에 직면한 것이다. 생포되는 일만은 피하려고 했건만.

그나마 서화가 있으니 한가닥 기대를 남겨놓을까?

그것도 쉽지 않을 것 같다.

서화와 자신 사이에는 강력한 양기가 다섯 겹이나 막아섰다.

가슴에 용 문양을 한 사내들이다.

그들은 강하다. 한 번뿐인 싸움이었지만 용 문양을 한 무인들은 다른 무인들보다 서너 배는 강했다. 진기가 강했고, 초식이 절묘했으며, 무엇보다 싸움을 할 줄 안다.

그들에게서는 백전(百戰)의 경험이 풍겼다.

서화가 죽여주기를 바랐건만 그것도 틀렸다. 용 문양이 가로막아선 이상 두 사람의 접촉은 이루어질 수 없다.

루검비는 눈을 감고 환희밀공을 처음부터 다시 생각했다.

인법을 겪으며 구결을 전수받을 때부터 천법 석관에서 수련할 때까지 모든 과정을 세밀히 살폈다.

도대체 어디서부터 잘못된 것일까? 환희밀공이 왜 이따위 색공(色功)이 된 것일까?

교주가 이런 무공을 기다렸을 리 없다.

환희교에는 전대 수문장이 있었다고 했다. 그가 환희교를 지키고 있을 때는 정랑들이 함부로 나서지 못했다고 들었다.

교주는 그때를 기다린다. 그때가 다시 올 것이라고 믿는다. 수문장만 키워지면.

그 말은 환희밀공이 정상이라는 뜻이다.

전대 수문장도 자신처럼 여자만 보면 미쳤을까? 남자만 보면 죽이고 싶었을까? 음기, 양기를 맛있는 음식이나 된 듯이 쪽쪽 빨아먹고 다녔을까?

아니다. 그렇다면 교주를 비롯해서 환희교 식솔들이 살아남지 못했다. 아예 환희교란 집단 자체가 사라지고 없을 게다.

잘못은 자신에게 있다.

'어디서부터 잘못했지?'

걸음이 멈춰졌다. 그리고 딱딱하게 경직된 대화가 들려왔다.

"내가 직접 처리한다고 했는데, 명을 이해하지 못한 건가?"

"피치 못할 상황이었습니다. 우연히 놈을 발견했고, 어떻게 해볼 사이도 없이 충돌이 벌어졌습니다. 형제 두 명이 순식간에 당해서…… 공격을 지시할 수밖에 없었습니다."

"우연히? 후후후! 우연히 발견했다? 어떻게 해볼 사이도 없이 충돌이 벌어졌다? 후후후! 너희들…… 재미있는 놈들이구나."

"……."

사내들은 변명하지 않았다.

루검비는 얼마 전 일이 떠올렸다.

사방에서 좁혀오는 무인들, 빠져나갈 구멍이라고는 조금도 없어 보이던 순간. 하나 자신이 붙잡히거나 죽을 것이라는 생각은 추호도 하지 않았다.

악마의 속삭임을 처음부터 따랐다면 잡힐 일이 없었다.

무슨 수가 있었냐고? 없다. 단지 느낌이 그랬다. 양기가 약한 자들만 줄지어 몇 명 처리하면 그다음은 무풍지대다. 아무도 가로막는 자가 없다. 마음 놓고 도주하면 된다.

한데 걸리는 것이 있다. 산 정상에서 하계(下界)를 쏘아보는 눈이 걸린다. 무작정 도주하는 것보다 그자를 먼저 제거하는 것이 훨씬 수월해질 것이라는 생각이 들었다.

산 정상에 누가 있었는지 모른다. 정말 사람이 있었는지도 알 수 없다. 거기서도 양기의 흐름이 느껴졌기에 누가 있겠구나, 그곳에서 밑을 조망(眺望)하면 멀리까지 아주 잘 보이겠구나 하는 생각을 했다.

역시 그랬다.

서화와 있을 때 우발적으로 만난 것이 아니다. 치밀하게 계산하여 포위한 후, 거리를 좁혀왔다.

"후후! 후후후후!"

사내가 웃었다.

"금령은 사모받아 마땅한 여자다. 그 마음을 알기에 이번 일은 용서하마."

"감사합니다!"

"쯧! 아깝게 되었군. 쉽게 풀어갈 문제가 복잡하게 꼬였어. 저 여자는 뭐고 이놈은 뭔가. 잠시만 시간을 두고 지켜봤으면 지금쯤 모든 윤곽이 드러났을 텐데."

"죄송합니다."

"최선일 것 같으나 최선이 아닌 것도 있다. 그걸 안다면 너흰 용검대주를 하고 있을 거야. 욕심이 있다면 배워라, 나아갈 때와 인내할 때를."

"……"

"길에서 추태 부리고 말고 가자."

대화는 거기서 끊겼다.

다시 이동이 시작되었다.

"맞군. 저 새끼들…… 으득!"

반질반질 윤기 흐르는 머리에 승복을 입은 승려가 용검대를 노려보며 이를 갈았다.

"함정은 아닙니다. 알아봤는데, 구룡문(九龍門)을 치고 내려오는 길이더군요."

역시 승복을 입은 승려가 말했다.

앞에 선 승려가 황색 장삼을 걸친 데 반해 뒤에 나란히 서 있는 네 명의 승려는 하얀색, 분홍색, 파란색, 검정색의 이색적인 장삼을 걸치고 있었다.

그들은 오색광승(五色狂僧)이란 별호로 불린다.

"잔인한 놈들!"

황색 장삼을 입은 승려가 다시 이를 갈았다.

섬서성(陝西省)에서는 어느 문파든 '용(龍)' 자(字)를 쓰지 못한다. 어느 무인이든 별호에 용(龍)을 넣지 못한다.

용검대가 내건 기치였다.

용검대는 자신들이 한 말을 지켜 나갔다.

별호나 문파 명칭에 용(龍)이 들어 있으면 먼저 교체 권유를 했다.

권유를 받아들이면 용검대가 이긴 것이다. 받아들이지 않으면 도전으로 간주하여 철저히 괴멸시켰다.

십여 명에 이르는 무인이 죽고, 네 개 문파가 사라졌다. 아니, 구룡문까지 다섯 개다.

"백초원주 금령이 두미산(豆迷山)에서 행방이 묘연하다는 소식을 듣고 들어갔다가 시신을 찾은 모양입니다. 저 들것에 실린 건 채음보양술을 익힌 놈이겠죠."

"크크크! 그럼 금령인가 하는 계집이 음기가 빨려 죽었다는
거군. 상관외! 그 새끼 얼굴을 봤어야 하는데. 참 볼만했을 거
야. 제 계집이 다른 사내에게 강간당해 죽었으니. 세상은 참
공평하단 말이야. 크크큭! 크크크큭! 어찌 이런 일이 있나. 하
하하!"

승려는 통쾌하게 웃었다.

"확인했으니 가시죠."

"그래, 가자! 크크큭! 복수할 날이 이렇게 빨리 다가올 줄이
야 뉘 알았나. 하하하!"

다섯 승려는 유쾌하게 웃으며 사라졌다.

그들은 멀리 가지 않았다. 반 시진 정도 지났을 무렵에 걸음
을 멈췄다. 그들 앞에는 한 무리의 사람들이 삼삼오오 짝을 지
어 앉거나 서 있었다.

"저 계집 말이 맞아. 용검대야."

"백 명 모두 있소이까?"

"네 명 빠진 구십육 명. 네 명은 뒈졌대."

"흠…… 구십육 명. 해볼 만하군."

"문제는 인원이 아니라 천수강막 아니오이까. 수백 자루의
검이 일시에 쏟아지는데 당해낼 재간이 있어야지요."

그때였다. 차분히 가라앉은 여인의 음성이 들려왔다.

"용검대가 쓰는 건 방진(方陣)의 변형이에요. 그들은 어떤
싸움을 하든 흩어지지 않을 거예요. 공격을 하든 방어를 하든

항상 뭉쳐 있지 않나 싶네요. 전부는 아니더라도 최소한 열 명쯤은 함께 있을 거예요. 안 그런가요?"

중인들이 여인을 쳐다봤다.

얼음처럼 차가운 얼굴에서는 어떤 감정도 읽을 수 없다.

잔화(殘花)! 환희교에서 최고의 도수 중 하나라 일컬어졌던 그녀다.

"음……!"

"그걸 누가 모를까. 그걸 깰 수 없으니……."

"기름에 튀겨 버리면 어때요?"

"……?"

시선이 집중되었다. 눈길은 무슨 소리냐고 묻는다.

"호호호!"

잔화는 낭랑하게 웃었다.

슈웃!

일 리 정도 떨어진 곳에서 화전(火箭)이 솟구쳤다.

상관외는 눈을 가늘게 좁혔다.

"쉬었다 간다."

용검대는 즉시 명을 받았다.

그들은 익숙한 몸놀림으로 원형(圓形)을 그리며 빙 둘러 앉았다.

앉은 형태만 그렇다. 앉은 후에는 세상에서 가장 편한 모습으로 쉬었다.

잠시 후, 화전이 쏘아진 곳에서 무인 두 명이 빠른 걸음으로 달려왔다.

"우리에게 죽은 자들의 친척이나 지인으로 사료."

이런 일은 항상 있어왔다.

무림이란 한 명을 죽이면 원수가 열 명쯤은 생긴다. 그 열 명을 죽이면 또 열 명씩 해서 백 명이 원수가 된다.

싸움은 숨이 끊어진 후에야 끝난다.

그렇기에 무림에 발을 들여놓는 순간부터 영원히 무림을 벗어날 수 없다는 말이 나도는 것이다.

용검대는 벌써 많은 적을 두었다.

언제 어디서 어떤 암습을 가해오더라도 하등 이상할 게 없다. 생면부지의 낯선 사람이 느닷없이 기습을 가해와도 당연한 듯이 받아들여야 한다.

"인원은 대략 이백. 특별히 주목할 만한 자는 없음."

"이백……."

상관외는 미간을 찌푸렸다.

이백이라는 숫자는 중요치 않다. 이백이든 삼백이든 어중이떠중이들은 밀어붙이면 그만이다.

문제는 숫자가 그 정도 되면 그중에는 명가(名家)나 대문파(大門派)와 연관된 자도 있기 마련이라는 거다.

강호에서 살아남으려면 뻣뻣하기만 해서는 안 된다. 대나무처럼 줏대가 있으면서 갈대처럼 강한 바람에는 휘어질 줄 알아야 한다. 양보할 때는 양보하고, 물러설 때는 물러서 줘야 한다.

명가나 대문파에 영향력이 있는 사람에게는 그 정도 양보쯤 해줘도 된다.

이백…… 쓸모없는 인간들뿐이기를 빈다.

"치고 가자."

"칩니까?"

"그럼 얻어맞을까?"

"이백을 모두 치는 건 아무래도……."

"냉혈(冷血), 잔인(殘忍)…… 무패(無敗)로 통한다면 뭐든 해볼 가치가 있어."

"알겠습니다."

행동 방향이 정해졌다.

용검대는 천수강막을 펼친 채 전진했다.

이백으로 추산된다던 무림인들은 백여 명 정도밖에 보이지 않았다.

보이지 않는 자들은 암중에 숨어서 비겁한 수작을 꾸미고 있을 게다. 화살을 준비했을 수도 있고, 화약을 터뜨릴지도 모른다.

어떤 싸움이든 용검대는 받아들일 준비가 되어 있다.

"돌파한다. 싸움을 걸어올 때까지 참는다. 절대 먼저 공격하지 마라. 하나! 누구든 가당찮은 시도를 해오면 가차없이 베어라! 한 명의 공격은 전체의 공격으로 간주하고 모두 도륙

하라!"

상관외의 고함이 쩌렁 울려 퍼졌다.

용검대 무인들에게 한 말이 아니다. 둘러싼 무인들에게 들으라고 한 말이다.

이로써 최소한의 명분은 찾았다.

"후후후!"

"흐흐! 흐흐흐!"

사람들은 용검대를 막아서지 않았다. 다가오면 얌전히 길을 비켜주었다.

그러면서 웃었다. 징그럽게…… 비웃음을 가득 담고.

용검대는 잔뜩 긴장했다. 누구 한 명 웃거나 눈길을 돌리지 않았다. 곧 처절한 싸움을 치를 사람처럼 오감(五感)을 잔뜩 긴장시켰다.

이러다기 싸움이 일어나지 않으면 용검대는 괜히 겁쟁이가 된다. 아무것도 아닌 일로 잔뜩 움츠린 개구리 꼴이다. 싸움이 벌어지지 않았다고 검을 내려놓는 순간, 사람들은 늘 그렇게 겁에 질려 살라고 비웃을 게다.

하나 이것이 용검대가 싸우는 방식이다.

싸움이 있을 것이라고 판단된 곳에서는 반드시 싸움이 벌어졌다. 세상에서 가장 평화로워 보이는 곳일지라도 위험이 느껴진 곳은 언제나 위험했다.

이곳도 전장으로 분류되었다.

중인들이 순순히 물러서는 건 싸우기 싫어서가 아니라 다른 생각이 있기 때문이다.

비웃음은 한 귀로 듣고 한 귀로 흘리면 그만이다. 하나 긴장을 늦추면 죽는다.

백여 명쯤 되는 사람들이 거의 비켜섰다. 이제 앞에는 한두 명 정도밖에 없다. 텅 빈 허공이 그들을 맞이한다.

싸움이 없는 걸까?

"준비해라."

상관외가 나지막이 으르렁거렸다. 그때!

탁! 타악! 타악! 탁! 탁탁!

앞에서 뜨거운 불에 콩 볶는 듯한 소리가 들려왔다.

선노(嬋弩:쇠뇌)다!

쒜엑! 쒜에엑! 쒜엑!

선노에서 발사된 화살은 대착두전(大鑿頭箭)이라고 하여 크기가 창과 버금간다. 살상 사정거리는 삼백 보(三百步)로, 군인들이 전장에서 사용한다.

용검대는 가공할 파괴력을 담고 날아온 화살들을 아주 쉽게 피해냈다. 화살들이 날아올 때마다 좌로 혹은 우로 한 걸음 비켜서는 게 고작이었다.

눈에 보이지 않는 속도로 날아오는 대착두전을 정확히 본다는 소리다. 그것도 한두 명이 그런 게 아니라 용검대 무인들 전부가 그 정도로 무공을 쌓았다.

천수강막은 흐트러지지 않았다.

탁! 타탁! 타악!

선노는 멈추지 않고 계속 날아왔다. 보이지 않던 백여 명이 전면에서 선노를 쏘아대는 것 같다.

용검대는 대착두전을 피할 뿐만 아니라 느리긴 하지만 조금씩 앞으로 나아갔다.

회심의 선노는 별 효과를 보이지 않고, 용검대는 다가선다. 이게 전쟁터였다면 적군의 사기는 벌써 꺾였을 것이다. 한데 상관외가 아주 뜻밖의 명을 내렸다.

"후…… 퇴하라."

차마 내리기 싫은 명령인 듯 뱃속에서부터 쥐어짜 낸 음성이다.

"후…… 퇴입니까?"

명령을 되물었다.

용검대는 후퇴를 모른다. 지금까지 단 한 번도 후퇴란 것을 해본 적이 없다. 수하들이 후퇴를 건의할 때도 상관외는 항상 앞으로 나아가기만 했다.

"기름 냄새가 맡아지지 않는가!"

"헛! 이 냄새는!"

공기 중에 은은히 번져 오는 냄새가 있다. 끓는 기름 냄새다. 고소함과 역한 냄새가 고루 섞여 있다.

"내색하지 마라! 선노가 있는데 투석기인들 없을까. 기름이 허공에 뿌려지면, 곤란해. 물러선다. 눈치채지 않게…… 계속 나아가는 척하다가 일시에 이십 보를 빠진다. 풍위(豊偉), 길을 뚫어라."

뒤에는 오면서 길을 비켜주었던 백여 명이 있다. 대착두전을 피해서 몸을 숨기고는 있지만 물러설 기미를 보이면 득달같이 달려들 게 뻔하다.

상관외에게 지칭된 풍위는 수하 아홉 명을 데리고 뒤로 빠졌다.

그들의 움직임은 읽히지 않았다.

천수강막은 종종 진내에 변화를 준다. 바깥에 배치된 무인은 진내에 배치된 무인들보다 긴장도가 한층 강하다. 그런 점을 고려해서 수시로 안과 밖을 교대해 준다.

풍위는 안으로 들어갔다가 다시 뒤로 빠졌다.

"발사하세요."

"흐흐흐! 그 말을 기다렸다! 이놈들! 어디 맛 좀 봐라!"

퍽! 퍼억! 퍼억……!

선노와는 전혀 다른 소리가 울렸다.

투석기에서 돌 대신 가죽 주머니가 쏘아졌다. 끓는 기름을 가득 담고서.

"엇! 저, 저놈들이!"

용검대는 미리 알고 있었다는 듯 투석기가 들썩이자마자 재빨리 물러섰다. 신법을 펼쳐서 앗! 하는 사이에 이십 보를 빠져나갔다.

"잡아!"

"막앗! 막아야 돼!"

창! 차앙! 텅텅텅!

급박한 외침도 울렸다. 병장기는 이미 얽혀들었고, 피를 뿌리며 쓰러지는 사람도 나왔다.

"저놈들이 어떻게!"

"시간없어요! 이러다가는 다 죽어요! 합공! 합공밖에 없어요!"

어느덧 잔화는 중인들의 머리가 되어 있었다.

기름을 쏟아붓기 위해서는 선노로 눈가림을 해야 한다는 말을 하는 순간부터 중인들의 신뢰가 한 몸에 모아졌다.

군대에나 있을 선노와 투석기까지 구해왔을 때는 팥으로 메주를 쑨다고 해도 믿을 정도가 되었다.

합공(合攻)!

한 번도 손발을 맞춰보지 못한 사람들과 천수강막으로 늘 함께 씨우는 사람들 간의 싸움은 누가 생각해도 말이 되지 않는다. 인원이 배가 많다지만 그 정도로는 실력의 차이를 메우지 못한다.

중인들도 그 점을 안다. 그래서 합공은 처음부터 배제되었었다.

합공이다!

잔화의 입에서 '합공' 이란 말이 흘러나온 순간, 중인들은 오직 합공만이 살길이라는 생각을 갖게 되었다.

쒜에엑!

잔화가 신형을 날려 용검대를 덮쳐 갔다.

"죽이자!"
군웅도 즉시 잔화의 뒤를 쫓았다.

3

잔화는 싸움에 가담하지 않았다. 제일 앞장서서 달려가다가 눈앞에서 번쩍 터진 천수검법을 피하지 못해 피를 쏟으며 쓰러졌다.

군웅들은 그녀를 돌보지 않았다. 그럴 만한 의리나 정리도 없었다. 다른 사람들처럼 그녀도 이곳에서 처음 만난 이방인이다. 유일한 공통점이라면 용검대에 혈한(血恨)이 쌓여 있다는 것인데, 그 정도의 인연은 한눈을 팔 핑곗거리도 안 된다.

까앙! 쒜에엑!

머리 위에서 불똥이 튀겼다.

잔화는 안간힘을 다해 땅바닥을 기었다.

군웅들도 용검대 무인도 그녀에게 관심을 가진 사람은 없었다.

검에 맞았다고 반드시 죽는 건 아니다. 비켜 맞을 경우도 많다. 실제로 전장에서 부상당한 사람들은 기를 쓰고 일어나 다시 싸우는 사람이 있는 반면에, 어떻게든 전장에서 벗어나고자 기를 쓰는 사람도 있다.

피를 쏟는 사람이 땅바닥을 기어가는 건 흔한 행동이다.

하나 잔화는 전장 밖으로 빠져나간 게 아니다. 옆으로 돌아

익히 알고 있는 여인, 서화 곁으로 갔다.

"서화."

"잔화? 잔화!"

서화가 깜짝 놀라 달려왔다.

"잔화! 여긴 어떻게? 당한 거야? 누구에게?"

서화는 여러 말을 황급히 쏟아내면서 상처를 보려 했다.

잔화가 서화의 손을 움켜잡았다.

"어떻게 된 거야?"

잔화의 음성은 또렷했다.

"너……!"

"멀리서 봐서 잘못 봤을 수도 있지만…… 꼬마에게 원한이 있는 것 같던데?"

서화는 모든 사태를 눈치챘다.

잔화가 빨간 물감을 흘리며 땅에 누워 있는 것은 우연이 아니다. 자신에게 몇 마디 얻어듣고자 함도 아니다. 이 모든 혼란이 루검비를 빼내가기 위한 계략이다.

"수두화님은?"

잔화가 고개를 가로저었다.

"그럼 누구와?"

잔화 혼자서는 이런 행동을 하지 못한다. 피 대신 물감을 터뜨릴 생각조차 못할 게다. 그녀에게 이런 행동을 하게끔 만든 사람이 따로 있다.

"유화, 지금 이런 말 할 때가 아냐. 루검비를……."

"안 돼."

잔화는 놀란 눈으로 서화를 쳐다봤다.

"여긴 나에게 맡기고 그냥 돌아가. 루검비는 이제 환희교의 희망이 아냐. 무슨 일이 있어도 죽여야 할 자가 되었어. 나 믿지? 난 거짓말도 계략도 몰라."

"무슨 일인지 모르지만…… 잘해."

"고마워. 믿어줘서."

서화가 잔화를 다시 눕히고 일어섰다. 그때,

슈욱!

무엇인가 거무칙칙한 것이 밑에서 쑥 올라왔다.

"……!"

서화는 몸을 움찔거렸을 뿐, 경악성조차 내지르지 못했다.

잔화는 역시 빠르다. 환희교 제일의 도수답다. 검지가 눈부신 속도로 솟구쳐 겨드랑이 안쪽에 있는 극천혈(極泉穴)을 찔렀다.

방심만 하지 않았다면 이만한 수법은 충분히 피할 수 있었다. 옛날의 서화라면 어림없지만 팔엽선초를 복용한 후에는 날이 갈수록 진기가 강성해진다.

죽마고우(竹馬故友)나 다름없는 벗이 자신을 믿어줬다는 안도감이 방심을 불러왔다.

그녀가 방심한 데는 또 다른 이유가 있다.

그녀는 잔화를 잘 안다. 잔화는 결코 암습 같은 것을 하지 않는다. 아니, 못한다. 무인이 아니기 때문이다. 칼을 잘 쓰기는 하지만 형당에서 필요한 솜씨일 뿐, 무림에 나설 정도는 안 된다.

잔화를 너무 낮게 본 것이다.

지금의 잔화는 많이 변했다. 무인들 속에 섞어놓아도 충분히 앞가림을 할 정도가 되었다.

지난 세월 동안 어디서 무엇을 한 것일까?

"미안. 조금만 참아."

잔화가 쓰러지는 그녀를 부둥켜안았다.

서화의 모습을 눈여겨본 사람은 또 있다.

"옥성(玉成), 파리가 꼬였군."

한마디면 족하다.

가슴에 용 문양을 새긴 무인이 상관외의 눈길을 따라가다가 쓰러진 서화를 찾아냈다.

"목적은 이놈이겠지?"

"잡아오겠습니다."

"뭐 하러? 가만히 있어도 잡히러 기어올 텐데. 주시만 해. 눈치채지 않게."

하나 상관외는 곧 자신의 말을 번복했다.

여인은 진 안으로 들어서지 않았다. 쓰러진 서화를 부둥켜안고 냅다 도주하기 시작했다.

"아무래도 잡아와야겠군."

쉬익!

말이 끝나기도 전에 '옥성'이라 불린 사내가 신형을 날렸다.

이백 군웅들과의 접전은 반 각 동안 이어졌다.
시신이 산을 이뤘다. 피가 강물이 되어 흐른다.
어느 싸움이나 마찬가지지만 집단과 집단이 싸우면 차마 눈 뜨고 보기 어려울 정도로 처참한 광경이 연출된다.
군웅들은 육십여 명의 시신을 남겨놓고 도주했다.
용검대에서도 희생자가 나왔다. 그것도 여섯 명이나.
군웅들에 비하면 조족지혈(鳥足之血)이지만 무적무패의 용검대로서는 상당한 희생이다.
상관외는 볼을 씰룩거렸다.
이토록 많은 희생이 나오다니. 구룡문을 멸문시키고도 희생자가 없었거늘, 무지렁이 같은 놈들을 베면서 여섯 명이나 죽다니.
그의 눈길이 루검비에게 향했다.
모든 게 놈을 만나면서부터 잘못되었다. 금령이 죽고, 수하가 죽었다. 이런 싸움 같지 않은 싸움을 하면서 일 할 넘는 희생을 치른 것도 모두 그놈 탓인 것 같다.
놈은 부정 탄 놈이다. 놈의 채음보양술에 죽어간 원혼들이 악귀가 되어 놈의 주변을 떠도는 게다.
'저놈!'
루검비를 쳐다보던 그의 눈길이 돌연 아연해졌다.

없다. 방금까지도 꼼짝 못하고 누워 있었는데 감쪽같이 사라졌다.

상관외는 퍼뜩 깨달아지는 것이 있어서 화급히 수하들의 사인(死因)을 살폈다.

"독(毒)!"

여섯 명 모두 독에 당했다.

수하들의 사인은 각기 다르다. 어떤 자는 검에 심장이 꿰뚫렸고, 어떤 자는 대도(大刀)에 머리가 반쯤 날아갔다. 하나 그 전에 독에 중독되어 수족을 마음대로 쓰지 못하는 처지에 빠졌을 게 분명하다.

진정한 사인은 독이다.

"이……!"

상관외는 분노가 치밀어 주먹을 불끈 쥐었다.

"농승(弄升)! 어떻게 된 거냐!"

이들 죽음에 상관외만큼이나, 아니, 그보다 훨씬 더 아파할 사람은 이들의 무공 교두(教頭)인 사동승(史東升)이다.

죽은 자들은 모두 사동승이 심혈을 기울여 가르친 정예다.

"한눈을 잠시 팔았습니다."

두말하면 잔소리! 사동승이 정신만 똑바로 차리고 있었어도 이들이 죽는 일은 없었다.

"그게 언제냐?"

"두(竇) 소저가 부상당한 여인에게 다가설 때입니다."

용검대는 서화의 이름이 두희홍(竇喜紅)인 줄 안다. 그녀가 자신을 그렇게 밝혔기 때문이다.

"그때…… 그때……."

상관외가 헛소리처럼 중얼거렸다.

많은 사람이 그 순간에 눈길을 빼았겼다.

자신이 봤고, 그녀를 잡으러 간 정옥성(鄭玉成)이 봤다. 또 여기 사동승도 시선을 차단당했다.

볼 것을 보지 않고 엉뚱한 것을 봤으니 시선을 차단당했다는 표현이 맞다.

십교두(十敎頭) 중에 당장 세 명이 엉뚱한 곳을 보고 있었다.

말은 하지 않지만 다른 자들 중에도 몇몇 정도는 같은 것을 보고 있었으리라.

그럼 놈들은 어디 있었나? 언제 어떻게 나타나서 독을 쓴 것일까? 어떻게 루검비를 안고 도주한 것일까?

천수강막은 뚫리지 않았다.

독에 중독되어 죽은 여섯 명 외에는 사상자가 나오지 않았다. 이는 천수강막이 깨지지 않았다는 것을 말해준다. 중인들은 천수강막 안으로 들어서지 못했다. 들어서려다가 개죽음만 당하고 물러섰다.

상관외는 눈빛을 번뜩였다.

용검대가 앞으로 나아갈 때만 해도 적은 없었다.

맨 앞에 선 일조(一組)가 매복이나 함정 여부를 살피며 나아 갔다.

문제는 군웅들이 길을 비켜주면서부터 시작되었다.

'그래! 뒤야!'

앞으로 나아갔다가 뒤로 물러설 때…… 그때는 아무도 매복을 살피지 않았다.

채화음적(採花淫賊)을 데려간 놈들은 길을 비켜주는 군웅들을 따라서 뒤로 빠졌다. 그리고 용검대가 안전하다고 여긴 곳에서 은밀히 매복했다.

용검대가 투석기에 실린 기름을 피해 물러설 때, 그들은 발밑에 숨어 있었다.

천수강막의 중심부로 들어선 것이다.

참으로 아찔한 순간이다.

놈들이 여섯 명만 죽이고 채화음적을 채간 게 다행이다 싶다. 만약 본격적으로 살수를 전개했다면 상당한 곤욕을 치를 뻔했다. 그때는 여섯 명이 아니라 수십 명의 희생자가 나왔을 게다.

천수강막 안에서 등 뒤를 치는 적과 밖에서 달려드는 적을 일시에 맞아 싸울 수는 없다.

놈들은 소수 정예였다.

그렇지 않았다면 용검대를 괴멸시키는 쪽으로 방향을 정했을 게다. 안에서 치기에는 무리한 숫자, 그래서 틈을 노려 순식간에 몇 명만 독살시키고는 놈을 빼앗아 도주했다.

"선노, 투석기. 이것들은 어디서 나왔지? 이런 동네는 전쟁 병기들이 득실거리나? 후후후!"

앞에서는 물러설 수밖에 없게 만들고, 뒤에서는 매복하고.

참으로 치밀한 놈들이다. 아니, 치밀하다는 말은 틀리다. 제대로 머리를 쓸 줄 아는 자가 있다.

상관외는 수하들이 죽어 있던 자리를 살폈다.

채화음적이 누워 있던 들것은 아직 그대로다. 손을 대보니 따뜻한 온기까지 느껴진다.

상관외의 눈길이 좌우를 휩쓸었다.

그곳 역시 다른 곳과 마찬가지로 많은 사람이 죽어 있다. 어떤 자는 아직 숨이 끊어지지 않아서 옅은 신음을 토해낸다.

상관외는 죽은 자들 중에서 기이한 복색의 승려를 찾아냈다.

"이자는……."

"오색광승 중에 흑승(黑僧)입니다."

오색광승은 정사(正邪) 중간의 인물들로 분류된다.

청룡대제(靑龍大帝)라는 거창한 별호를 쓰던 자와는 의형제 간으로 알려졌으며, 섬서성에서 일어나는 각종 자잘한 사건에 연관되어 있는 것으로 추측된다.

한마디로, 포장만 컸지 알맹이는 전혀 없는 위인들이다.

군웅들 중에 주시할 만한 자가 없다는 보고는 틀리지 않다.

"오색광승이 전부 왔었나?"

"백승과 흑승은 죽었습니다. 홍승(紅僧)은 왼팔이 잘린 채 도주. 황승(黃僧)과 청승(靑僧)은 보지 못했습니다."

다른 자가 보고했다.

오색광승과 직접 검을 맞댄 수하다.

"오색광승의 우두머리는 황승이지. 황승이 오지 않았을 리 없는데 보지 못했다? 말이 안 되는군."

상관외는 다시 주위를 돌아보았다.

아무것도 발견되지 않았다. 흑승 옆에 죽어 있는 자들도 오색광승처럼 평범한 자들뿐이다.

상관외는 뒤돌아서려다 뭔가 찝찝하다는 생각이 들어서 흑승을 다시 쳐다보았다.

왜 그를 주목했을까? 복장이 기이해서?

뭔가 다른 게 있을 것 같은데, 알 수가 없다.

그보다 더 심각한 것이 있다. 미지의 여인을 쫓아간 정옥성이 돌아오지 않고 있다. 적의 치밀함을 생각하면 아마도 함정에 빠졌지 않나 싶다.

그렇다고 쫓아갈 수는 없다. 그것은 정옥성에 대한 모욕이다. 나중에 수색을 해서 죽은 시신을 발견할지언정 그에게 맡긴 일을 가로막을 수는 없다.

정옥성이 돌아올 때까지 참고 기다려 주는 것이 용검대주가 베푸는 최대한의 인정이다.

"동승, 선노와 투석기를 누가 가져왔는지 알아내!"

상관외의 음성이 거칠어졌다.

사람 뒤를 쫓는 방법에는 여러 가지가 있다. 무턱대고 뒤쫓는 방법은 하책(下策)이면서도 가장 확실하다. 반면에 앞길을 예측하여 지름길로 가로질러 가는 방법은 상책(上策)이면서도 위험 부담이 아주 크다.

어느 쪽이 좋다고는 할 수 없다.

그래서 용검대는 주로 여우 몰이 수법을 쓴다.

한쪽에서는 맹렬히 뒤를 추적하고, 다른 한쪽은 미리 앞서 나가 길을 가로막는다.

이 방법은 지름길로 이동하는 동안에도 적이 어디쯤 도주하는지 항상 주시할 수 있다는 장점이 있다. 뒤를 쫓는 자와 수시로 연락을 주고받기 때문이다.

쑤우욱!

화전이 솟구쳤다.

바로 앞에서 화살을 쏘아올린 듯 아주 가깝게 보인다. 멀다고 해봐야 백여 장 안팍이다.

방향은 동남(東南).

정옥성의 입가에 웃음이 걸렸다.

여우 몰이의 성과를 거둘 차례다. 두희홍을 끼고 도주하는 계집은 길어야 일다경(一茶頃) 안에 모습을 나타내리라.

정옥성은 칠성(七成)의 진기로 연자해비(燕子海飛)를 펼쳐 마중 나갔다.

쑤우욱!

다시 화전이 솟구쳤다.

"......?"

정옥성은 고개를 갸웃거렸다.

화살의 방향이 바뀌었다. 방금 전까지만 해도 꾸준히 동남

향을 가리켰는데, 이번 화살은 북서(北西)쪽으로 쏘아졌다.

"이런 말도 안 되는!"

기껏 도주하다가 방향을 완전히 바꾸어 오던 길로 되돌아간다? 뒤에서 무인들이 잔뜩 쫓아오는데 마주쳐 간다?

말도 안 되는 것은 수하들이다.

화살이 솟구친 곳과 정옥성이 있는 곳은 지척이라 싶을 정도로 가깝다. 자신이 아니더라도 수하들이 조금만 더 힘을 내면 뒷덜미를 낚아챌 수 있는 거리다.

계집이 방향을 바꿨다면 만사 제쳐 놓고 사로잡아야지 화전을 쏠 틈이 어디 있단 말인가.

정옥성은 본능적으로 일이 틀어졌음을 직감했다.

"파철(破鐵)!"

명령과 함께 뒤따르던 수하들이 좌우로 쑥 나섰다.

두 명은 우측으로, 다른 두 명은 좌측으로…… 정옥성을 중심에 두고 반원 형태를 만들었다.

정면에서 들어오는 적을 감싸 안을 수 있는 진형이다. 적이 좌우에서 협공해 온다면 좌우 날개가 합쳐서 곤(|) 자(字) 형태를 만든다. 두 명씩 서로 등을 맞대고 싸울 수 있기에 마음 놓고 천수검법을 펼칠 수 있다.

비록 인원은 다섯 명에 불과하더라도.

슈우욱!

바로 코앞에서 다시 화전이 쏘아졌다.

이번에도 역시 북서를 가리킨다. 한데 화살을 쏜 위치가 조금 전과 거의 달라지지 않았다. 계집은 북서쪽으로 도주하는데, 추격을 하지 않고 화살만 쏜단 말인가.

'뭐가 잘못 되도 크게 잘못…….'

정옥성은 파철진을 유지하며 달려나가다가 우뚝 멈춰 섰다.

대나무가 울창한 숲에 대여섯 명이 둘러앉을 만한 공간이 나타났다. 그리고 그곳에서 철없는 동네 꼬마 아이들이 불장난을 벌이고 있었다.

"이번에는 내가 쏠 거야."

"안 돼. 아직 이백을 세지 못했어."

"이백까지 세면 내가 쏜다!"

"나 한 번만 더 쏘고."

"넌 두 번이나 쐈잖아. 이번에는 내가 쏠 거야!"

"너 죽을래!"

"이씨! 나 이거 안 해!"

화로(火爐)에 풀무질을 하던 아이가 손을 놓고 일어섰다.

"알았어. 해. 이번 한 번만이다."

일어섰던 아이가 다시 풀무질을 시작했다.

꼬마 아이들은 불장난을 하면서 뭐가 그리 좋은지 연신 낄낄거렸다.

'이런! 이런……!'

정옥성은 힘이 쭉 빠져 아이들만 쳐다봤다.

아이들이 장난삼아 하늘로 쏘아올린 화전은 조악하기 이를 데 없어서 용검대의 것과는 비교도 안 된다.

용검대는 불화살을 쏘지만 화살에 불을 붙이지는 않는다. 화살촉에 화분(火粉)이 묻어 있어서 하늘로 쏘아 올리면 공기 마찰에 의해 자연적으로 불길이 일어난다.

생각해 보라. 한참 적을 추격하는 사람들이 무슨 정신이 있어서 불을 지펴 불화살을 쏘겠는가.

용검대의 화전은 푸른빛이 잠깐 생겼다가 노란빛으로 변한다. 그런 연후에야 불길이 활활 타오른다.

아이들이 쏜 것은 처음부터 불길이 붙은 것이다.

불덩이의 모습이 완전히 다르다.

그걸 왜 몰랐을까? 그걸 왜 진작 구분하지 못했을까. 추격할 때는 멀리 봐야지 눈앞에 것만 보면 안 된다고 자신의 입으로 가르쳐 놓고는 자신이 망각하고 말았다.

추격에 온 정신을 빼앗겨 가장 기본적인 화전을 간과했다.

'이런! 이런!'

멍하니 아이들을 쳐다보던 정옥성은 퍼뜩 정신이 들었다.

아이들이 장난으로 화전을 쏘아올린 시점부터 수하들의 화전은 침묵했다. 이게 무엇을 뜻하는가.

"추격! 빨리!"

정옥성은 말을 끝낼 새도 없이 진기를 극성으로 끌어올려 연자해비를 펼쳤다.

사아아아앗!

그의 신형이 물찬 재비처럼 날아올랐다.

정옥성은 멀지 않은 곳에서 수하들을 찾아냈다.

그들은 쓰러져 있었다. 길에서 잠이 든 것처럼 평화로운 얼굴로, 편한 모습으로 누워 있었다.

"독(毒)……!"

신음처럼 새어 나온 말이다.

얼굴은 편안한데 살갗은 그렇지 않다. 목 뒤며 손등이며 빨간 반점이 수북이 돋아 있다. 피부병에 걸린 사람처럼 좁쌀만한 반점들이 오돌토돌 피어났다.

수하 다섯 명이 죽었다.

힘들게 가르친 수하들이 꽃도 피어보지 못하고 죽었다.

진한 눈물이 양 볼을 타고 흐른다.

그는 발길로 톡톡 차면 금방이라도 눈을 부스스 뜨고 일어날 것 같은 수하들을 안아 일으키며 중얼거렸다.

"오늘은…… 내 생애 가장 치욕스런 날이구나."

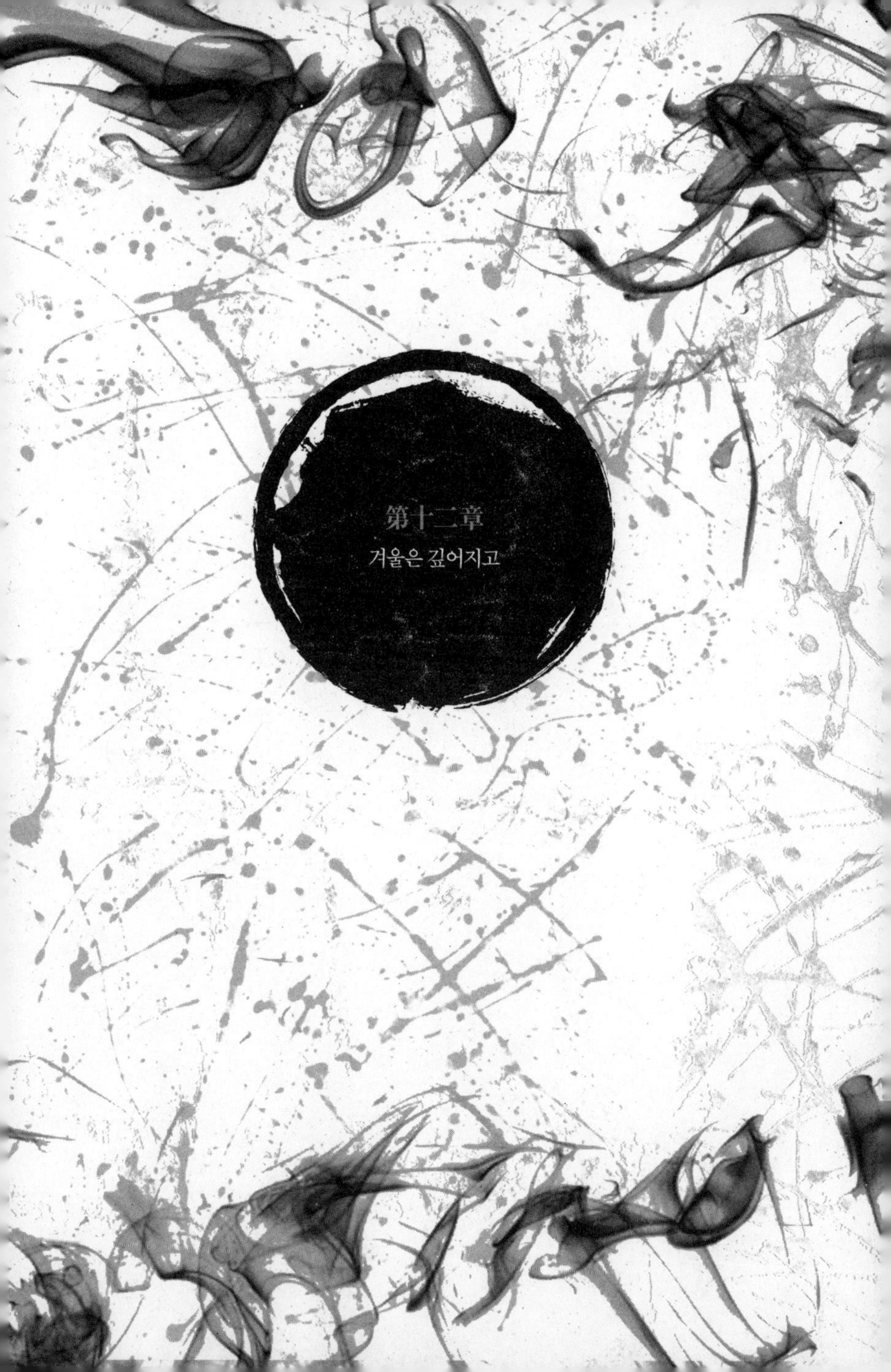
第十二章
겨울은 깊어지고

환희밀공

1

"여기는……? 유화? 유화, 맞지?"

환희교에 있을 때도 유화와는 절친했다.

형당 식솔들 중에 친하지 않은 사람이 없지만 유화와는 그야말로 몸에 점이 몇 개 있는지조차 말할 정도로 가까웠다.

잔화가 마혈이 제압된 서화를 데려간 곳에 유화가 있었다.

하나 십여 년 만에 만난 두 사람이지만 지난 회포를 풀 형편이 안 되는 것 같다. 유화의 얼굴은 차게 굳어 있다.

"잠시 검사 좀 할게."

그녀가 그동안의 안부도 미룬 채 완맥을 움켜잡았다.

"유화, 왜 그래?"

"너야말로! 너야말로 왜 그래?"

“무슨 말이야? 내가 뭘…….”

“잠자코 있어줄래?”

유화의 음성이 너무 냉랭해서 서화는 아무 말도 할 수 없었다.

유화는 완맥을 놓고 침통(針筒)에서 은침(銀針)을 꺼내 살짝 찔렀다.

빨간 핏물이 은침을 타고 올라온다.

은침은 안이 대롱처럼 비어 있어서 핏물을 빨아낼 수 있다. 분수처럼 뿜어내는 것이 아니라 아주 조금만 빼내도록 고안되었다.

이 침은 서화도 잘 안다.

형당에 있을 때 피를 검사하여 중독(中毒) 여부를 알아낼 방법이 없을까 하고 고민한 적이 있다. 몇 날 며칠 동안 수십 번의 시행착오를 거친 끝에 특별히 만든 침이 바로 이것이다.

은침은 서화와 유화의 공동 작품이다.

“중독됐을까 봐?”

“아니, 뭘 복용했는지 알아보려고.”

“그게 중요해?”

“네 무공이 몰라보게 높아졌으니까. 그리고 이런 사단도 생겼고. 무슨 일이 있었는지 모르지만 우리 일은 변수가 적을수록 좋은 거잖아. 뜻밖에 것은 정확히 짚고 가야지.”

“풋! 계집애. 그럴 것 같으면 그냥 물어보지 그랬어. 팔엽선초라고 알아?”

“팔엽선초?”

서화는 고개를 끄덕였다.

“그런 영물을 용케 구했네?”

“역시 아는구나. 하긴 내가 아는데 네가 모르겠어?”

“약간 아는 정도야. 책에서 몇 줄 읽은 정도.”

“그 책에는 팔엽선초를 복용하면 소보보(小寶寶：갓난아기)가 된다는 말은 적혀 있지 않았나 보지?”

“아까 말했잖아. 네 무공이 강해져서 이런 검사를 한 거라고. 잔수를 쓰지 않았다면 잔화도 네 상대가 되지 않았을걸?”

“내 말을 이해하지 못하는구나. 소보보가 겨우 나 정도라고 생각해? 세상 무인들이 다 병신들이네? 겨우 이 정도가 되려고 무진 애를 쓰니 말이야.”

“왜 이렇게 삐딱해? 너…… 상당히 힘들었구나.”

“호호호! 팔엽선초를 복용한 년치고는 무공이 별 볼일 없다는 걸 말해주는 거야. 그건 이상하지 않나 보지?”

유화의 얼굴에 곤혹스러움이 묻어났다.

그녀는 무공의 깊이를 모른다. 갓 태어난 갓난아기처럼 조금도 손상되지 않은 원정(元精)을 지닌다는 소보보의 경지가 어느 정도인지 구분할 능력이 없었다.

유화가 무공에 대해서 조금만 알았다면…… 소보보를 알았다면 서화의 무공이 너무도 형편없다는 사실을 눈치챘을 게다.

팔엽선초는 분명히 영물이다. 보통 사람이 복용하면 단숨에

소보보의 내력을 안겨준다는 게 거짓만은 아니다. 하나 서화
는 팔엽선초의 영능 대부분을 피골이 상접한 몰골에서 예전의
모습으로 돌아오는 데 썼다.

지금도 날이 지날수록 내력이 강해지기는 한다.

아직 완전히 흡수되지 않은 영능이 경맥을 따라 휘돌다가
어느 순간에 확 녹아들곤 한다.

소보보에 비하면 티끌만큼밖에 되지 않지만 그래도 예전의
서화에 비하면 수준이 상당히 높아졌다. 지금은 무인들과 당
당히 겨룰 수는 있지 않은가.

유화는 팔엽선초가 완전히 녹지 않았다는 것만 안다. 지금
도 조금씩 녹고 있다는 사실만 주목한다. 팔엽선초를 온전히
복용했을 때, 중원무림에 당당히 이름을 내놓을 고수로 변모
할 수 있었다는 사실은 모른다.

서화는 곧 그 사실을 깨닫고 깊은 한숨을 쉬었다.

"안 되겠다. 아무래도 수두화님과 이야기해야겠어."

"그래. 그러는 게 좋겠어. 우선 좀 자둬."

유화가 턱 밑 수돌혈(水突穴)을 꾹 눌렀다.

수혈(睡穴)이 풀려 잠에서 깨어났을 때는 이미 날이 어두워
사방이 깜깜해진 후였다.

눈을 뜨니 유화의 얼굴이 보인다.

"조금 잤어?"

"너…… 앞으로는 이런 짓 하지 마."

“수두화님이 오셨어. 가자.”

유화가 서화를 안고 일어섰다.

“내 발로 가게 해줄래?”

“미안해. 조금만 더 참아.”

그녀는 끝까지 마혈을 풀지 않았다.

몇 걸음 떨어지지 않은 곳에 모닥불이 피어 있다. 그리고 그곳에는 몇 사람이 모여 있었다.

자신에게 일수를 날린 잔화가 보인다. 수두화도 보이고, 첨화? 첨화도 왔다.

모두 보인다.

얼마 만에 얼굴을 보는 건지…… 마치 수십 년 만에 만나는 사람처럼 반가움이 가슴 벅차게 밀려든다.

“수두화님! 첨화!”

“돌이 많아. 조심해서 뉘기리.”

수두화는 애써 서화의 얼굴을 외면했다.

그녀뿐만이 아니다. 첨화도 잔화도 그녀와 눈을 마주치지 않았다.

유화의 품에서 떨어져 나와 땅에 눕혀질 때, 서화는 또 다른 사람을 봤다.

‘검비!’

있어서는 안 될 사람이 있다. 용검대와 함께 있어야 할 사람이 어찌 환희교 여인들과 함께 있는가.

‘안 돼! 이건 아냐. 이건 안 돼!’

서화의 얼굴빛이 금방 딱딱해졌다.

'유화!'

이제야 모든 일의 윤곽이 잡힌다.

군웅들이 용검대 앞에 나타난 건 우연이 아니다. 누군가 그들을 들쑤셨다.

잔화 아니면 첨화가 했을 게다.

선노와 투석기는 전쟁 병기다. 그런 게 촌마을에 있을 리 없다. 구하고자 하면 구할 수는 있겠지만 쉽게 구할 수는 없다. 군웅들이 아니라 용검대가 구하고자 해도 진땀을 흘렸을 게다.

수두화라면 쉽게 구한다. 아니, 쉽게 만든다.

환희교에는 많은 집이 있다. 정랑이 살기도 하고 화녀가 살기도 한다. 하지만 그 집을 누가 지었는지 아는 사람은 거의 없다.

모두 수두화의 손을 거쳤다.

수두화의 부친이 중원에서도 이름난 장인(匠人)이라는 사실은 환희교에서도 몇몇 사람만 아는 개인사(個人史)다.

수두화는 부친의 피를 이어받아 이것저것 뚝딱뚝딱 잘 만든다.

그녀에게 이틀 정도의 시간만 주어진다면 용검대를 공격할 정도의 선노와 투석기를 만들 수 있다.

그리고 이 모든 계획은 유화의 머릿속에서 나왔다.

용검대에 잡혀가는 루검비를 구하기 위해 치밀한 계획을 세

웠고, 각기 일을 분담하여 진행했다.

그럼 루검비가 잡힌 사실은 언제 알았을까? 언제부터 용검대를 지켜본 걸까?

그녀가 급히 수두화를 쳐다봤을 때, 수두화가 예전에 봤던 포근한 눈빛으로 그녀를 보며 말했다.

"무슨 일이 있었는지 말해보거라."

서화는 일의 순서를 지켰다. 궁금증을 묻기 전에 자신의 일부터 고해야 한다.

"검비가 천법을 나선 건 지난해예요."

그녀는 루검비가 세상 경험을 쌓겠다고 하산할 때부터 이야기하기 시작했다.

"어쩌면 우리 중에서 네 무공이 가장 뛰어날지도 모르겠구나."

수두화가 침중한 어조로 말했다.

"아뇨. 검비가 저보다 한 수 위예요. 결국 검비에게 잡히고 말았잖아요."

"음기를 빨아들이지 못하니 잡으나마나지."

"그러니 이제는 죽이겠죠."

"휴우!"

수두화는 깊은 한숨을 내쉬었다.

서화가 당한 일은 당사자가 아니면 아무도 모른다. 누구도 감히 너를 이해한다고 말하지 못한다.

환희교를 위해서는 죽음까지 각오한 사람이 그까짓 음기 좀 빼앗긴 것 가지고 뭘 그러냐고 할 수도 있지만 그렇기에 더욱 루검비를 죽이려고 한다.

자신이 당했으니 다른 사람은 당하지 않게 하려고.

그러나 수두화를 비롯하여 다른 화녀들의 생각은 다르다. 그녀들은 어떻게든 루검비를 되돌릴 수 있다고 생각한다.

"제가 무슨 말을 하던 검비를 데리고 가실 거죠?"

"넌 죽일 거잖니."

"그래야 하니까요."

"차라리 환희교를 떠나는 건 어떠니?"

"네?"

"교를 떠나 세상에 나가는 거야. 검비도 잊고 우리도 잊고 환희교에 대한 건 모두 잊고 네 인생을 사는 건 어떠니?"

"검비는 구할 수 없어요."

서화는 수두화의 얼굴에서 단호함을 읽었다.

루검비를 죽이려면 수두화를 비롯하여 유화, 첨화, 잔화부터 죽여야 한다. 이들은 무슨 수를 쓰든 루검비를 데려갈 심산이다.

"마혈은 두 시진이 지나면 풀리도록 해놓으마. 이후, 우리는 남남이다. 넌 네 갈 길로 가고, 우린 우리 갈 길로 가고. 알았지? 네 마음을 알기에 하는 말이다만, 우리 걱정은 하지 말거라. 잊었나 본데, 환희밀공을 수련한 자가 환희교를 배반하면 어떻게 되지? 누군가가 나설 것이다, 지금 당장이라도 검비를 죽일 수 있는 사람이. 그리고 그 사람은 만들어져야 하는 게 아니라 이미 만들어졌다."

"정말로…… 그런 사람이 있단 말인가요? 환희교에?"

"있다."

"믿을 수 없어요. 수두화님도 환희밀공에 미친 검비를 보셨어야 해요. 그럼 그런 말씀을 하실 수 없을 거예요."

서화는 한줄기 미련이라도 잡으려고 애썼다.

"너희…… 마지막 회포를 풀거라."

수두화가 먼저 자리를 떴다.

"저놈, 죽여야 돼!"

"우리 다른 이야기하면 안 될까? 남은 시간이 얼마 없잖아. 날이 밝으면 우린 각자의 길을 가야 돼."

"나 지금은 멀쩡해 보이지? 얼마 전까지만 해도 수족조차 움직이지 못했어. 그런 나를 저놈은…… 저놈은……."

"서화."

유화가 측은한 표정으로 쳐다봤다. 첨화는 다정히 두 손을 잡아주었고, 언제나 싸늘한 잔화조차 어깨를 토닥여 주었다.

모두들 서화의 심정을 헤아리는 듯했다. 그러면서도 루검비만은 데려간다.

서화는 어쩔 수 없다는 사실을 절감했다.

수두화도 그렇고 유화, 첨화, 잔화도 마찬가지다. 이들은 몇 마디 말로는 설득되지 않는다. 이들 중에는 아마도 루검비에

게 음기가 빨려 죽는 순간에도 환희교를 위해서라며 얌전히
죽음을 맞이할 사람도 있을 게다.

"그래, 다른 이야기 하자."

"잘 생각했어."

"날 언제부터 지켜본 거야?"

"상관세가 용검대가 두미산에 들어가는 걸 봤을 때부터. 사
실 잔화가 네 뒤를 받치고 있었거든. 넌 두미산 안에서 검비를
지키고, 잔화는 산 전체를 돌아보고."

"지난 십 년 동안?"

"구 년 동안."

"세상을 돌아다닐 때도?"

"네 뒤에는 잔화가 있었어. 넌 의술이 뛰어나지만 잔화는 무
공이…… 무림인에게는 안 되지만 너보다는 낫잖아."

"그럼 모두 봤을 것 아냐?"

"일부는."

서화는 새삼 절망을 느꼈다.

이들은 사실을 모르는 게 아니다. 환희밀공만 펼치면 여자
를 품지 못해 환장하는 미친놈이 있다는 걸 안다. 그럴 때는
통제가 불가능하다는 사실도 이미 파악해 냈다.

어쩌면 상관세가의 금령이란 여자가 죽은 것도 알고 있을
것이다. 어떤 식으로 죽었는지까지. 아니, 그녀가 죽는 순간을
목격했을 수도 있다.

"잔화, 금령이 죽는 모습을 봤니?"

그녀는 의식하지 못했지만 그녀의 음성은 차게 굳어져 가고
있었다.

"아니."

잔화는 고개를 저었다.

믿는다. 그녀는 거짓말을 하지 못한다. 하지 않는다. 교리에
위배된다며 차라리 입을 다물어 대답하지 않을지언정 말을 할
때는 진실만을 말한다.

"난 산 밖에서 지켜보는 것이 전부였어. 지난 구 년, 아니,
이제는 십 년이다. 환희교에서 나와 한 일이라고는 그냥 구경
만 하는 거였지."

구경만 하지는 않았다. 잔화의 무공은 무척 높아졌다. 아직
도 무림에서 제 목소리를 낼 정도는 아니지만 예전에 비하면
두 배, 세 배는 강해졌다.

하는 일이 없으니 죽어라고 무공만 수련한 것 같다.

"내가 반송장이 된 건?"

"……."

잔화는 말하지 않았다.

이 순간의 침묵은 긍정이다.

잔화는 자신이 음기를 빼앗겨 피골이 상접한 모습을 봤다.
그러면서도 나타나지 않았다.

루검비와 같이 있을 때는 그렇다고 치자. 땅을 박박 기어 혼
자 도주할 때는 정말 지옥 같았다. 죽을힘을 다해 기어도 돌아
보면 두어 걸음 기어온 것에 지나지 않았다.

잔화는 그 순간까지 숨죽였다.

약간 섭섭하다. 많이 섭섭하다. 피붙이나 다름없다고 생각했는데 이 정도의 불과한 교분이었나.

"휴우! 넌 뭐 했니?"

유화를 보며 물었다.

수두화와 세 여인은 떠났다.

마혈이 제압된 그녀를 남겨놓고, 루검비는 데리고 떠나갔다.

'검비……'

서화는 눈을 감고 루검비의 얼굴을 떠올렸다.

루검비는 죽어야 한다. 산속에서 십 년 동안 지켜봐 준 대가가 마혈이 제압되어 차디찬 땅에 누워 있는 것이라면 너무 야속하다. 허망하고 덧없다.

지난 세월에 삶의 의미를 부여하기 위해서는 기필코 루검비를 죽여야 한다.

유화, 잔화, 첨화에 대한 미련은 버렸다.

이제는 그들과도 남남이다. 더 이상 우정도, 사랑도 느끼지 않는다. 이별 통보는 그들이 먼저 했다. 그들이 어느 땅에서 죽든 말든 신경 쓰지 않는다.

그녀들은 자신을 원망하고 있다.

입으로 말하지는 않았지만 속내가 환히 들여다보인다.

루검비가 용검대에 잡힌 게 모두 자신 탓으로 생각한다. 루검비를 위해 죽지 않은 걸 이해하지 못하겠다는 투다. 보호를 하지는 못할망정 어떻게 죽일 생각을 했냐는 식으로 생각한다.

그녀들과는 건널 수 없는 강이 생겼다.

정말로 그녀들이 어찌 되든 신경 쓰지 않으련다.

환희교에 남아 있는 사람들도 마찬가지다.

그들 모두와 안녕이다. 아니, 이제는 서로 적이다. 그들은 루검비를 보호하려 하고, 자신은 죽이려 하니 어디선가는 부딪칠 수밖에 없다. 그럴 바에는 차라리 먼저 치는 것도 나쁘지 않다.

그렇게 살 생각이다.

마지막으로 환희교에 남아 있는 사화를 떠올렸다.

마음이 애잔해진다.

그녀와 침상에서 뒹굴던 모습이 생각난다. 산에 있으면서도 가끔씩 그때의 황홀했던 순간을 떠올리며 웃음을 짓곤 했다. 그녀가 칠절신군의 간세라는 걸 안 후에도 그녀와의 관계를 청산하지 못했다. 그러기에는 너무 사랑했으니까.

그녀는 수두화의 말처럼 환희교와의 관계를 칼로 무 베듯이 싹둑 청산할 수 없었다.

서화는 생각을 정리했다.

마혈은 두 시진이 지나면 풀릴 것이다. 하나 그때쯤이면 루검비는 이 세상에서 사라지고 없을 것이다.

루검비의 상태를 파악한 수두화가 그를 데리고 환희교로 돌아갈 리는 없다. 분명히 어디 낯선 곳에 둥지를 틀고 어떻게든 상태를 호전시켜 보려고 노력할 것이다.

그곳이 어디인지 알 도리는 없다.

'나 혼자서는 아무것도 못해.'

서화는 신형을 날렸다.

며칠 전에 비해서 내력이 한층 강해진 걸 느낀다.

체내에 잠복해 있던 팔엽선초가 시간이 지남에 따라 점점 녹아들면서 진기를 북돋워 주고 있다.

그녀는 관도 한복판을 질주하며 병기를 휴대한 무인이 있는지 살폈다.

그런 사람은 얼마든지 있었다.

검을 찬 사람, 도를 비켜 멘 사람, 창을 휴대한 사람…….

서화는 만나는 무인마다 앞을 가로막으며 물었다.

"상관세가 용검대가 근처에 있을 텐데, 본 적 있어요?"

"상관세가를 아세요? 본가가 어디 있어요? 그곳으로 가려면 어느 길로 가죠?"

그녀는 용검대를 만나야 한다는 생각에 사로잡혔다.

물론 용검대의 힘을 빌리는 것이 얼마나 위험한지 누구보다도 잘 안다. 그들이 자신과 루검비의 관계를 의심한다는 것도 알고 있으며, 잔화에게 납치된 일로 의심이 한층 깊어졌을 거라는 것도 짐작한다.

그래도 그들을 만나야 한다.

그녀가 중원에서 아는 사람이라고는 그들이 유일했다. 하니 선택의 여지도 없었다.

대문파를 찾아간다 한들 광녀(狂女) 취급밖에 받지 못하리라.

누가 루검비의 이야기를 믿어줄까. 상관세가의 금령이 채음보양 수법에 죽었다는 사실을 말해도 믿어줄 사람이 없다. 하물며 믿기지도 않는 일에 팔을 걷어붙이며 도와줄 사람도 없다.

다른 사람의 힘을 빌려야 한다면 루검비를 알고 있는 용검대가 가장 낫다.

서화는 밤낮을 가리지 않고 용검대의 행방을 수소문했다.

이럴 줄 알았으면 잔화에게 납치되면서 주위를 잘 살펴보는 건데. 어디로 어떻게 끌려가는지 파악해 두는 건데. 그때 방향 감각을 잃어버린 것이 이토록 후회될 줄이야.

서화는 물어물어 성촌(成村)이라는 곳까지 왔다.

누군가 성촌 근처에서 가슴에 용 문양을 새긴 무인들을 봤다고 말해줬기 때문이다.

'성촌까지 왔는데…… 누구에게 물어본다?

그녀는 말을 걸 사람을 찾으려고 주위를 두리번거렸다. 그리고 마침내 그토록 원하던 용검대 무인을 찾아냈다.

가슴에 용 문양을 새긴 사람이 농사꾼들이나 들락거릴 허름한 주루(酒樓)에 앉아 술을 마시고 있었고, 그 뒤쪽 자리에는 수하 네 명이 경직된 표정으로 앉아 있었다.

서화는 그를 안다.

'옥성. 정옥성.'

2

유화는 하루에도 몇 번씩 루검비의 상처를 살폈다.

인법을 치를 때는 말이 좋아 '사정없이' 이지 사실 삶과 죽음의 한계를 세밀히 살펴서 손을 썼다.

용검대 무인들은 직감적으로 죽지 않을 만큼 검을 썼다.

차이는 크다. 인법에서는 죽을 염려가 거의 없지만 용검대 무인들의 검을 맞으면 죽을 가능성이 상당히 높다.

루검비의 상처는 굉장히 깊었다.

"임시방편으로는 안 돼요. 의원(醫院)에 데려가야 해요."

"의원은 안 돼. 어떻게든 해봐."

"해보려고 해도 약재가 있어야 하죠. 약재 없이는 할 게 없어요."

"의원은 절대 안 돼."

수두화가 단호하게 말했다.

수두화의 입장도 맞고 유화의 말도 맞다.

루검비를 치료하려면 의원에 데려가야 되고, 용검대 무인들과 마주치지 않으려면 절대로 사람들 눈에 뜨여서는 안 된다.

사녀 일남의 동행은 흔치 않다.

그중에 일남이 깊은 상처를 입고 있는 경우라면 더욱 그렇다. 한눈에 딱 들어온다.

용검대는 루검비라면 이를 갈고 있을 터이다.

동네방네 빠짐없이 수소문하고 있을 것이고, 어쩌면 현상금까지 걸었을지 모른다.

"마혈은?"

"못 풀겠어요."

"너도?"

수두화가 잔화를 쳐다봤다.

잔화가 민망한 듯 낯을 붉히며 고개를 저었다.

"휴우! 큰일이구나. 의원에게 보이지는 못하고, 그렇다고 안 데려갈 수도 없고. 어디 마땅한 곳이 없겠니?"

이번에는 수두화의 눈길이 첨화를 향했다.

서화가 루검비를 지척에서 살피고, 잔화가 멀리 떨어져서 전체를 살필 때 첨화는 중원을 떠돌며 전장(錢莊)을 꾸려 나갔다.

환희교의 비밀 전장이다.

기실 환희교에는 많은 재물이 있다. 환희교에 진심으로 모든 것을 바친 교도들이 세속에서 지녔던 모든 재물을 헌납했기 때문이다.

지금에 와서는 일하기 싫고 색(色)만 좋아하는 여인들의 집합처가 되어버렸지만 과거에는 모든 것을 버리고 오로지 진정한 자유를 갈구하는 사람들이 넘쳐 났었다.

교주는 환희교의 재산을 드러내지 않았다. 꽁꽁 숨겼다. 정

랑들이 패거리를 짓고, 화녀들이 교리를 시큰둥하게 여기는
순간부터 교주는 환희교의 탈태환골(奪胎換骨)을 생각했다.

전장에서 운용되는 돈은 새로운 환희교에 쓰여질 것이다.

"안 돼요. 아무 곳도…… 가서는 안 돼요."

전장에 데려갈 수 있다. 가까운 곳에도 있다. 하나 그곳은
오직 그녀만이 알고 있어야 한다. 그녀가 불의의 변고로 세상
을 떠나게 되면 환희교의 재물은 공중분해된다. 설혹 그런 일
이 벌어지더라도 비밀은 그녀 혼자만 간직한다.

교주가 두 번, 세 번 당부했던 바다.

"휴우!"

수두화가 깊은 한숨을 내쉬었다.

첨화에게 뭐라고 할 수는 없다. 그녀에게도 입장이란 게 있
으니까. 오히려 그 입장을 먼저 생각하고 고려해서 말해야 될
것과 말하지 말아야 할 것을 구분했어야 하는데 그러지 못한
게 못내 미안하다.

"움직이자. 일단 몸은 숨겨야지."

하루, 이틀, 사흘…….

어딘지도 모를 곳에서 풀뿌리, 나무껍질을 뜯어먹으며 목숨
을 연명했다.

루검비의 상세는 상당히 악화되었다.

금창약(金瘡藥)도 변변치 않지만 마혈을 풀어주지 않아서
피부가 괴사(壞死)하고 있다. 혈행(血行)도 순탄치 않아 안색이

백지장처럼 하얗다.

"방법이 전혀 없어?"

잔화가 물었다.

유화는 쓴웃음만 지었다.

밤낮으로 산을 돌아다니며 약초를 구하고 있지만 마땅한 게 없다.

약재란 게 어디 산에만 있는 것이더냐. 들에서 나는 것도 있고, 바다에서 자라는 것도 있다. 식물만 있는 게 아니라 동물에서 구해야 할 것도 있다.

루검비를 치료하기 위해서는 세상으로 내려가야 한다.

"운명에 맡기는 수밖에."

유화가 수두화를 힐끗 쳐다보았다.

수두화는 이틀째 가부좌를 틀고 앉아 묵상 중이다.

운공소식(運功調息)을 취하는 건 아니다. 그녀가 뭔가 깊은 생각을 할 때 취하는 습관이다.

이런 상황에서 도대체 뭐를 생각하는 것일까?

"이대로 죽어버리면 너무 허망하잖아."

잔화가 먼 하늘을 바라보며 말했다.

그 하늘에는 교주가 있다. 환희교가 있다. 명색이 교주인데 정랑들의 노리개가 되어 희롱당하는 여인이 있다.

왜들 환희교를 이해하지 못하는 것일까?

장벽 없는 자유, 세상을 통째로 열어놓고 사랑을 마음껏 누리기가 그토록 힘든 것인가.

형당 화녀들은 음양화합에는 부적합한 성정을 가지고 태어났다.

전부 그렇지는 않지만 이곳에 있는 세 사람만은 그렇다. 아니, 혼자 떨어져 나간 서화, 환희교에 남아 있는 사화까지 다섯 명은 서로가 같은 운명임을 알아보았다.

그렇기에 친하게 지낼 수 있었다.

환희교는 그녀들의 사랑을 이해했다.

사랑이란 게 꼭 남녀 간의 사랑만 있는 게 아니다. 진심을 주면 여인들 간의 사랑도 얼마든지 깊어진다.

꼭 그것 때문에 환희교에 집착하는 건 아니다.

성신을 느낀다.

선화신공(璇花神功)을 운용할 때마다 끝없이 치솟는 희열을 만끽한다. 용이 꿈틀거려 척추를 만들고, 용의 입에서 쏟아져 나온 불길이 백회(百會)를 뚫고 승천한다.

한 번이라도 성신을 느껴본 사람이라면 환희교에서 말하는 진정한 자유라는 게 뭔지 알게 될 게다. 그런 사람은 남녀 간의 사랑에 연연하지 않고 오로지 수련에 맹진할 것이다.

왜들 그렇게 성신을 모르는가.

수문장이 있어야 한다. 수문장이 강력한 울타리를 쳐주면 안에 있는 사람들은 마음 편히 수련만 할 수 있을 것이다.

떡 달라는 소리는 안 한다. 술 달라는 소리도 안 한다. 뭘 하든지 신경 쓰지 말고 가만히 내버려 두라고 이러는 거다.

"휴우!"

모두들 깊은 한숨만 쉬었다.

그날 저녁, 수두화가 가부좌를 풀고 편히 앉았다.

그녀는 말없이 지필묵(紙筆墨)을 펼쳤다. 그리고 한 시진에 걸쳐서 장문의 서신을 적었다.

그녀가 모두를 부른 것은 밝은 달이 중천에 떠 있을 무렵이었다.

"계획에 차질이 생겼다. 검비가 일 년이나 수련을 앞당겼어. 예정대로라면 검비를 데리고 환희교로 갔어야 하나……첨화, 넌 지금 이 길로 환희교로 가거라. 은밀히 행동해야 한다. 누구의 눈에도 발각되면 안 되느니."

"네, 걱정 마세요."

"교주님을 뵙거든 이 서신을 전하거라."

수두화가 밀봉된 서신을 내놨다.

"이것만 전해 드리면 되나요?"

"그래. 차후 행동은 교주님께서 하달해 주실 게다."

수두화가 유화에게 눈길을 주었다.

모두들 가장 궁금해하는 부분이다. 유화에게 어떤 명을 내리느냐에 따라서 루검비의 목숨이 좌우된다.

루검비는 급하다. 치료를 할 요량이라면 지금 당장이라도 산을 내려가야 한다.

"유화, 넌 창생원(蒼生院)으로 돌아가라."

"네?"

유화가 잘못 듣지 않았나 싶어 되물었다.

유화뿐만이 아니다. 잔화와 첨화도 무슨 소리냐는 뜻을 담고 수두화를 쳐다봤다.

유화는 창생원에 있었다.

창생원은 구생 갈굉촉과 중원제일의(中原第一醫)를 다투는 무류(無瑠) 왕신파(王新波)가 만든 곳이다.

유화는 창생원에서 정식으로 의술을 수업하고 있었다.

천하제일의까지는 되지 못하더라도 환희교도가 안심하고 찾을 수 있는 의원은 되려고 했다.

루검비가 용검대에게 끌려가는 일만 없었어도 유화는 이 자리에 있지 않을 것이다.

"교주님께서 널 창생원에 보낸 것은 보다 큰 쓰임이 있기 때문이었다. 그걸 지금에서 망칠 수는 없지. 십 년 수련이니 얼마 남지 않았잖니. 가거라."

"수두화님!"

"검비는 걱정 마라. 내 약속하마. 넉넉잡아 보름이면 두 발로 우뚝 서 있을 테니, 안심하고 가거라."

"믿을 수 없어요. 그런 일은……."

"믿어라! 검비가 환희밀공을 극성으로 깨우쳐도 환희교에는 일수에 죽일 수 있는 여인이 있다. 그것도 믿지 못하겠니? 검비가 환희밀공을 수련하다가 주화입마(走火入魔)를 당했을 때, 아무런 대책이 없을 거라고 생각한 건 아니겠지? 다 대책이 있다."

수두화는 단호하게 말하며 잔화를 쳐다봤다.

"잔화, 네가 서화의 일을 대신해야겠다."

"네."

"이놈이 수련하다가 엉뚱한 짓을 벌이면 서화처럼 직접 해결하려고 하지 말고 즉시 보고하거라. 색마가 되어 날뛰어도 내버려 두거라. 네 할 일은 보고뿐이야. 명심, 또 명심해야 한다."

수두화의 음성은 비장하기까지 했다.

세 여인은 더 이상 항명할 수 없었다.

잔화에게 뒤처리까지 맡길 때는 루검비를 일으켜 세울 복안이 있다는 뜻이지 않은가.

'약초도 없이…… 저 상태에서는 왕 사부님도 어쩌지 못하는데.'

유화는 비간을 좁혔다.

이 세상은 이해할 수 없는 일로 가득 차 있다. 하나를 이해하면 곧바로 이해하지 못할 게 또 나타난다.

의원이란 이해하지 못하는 것들을 하나씩 하나씩 풀어나가는 게 본연의 의무다. 아는 것은 성심껏 치료하고, 모르는 건 연구를 거듭하여 치료할 방도를 찾아내야 한다.

그 한가운데에 구휼함과 열의와 호기심이 있다.

의원이 지녀야 할 덕목이기도 하다.

'수두화님, 죄송하지만 이번 한 번만 명을 어길게요.'

유화는 어서 하산하라는 손짓에 떠밀려 몸을 일으켜 세웠다.

첨화와 유화가 산을 내려갔다. 잔화도 명을 좇아 하산했다.

날이 밝기 전까지 방갓과 남장(男裝) 세 벌을 준비해 오라고 했으니 바삐 서두를 게다.

아무도 없는 밤, 그녀는 몇 발짝 떨어지지 않는 곳에 있는 루검비에게 향했다.

루검비는 명이 다하여 숨이 끊어지기 직전의 노인처럼 불규칙하게 숨을 토해냈다.

구 년 만인가? 많이 컸다.

쪼그만 꼬마였는데 이제는 어디 내놔도 남부끄럽지 않은 헌헌장부가 되었다.

신체는 무척 강건하다. 누가 육반루가의 씨가 아니랄까 봐 근육이 쇳덩이처럼 단단하다.

수문장이나 정랑의 기준으로 봤을 때, 일단 외양은 합격이다.

심성은 생각해 봐야 한다. 너무 어렸을 때 모진 고문을 받았고, 그 후에는 산에서 홀로 생존했다. 아무도 도와주지 않는 곳에서 살기 위하여 풀을 씹어 먹었다.

그중에는 독초(毒草)도 있었으리라. 아픈 날인들 없었을까? 감기 몸살에 걸려도 혼자서 이겨내야만 했다.

마음이 편협해질 수밖에 없다.

적와 아군의 경계도 모호할 것 같다. 자신에게 잘해주는 사

람은 아군이고 맞서는 사람은 적이라는 개념을 갖지는 않았는
지.

마음을 가다듬어 주었어야 하는데, 그러지 못해서 염려스럽
다.

수두화는 루검비의 옷을 벗겼다.

사실 벗길 것도 없었다. 검에 베인 상처가 워낙 중해서 옷을
입힐 수 없는 상태였다. 그래서 유화는 알몸에 금창약만 바르
고 그 위에 장삼(長衫)을 덮어놓았다.

수두화가 한 것은 장삼을 들춰낸 것에 지나지 않았다.

혈(穴)을 살폈다.

유화가 이미 살펴봤지만 그녀가 다시 살폈다.

머리끝부터 발끝까지 꼼꼼히 뒤졌다. 조금이라도 이상스러
운 곳은 없는지 뒤지고 또 뒤졌다.

"휴우!"

깊은 한숨이 절로 나온다.

이토록 아무 이상도 없는데, 움직이지 못한다. 제압된 혈도
가 전혀 없는데 마혈을 찔린 사람과 똑같은 증상을 보인다.

상관세가의 독문 수법이 독특하다는 점은 들었지만 이토록
신기막측(神技莫測)할 줄은 몰랐다.

유화는 여기서 손길을 멈췄다.

당연하다. 뭔지도 모르면서 무턱대고 손을 쓰는 것만큼 위
험한 건 없다. 그럴 경우에는 차라리 손을 멈추고 상황을 지켜
본다. 이것이 의원의 행동이다.

수두화는 의원이 아니다. 무인도 아니다. 무공을 알지만 무인이라고 할 수도 없다. 사실 형당을 맡고 있지만 그녀의 무공은 무림에 내놓을 만한 것이 못 된다.

패거리를 짓고 환희교를 능멸하는 정랑들을 보면서도 손대지 못하는 심정을 아는가. 그녀의 차가운 성품, 냉혈적인 용모는 불의를 보면서도 처단하지 못하는 분통함에서 비롯된 것이다.

수문장의 존재를 그녀처럼 절실히 원하는 사람도 없을 게다.

그녀는 환희교도다.

성신을 느낀다. 진정한 자유를 찾은 영혼이 육신에 구애되지 않고 훨훨 날아갈 것이라고 믿는다. 남자와 여자가 구분되지 않는 세상, 미추(美醜)가 없는 세상이 도래하리라고 믿는다.

'내 몸 안에 있는 나만의 신…… 성신. 저에게 용기를.'

모닥불 불빛에 루검비의 나신이 환하게 드러났다.

수두화는 루검비의 발밑으로 내려가 두 발을 움켜잡았다.

탁! 타악!

발바닥 용천혈(湧泉穴)을 때리고, 검지발가락 끝 여태혈(厲兌穴)을 분질러 버리듯이 비틀었다.

탁! 탁탁탁!

손길은 연이어졌다.

함곡혈(陷谷穴), 풍륭혈(豊隆穴)…… 다리를 쭉 타고 오르다가 양물과 항문 사이의 회음혈(會陰穴)까지 일사천리로 격타했다.

"끄윽!"

루검비가 꿈틀거렸다.

휘릭!

두 다릴 잡고 반 바퀴 비틀자 똑바로 누워 있던 루검비의 몸이 확 뒤집어졌다.

타타타타탁!

이번에는 등줄기를 타고 오른다.

장강혈(長强穴), 요유혈(腰兪穴)…… 중추혈(中樞穴).

손길은 등 중앙 부분 중추혈에서 멈췄다.

다시 두 다리를 잡고 뒤집었다.

수두화의 손길이 몸통 정중앙 중정혈(中庭穴)을 두들겼다. 그리고 그것을 시작으로 중완(中脘), 건리(健里), 하완(下脘)을 거쳐 양물 바로 위에 있는 곡골혈(曲骨穴)까지 쭈욱 격타했다.

"진인사대천명(盡人事待天命)."

수두화는 이해할 수 없는 말을 중얼거렸다.

'저건!'

어둠 속에서 수두화의 행동을 지켜보던 유화는 양손으로 입을 막아 터져 나오려는 말을 삼켰다.

유화가 움찔거린 탓인지 잔화와 첨화가 쳐다봤다.

유화는 검지를 입에 대며 조용하라는 신호를 보냈다.

아무 일도 아닌 듯하자, 잔화와 첨화가 다시 수두화를 쳐다본다.

유화는 그럴 수 없었다. 수두화를 볼 수 없었다. 그녀가 무엇을 하려는지 짐작했다. 그리고 그것은 루검비를 회생시킬 수 있는 비책임이 분명했다.

조금 더 있어볼까?

아니다. 그래서는 안 된다. 그런 행동은 수두화를 욕되게 하는 것이다. 그녀의 뜻을 받들어 물러서야 한다. 이런 일은…… 명령을 받는 입장에서는…… 호기심 따위는 애초부터 버렸어야 한다.

유화는 첨화와 잔화의 옷깃을 잡아끌었다.

그녀들이 돌아보자, 그녀는 자신을 따라오라는 손짓을 한 후 슬며시 물러났다.

수두화는 옷을 벗었다.

속곳 하나 남기지 않고 완전한 나신이 되어 루검비 앞에 섰다.

환희밀공은 천하에서 으뜸인 환희교를 수호하는 무공이다. 하니 영험도 높을 것이다. 환희밀공을 수련한 사람이 한낱 점혈(點穴) 따위에 무너진다면 말이 안 된다.

수두화는 루검비의 옆에 누우며 그를 끌어안았다.

환희밀공이 잘못된 것은 틀림없다. 정상적이라면 루검비 같은 행동을 보일 리 없다. 사파의 채음보양술이나 그런 음악한 행동을 보이지, 공명정대한 환희밀공이 그럴 리는 절대 없다.

어딘가 잘못되었다.

천법에서 오 년 기한을 채웠어야 하는데 사 년밖에 수련하지 않은 탓이 크지 않을까 싶다.

서화는 루검비의 하산을 말렸어야 한다. 무슨 일이 있어도 세상 구경을 시켜서는 안 되는 거였다. 하물며 살인이라니. 무슨 일이 생기면 즉시 보고하라고 했거늘, 보고는커녕 뒤따라다니며 살인 행각을 도왔다니.

틀림없이 그런 과정 속에서 무엇인가가 틀어졌다.

남은 문제는 교주가 처리할 것이다. 이대로…… 이대로 수문장의 맥을 끊을 수는 없다. 수문장이 없으면 환희교는 한낱 창기 집단에 지나지 않는다.

성신을 일깨울 수 있는데…… 성신을…….

'성신이시여! 일어나소서!'

수두화는 선학신공을 이끌어 전신에 유포했다.

몸이 뜨겁게 달궈진다. 혈액순환이 빨라지고, 입에서 달착지근한 내음이 풍긴다.

"하아!"

수두화는 루검비의 몸 위로 올라탔다.

합궁(合宮)은 절대 금물이다. 루검비가 합궁을 시도하려고 하면 스스로 자진해야 한다. 그래야 환희밀공이 깨지지 않는다.

그녀는 환희밀공이 동자공(童子功)이란 사실을 알고 있었다.

그럼에도 알몸이 되어 그를 껴안은 것은 루검비의 성신이 여체에 자극받아서 스스로 일어서리라 믿었기 때문이다.

성신으로 일어선 루검비는 음기를 쫓아 달려들 것이다.

피할 방법은 없다. 피하고자 해도 피할 방도가 없다. 성신으로 일어선 루검비는 용검대 무인들을 무참히 죽일 정도로 강해진다. 자신 정도는 쉽게 제압할 것이다.

그럼 어찌 되는가?

서화는 루검비가 채음보양, 채양보양에 미쳤다고 했다. 잔화도 그런 사실을 보고했다. 유화도 같은 우려를 표명했다. 모두가 루검비의 상태가 정상이 아니라고 말한다.

하면…… 뻔하지 않겠나.

그렇다. 그래서 진인사대천명이다. 그 후의 일은 자신이 간여할 수 없기 때문에 하늘에 의존한다.

자신은 성신을 일깨우기만 하면 된다.

성신을 믿는다. 성신이 틀림없이 일어서 주실 게다. 기적을 일으키실 게다. 그때,

스윽!

루검비의 두 손이 움직였다.

꼼짝도 하지 않던 손이 움직여 그녀의 허벅지를 만지작거렸다.

"역시 환희밀공!"

그녀는 자신도 모르게 탄사를 토해냈다.

꾸욱! 등으로 올라온 양손이 허리를 꽉 껴안는다. 애무나 사

랑이라고 보기에는 너무 아프다. 허리가 부러지는 것처럼 아프다.

"검비, 꼭 일어서라. 꼭!"

그녀는 한 손으로 루검비의 양물을 단단히 움켜잡으며 품 안으로 빨려 들어갔다. 합궁을 방지하려는 의도다.

그녀의 우려는 우려에서 그쳤다.

스웃!

입술이 올라온다. 입맞춤? 아니다. 루검비는 첫 입맞춤에 실패했다. 아직 기운이 없어서 그런가? 입과 입이 부딪치기 직전에 힘을 잃고 밑으로 미끄러진다.

'승장혈이랬지.'

루검비의 아래턱이 승장혈을 짓눌렀다.

승장혈과 승장혈이 부딪친 것이다. 그리고…… 수두화는 전신 기력이 썰물처럼 빠져나가는 걸 느꼈다.

그녀의 몸이 본능적으로 방어했다. 기력이 빨려 나가지 않기 위해 승장혈을 떼려고 했다. 마음을 다잡고 시작했지만 막상 일이 진행되니 마음대로 되지 않는다.

서화가 이런 경우였을 것이다. 그녀도 루검비를 위해서 목숨을 줄 수 있는 여자였다. 자신의 목숨을 바쳐도 루검비가 정상으로 돌아올 수 있다면 백 번이고 그랬으리라.

애꿎은 희생이 싫었을 게다. 개죽음이 싫은 것이다. 사내가 음심이 동해 여인을 강간할 때처럼 음기만 빨리고 시신은 쓰레기처럼 버려지는 게 싫었던 것이다.

자신도 마찬가지 입장이나 조금 다른 게 있다.

루검비의 마혈이 풀렸다. 죽은 듯 누워 있던 그가 일어선다. 그것이면 됐지 않나. 더불어서 자신의 진기가 루검비의 몸속에 살아 숨 쉬니 더욱 좋다.

'꼭…… 일어서라…….'

수두화는 자신의 성신까지 넘겨주기 위해 마지막 한 방울의 기력까지 쥐어짜 냈다.

그리고 그때서야 그녀는 진정한 성신을 보았다.

육신을 버리고, 욕념을 버리고, 절실히 믿었던 성신까지 모두 버릴 때 무한한 자유가 나타난다. 아무것도 없는 빈 몸이 가벼운 깃털이 되어 훨훨 날아간다.

'이, 이것이…… 환희교의 신(神).'

수두화는 웃음을 지었다.

3

휘이잉……!

바람이 분다. 가을이 깊어서 불어오는 바람도 제법 차갑다.

루검비는 물감을 들인 듯 푸른 하늘을 올려다봤다.

째째짹! 째재재짹! 또르르르르르륵!

온갖 새소리가 귀를 간질인다. 특히 딱따구리는 가끔 가다 한 번씩 돌 굴러가듯 요란한 소리를 내어 신경을 잡아끈다.

'살았는가. 죽으려고 했건만…….'

온몸에 활기가 넘쳐흐른다.

검에 당한 상처는 여전히 욱신거린다. 그건 하루 이틀 만에 툴툴 털고 일어날 수 있는 상처가 아니다. 솔직히 손발을 꿈지럭거릴 때마다 온몸이 절구에 찧이는 듯 고통스럽다.

마음만 가뿐하다. 당장에라도 일어나서 천 리 길을 내달릴 수 있을 것 같다.

그는 손에 살짝 힘을 주어 안고 있는 여인을 바싹 끌어안았다.

여인은 숨이 끊겼다.

왼손은 그의 가슴 위에 올려져 있다. 한 발도 두 다리 위에 걸쳐져 있다. 둘이 꼭 껴안고 침상에 들었을 때처럼 정겹다. 혼곤한 잠에서 깨어나지 않은 새색시처럼 평화롭다.

그녀는 루검비의 품에 안겨 숨을 거뒀다.

그녀가 언제 죽었는지 기억나지 않는다. 마지막 숨을 거둘 때, 그는 그녀의 얼굴도 보지 않았다. 시뻘겋게 달궈진 얼굴로 그녀의 목만 쳐다보고 있었다.

음기를 빨아먹느라 정신없었을 게다.

여인은 장작개비처럼 딱딱하다. 수분이 모두 빠져나간 상태라 약간만 힘을 주면 부스러질 것 같다.

'수두화님, 이럴 줄 알았으면서…… 알고 있었으면서 왜!'

수두화에게 이런 모습을 보여주고 싶었다. 그래서 삶을 연장시켜 왔다. 환희밀공을 수련하면 이런 꼴이 되니 두 번 다시 환희밀공에 익히는 자가 나와서는 안 된다고 경종을 울려주고 싶었다.

한데 수두화는 알고 있었다. 알면서 자신의 음기를 기꺼이 내줬다.

그녀의 판단은 옳았다.

환희밀공은 일반적인 내공심법의 범주를 넘어선다.

용검대에 잡혀서 끌려갈 때도 음심을 느낀 적이 있다. 바람결에 묻어나는 서화의 냄새를 맡았고, 양물이 우뚝 섰었다. 하지만 마혈을 풀고 일어서지는 못했다.

수두화가 그를 데려올 때도 마찬가지다. 유화가 진맥한답시고 온몸을 만지작거릴 때는 미치고 환장할 만큼 강한 욕정을 느꼈다. 당장에라도 벌떡 일어나 덮치고 싶었다.

그것도 마음뿐이었다. 욕정은 치솟는데 몸은 움직이지 않으니 그보다 더한 고문은 없을 것이다.

수두화는 달랐다.

그녀는 혈도를 타혈했다. 교묘한 것은 타혈한 혈도마다 직간접으로 양물을 자극했다는 것이다.

온몸이 활활 타올랐다.

전신에 기름을 뿌리고 불을 붙인 것처럼 뜨거워서 견딜 수 없었다.

그때, 수두화가 옷을 벗고 품에 안겼다. 보들보들한 손으로는 양물까지 움켜쥐었다.

루검비가 기억하는 건 거기까지다.

그다음은 모른다. 하나 짐작은 한다. 극도로 치솟은 욕정이

환희밀공을 불렀고, 제멋대로 온몸을 쏘다닌 진기는 자연스럽
게 마혈을 풀었으리라.

　더 이상은 생각하기 싫다.

　그는 수두화를 꼭 껴안았다.

　그녀에게는 따뜻하다거나 고맙다거나 아니면 미워한다거나
하는 일반적인 감정이 없었다. 이성에 대한 감정은 고사하고
아는 사람에 대한 인정조차도 없었다.

　그녀를 만난 게 몇 번 되지 않는다.

　그녀에게 교주가 전해달란 말을 몇 마디 전해 들은 게 고작
이다. 뒤에서 어떤 도움을 줬는지는 모르지만 그녀를 잘 알지
못한다. 인법을 겪으며 수두화란 이름은 수없이 들었지만 고
문을 가하는 사람들의 대장이라는 정도밖에 알지 못했다.

　그래도 꼭 껴안았다.

　휘이잉……!

　찬바람이 분다. 낙엽도 하늘하늘 떨어진다.

　'여자!'

　바람결에 또 다른 여인의 냄새가 풍긴다.

　루검비는 끙끙거리면서 일어나 땅에 떨어진 장삼을 주워 입
었다.

　속옷도 입지 않고, 겉옷도 입지 않고, 맨몸에 장삼만 걸쳤으
니 참으로 우스꽝스럽다.

　쒜에엑!

루검비 앞에 여인이 내려섰다.

"어! 일어났……."

루검비를 보고 반가운 빛을 띠던 여인은 땅에 쓰러져 있는 수두화를 보는 순간 말문을 닫아버렸다.

"너…… 정말 괴물이구나."

잔화였다. 그녀가 씹어뱉듯이 말했다.

"전……."

환희밀공이 이런 것이라고 말하려 했다. 이러니 절대로 환희밀공을 수련하는 사람이 있어서는 안 된다고. 그리고 마지막으로 숨을 끊어달라고 부탁할 셈이었다.

잔화가 말문을 잘랐다.

"잘 들어. 너 때문에 수두화님이 목숨을 잃었어. 우린 서화도 버렸어, 너 때문에."

잔화는 수두화의 시신에서 눈을 떼지 않았다.

"어제 말렸어야 하는데. 유화는…… 그 계집은 그냥 음양화합이라고. 그래서 잠력(潛力)을 격발시키려는 거라고…… 계집, 잘 알지도 못하면서."

잔화의 두 볼에 눈물이 흘렀다.

그녀는 급히 손을 들어 눈물을 훔쳤다.

"너 잘 들어. 무슨 일이 있어도 환희밀공을 수련해. 꼭 수련해 내. 알았어!"

"잔화, 사실 이 무공은……."

"듣기 싫어! 어떻게든 네가 알아서 해. 음기가 필요하면 말

해. 나도 줄 테니까. 수두화님처럼 나까지 잡아먹어! 하지만
환희밀공만은 꼭 수련해 내. 잘못된 것이 있으면 고쳐. 고쳐서
수련해! 알았어!"

잔화의 말은 차라리 절규에 가까웠다.

고쳐서 수련하라.

참으로 어려운 말이다. 이제 음기를 흡취했으니 곧 양기를
그리워할 게다. 어쩌면 옆에 여인이 있으니 음기를 더 많이 취
하고자 할지도 모른다.

자신은 남의 피를 먹고 사는 모기다.

남의 피로 생을 연명하는 흡혈박쥐다.

남의 생기(生氣)를 빼앗지 않으면 하루도 견디지 못하는 최
악의 인간이다.

한데 고치라고? 고쳐서 멀쩡한 인간이 되라고?

루건비가 참담해하고 있을 때, 귓가에 잔화의 음성이 들렸
다.

"참 편안하게 돌아가셨네. 죽음이 눈에 보이셨을 텐데, 어쩜
이리 편안하게…… 웃고 계시는 것 같아."

루검비는 쇠망치로 뒤통수를 얻어맞은 것 같았다.

남에게 목숨을 주면서도 편한 사람이 있구나. 잘 모르는 사
람인데, 웃으면서 죽을 수도 있구나.

서화도 잘 모른다. 그녀가 곁에 있었다는 건 알지만 이야기
를 나눈 적은 없다. 한데도 무척 가깝게 생각되었다. 잔화와의
인연은 형당 인법에서가 고작이다. 그 후로는 본 적이 없다, 용

검대에서 탈출할 때까지는.

하지만 딱 하나, 아는 게 있다.

이들 모두 근 십여 년이란 세월을 오직 자신 한 사람 때문에 버텨왔다.

'해보자. 까짓거…… 하면 되겠지.'

루검비는 마음을 추슬렀다.

"수두화님, 잘 묻어주세요."

"……?"

"따라올 생각은 하지 마세요. 무공으로는 제가 한 수 위라는 것…… 아실 겁니다."

"다시 시작할 거야?"

"해보려구요."

"그래, 잘 생각했어. 하지만 내가 같이 있는 게 더 좋지 않을까? 정 참기 어려울 때는……."

가슴 밑 부분에서 뜨거운 것이 왈칵 솟구쳤다.

어쩌다가 이런 지경이 되었나. 남의 목숨을 담보로 잡고 살아가야만 하는 인생인가.

"혼자 겪지 않으면 큰일 날 겁니다. 서화는 절 끝내려고 했어요, 환희교에 들어가면 큰일 난다고. 그 말이 맞을 겁니다. 그래서 이번만은 저 혼자 견뎌내야 합니다."

"어디로 갈 건데?"

"혼자 있을 만한 곳이면 아무 데라도 상관없겠죠. 우리는 매년 사월 초파일…… 아니다. 초파일은 너무 붐비니까 초열흘에 자은사(慈恩寺)에서 보도록 하죠."

"자은사? 어떻게 아는 절인데?"

"잘 알지 못합니다. 귀동냥으로 들었는데 한번 가보고 싶더군요. 그럼 나중에."

루검비는 후일을 기약하며 돌아섰다.

뚜벅! 뚜벅!

그의 발걸음은 깊은 산중으로 향했다.

물이 있어야 한다. 천년한석으로 만든 석관은 없지만 그나마 뜨거워진 양기를 다스릴 수 있는 것은 차디찬 물밖에 없다.

루검비는 걷고 걸어 혼자 있을 곳을 찾았다.

다행히도 섬서성에는 깊고 큰 산이 많다. 산을 타다 보면 어디가 어딘지 모를 경우도 많다. 외지인 같은 경우에는 특히 조심해야 한다. 자칫하면 길을 잃어버리고 산중을 떠돌다가 굶어죽거나 맹수에게 먹히는 경우도 종종 있다.

'여기면…… 윽!'

자그마한 폭포를 발견했다.

폭이 제법 넓지만 높이는 두 길 정도밖에 되지 않는다. 그래도 이만하면 산중에서는 제법 큰 폭포다.

폭포 옆에는 몸을 뉘일 만한 공간도 있다.

큰 바위들끼리 서로 얽히는 과정에서 작지만 동굴 같은 공간을 만들어냈다.

혼자서 기거하기에는 불편함이 없어 보인다.

한데 마음을 좀 풀어놓을까 싶은 순간에 느닷없이 살심(殺心)이 치민다. 여자도 좋고 사내도 좋다. 누구든 나타나기만 했으면 좋겠다. 어린아이나 노인, 부녀자도 아랑곳하지 않는다. 사람이라면 누구든 좋다. 그러니 제발 나타나라.

무릎이 살며시 굽혀졌다.

누가 나타나면 즉각 뛰쳐나갈 수 있도록 준비한 것이다.

물론 깊디깊은 산중까지 들어올 사람도 없지만 그가 살심을 느낀 순간에 딱 맞춰서 나타난다는 건 기적이나 다름없다.

루검비는 두 귀를 쫑긋 세우며 주위를 살폈다.

누가 나타날 리 없다. 인기척 같은 게 들릴 리 없다. 한데 그 순간, 기적이 일어났다.

사내를 보았다. 무척 험상궂게 생긴 놈이다. 옛날에 기련산에서 만났던 산적들보다 훨씬 난폭하게 생겼다.

'너!'

루검비는 한달음에 달려가 사내의 손목을 움켜잡았다.

우지직!

사내의 손목은 생긴 것답지 않게 잡자마자 분질러졌다.

"엇!"

손목이 너무 쉽게 부러져서 루검비도 당황했다. 가볍게 손을 댄 것뿐인데.

그 순간, 루검비는 사내의 실체를 봤다.

나무다. 커다란 고목이다. 사내의 손목이라고 생각한 것은 나뭇가지였다.

"환각까지……."

살심에 환각…….

이 모든 것을 기억해 둬야 한다. 자신에게 일어나는 현상은 조금도 가감없이 파악해야 한다. 그래야 환희밀공이 어디서부터 잘못되었는지 알 수 있다.

결과를 보고 원인을 찾아가야 한다.

첫눈이 내렸다.

하얀 점이 하늘하늘 떨어지다가 만다.

섬서성에는 겨울이 빨리 찾아온다. 다른 곳보다 훨씬 춥고 매서우며, 길다.

첫눈은 본격적인 겨울이 시작되었다는 걸 알려준다.

루검비는 석도(石刀)를 만들어 욕정이나 살심이 일어날 때마다 허벅지를 찔렀다.

다리를 움직일 수 없으면 누가 나타나더라도 해칠 수 없을 거라는 생각 때문이었다.

'오늘은 뭘 한다?

뭘 할까 망설일 필요는 없었다. 사실 오늘 해야 할 것은 이미 정해져 있었다.

지법에 그려져 있던 그림들을 다시 연마한다.

그는 잠시 두리번거리다가 왼발을 의자에 올려놓고 있는 목상(木像) 뒤로 갔다.

나무로 정교하게 깎은 여인상이다.

루검비는 여인상을 뒤에서 껴안았다.

두 손은 겨드랑이 사이로 빼서 가슴을 움켜잡고, 한 발은 들려진 다리에 바짝 갖다 붙였다.

모르는 사람이 보면 세상에 별 변태 같은 놈도 다 있다고 욕할 게 분명하다. 아니, 미쳐도 보통 미친놈이 아니라며 몽둥이 찜질을 하려 들 게다.

산속에는 수많은 여인상이 있다.

개수만 해도 백여 개가 넘어선다. 숫자는 중요치 않다. 여인상의 모습이 음란하다는 게 문제다. 어느 여인상을 보든 당장 음란한 행위가 연상된다.

와상(臥像), 좌상(坐像), 입상(立像)…… 어느 상이든 당장 껴안으면 살아서 꿈틀거릴 것 같다.

루검비는 실제로 여인상을 껴안고 몸부림친다.

그러니 미친놈이라고 생각하지 않겠는가.

'모두 빼앗는다! 간공!'

탓탓탓!

양손이 가슴 부위의 고방혈(庫房穴), 응창혈(膺窓穴), 유근혈(乳根穴)을 건드렸다.

간공을 구사하는데 꼭 승장혈만 통하라는 법은 없었다.

지법에 그려진 그림들 모두가 제각기 하나씩의 간공을 알려주었다.

채음보양을 피하니 간공이 더럽게 느껴진다. 하나 채음보양을 당연하게 생각하면 간공처럼 뛰어난 무공이 없다.

루검비는 환희밀공의 실체를 인정했다.

환희밀공이 생기를 뽑아먹는 무공이라면 그대로 따라야 한다.

그러자 새로운 길이 보였다. 지법에 그려진 각 그림들은 독특한 진기 흐름도였다.

인법에서 얻은 삼백육십오 자는 단순한 구결이나 초식이 아니다. 하나하나가 혈도를 치는 수법이다. 일반 무공일 경우에는 수공(手功)으로 봐야 하지만…… 환희밀공은 다르다. 부드럽게 여인을 애무하는 손길이다.

안월과산(雁越過山), 영접태양(迎接太陽).

기러기가 산을 넘어 태양을 맞이한다는 초식은 여인의 가슴을 어루만지는 수법(手法)이다.

인법의 삼백육십오 자와 지법의 백팔십 그림은 여인을 환희로 이끄는 방중술(房中術)의 결정체이다. 그러면서 천법의 응용 비기가 가미되면 피할 수 없는 죽음의 향연으로 변모한다.

'진기, 생기를 정화한다. 반공!'

탁탁탁! 탁탁탁탁!

불용(不容), 양문(梁門), 태을(太乙), 천추(天樞)……!

순식간에 열두 군데의 혈도가 가격되었다.

아니다. 그의 손짓은 결코 가격이 아니다. 복부를 부드럽게 쓸어준 것에 지나지 않는다.

'연인의 손길…… 부드럽게 애무하는 마음으로……'

부드럽게 쓰다듬는 손길에 경각심을 느끼는 사람은 없다.

환희밀공은 죽음을 느끼지 못하게 하면서 죽음에 이르게 하는 고도의 살법(殺法)이다.

'아무것도 필요없다! 당신의 죽음뿐! 반공!'

지금까지는 앞면을 공략했다. 하나 반공은 등을 공격한다.

타타타타탁!

병풍(秉風), 천종(天宗), 소해(小海)……!

여인상은 말이 없다. 몇 번을 두들겨 맞아도 묵묵히 서 있다. 하나 만약 목상이 아니라 사람이었다면 벌써 세 명이 목숨을 잃었다.

환희밀공에 '사정을 봐준다' 라는 말은 없다.

손을 쓰면 반드시 폐인이 되거나 죽게 된다. 살아도 산 것 같지 않으니 차라리 죽는 것을 원할 터이지만.

'다음은 뭘 한다?'

다음에 수련할 여인상을 골랐다.

정사를 나눌 때 남녀 간의 모습에 규칙이 정해져 있지 않은 것처럼 환희밀공의 수련에도 선후가 없다. 어느 것이든 익숙하게 수련하기만 하면 된다.

루검비는 무릎을 꿇은 채 두 손으로 머리를 움켜잡고 있는 여인상에게 다가섰다.

이번에는 그도 무릎을 꿇어야 한다. 한쪽 다리는 여인의 허벅지를 지나쳐 앞쪽으로 쭉 뻗고, 다른 쪽 다리는 무릎을 꿇는다. 두 손은 여인의 허리를 부드럽게 감싸 안는다.

타탁! 타타타탁!

생기를 빨아들이는 간공이 펼쳐졌다.

수련하기도 귀찮다.
요즘 들어서는 환상이 더욱 자주 보인다. 어떤 때는 사내가 나타나고, 어떤 때는 여인이 미소 짓는다.
함박눈이 펑펑 내린다.
한겨울이라 먹을 것이 없어서인지 새끼 노루 한 마리가 주위를 어슬렁거린다.
다른 때 같았으면 벌써 달려나갔다.
땀을 흘리며 찾아나서도 모자랄 판에 제 발로 찾아온 놈인데 놓칠 리 없다.
한데 의욕이 생기지 않는다.
'내가 왜 이러지? 또 어디가 잘못…….'
인법을 겪으며 주위들은 구결들을 낱낱이 점검했다. 지법에서 얻은 그림도 다시 수련했다. 천법의 음양조화도 몇 번이고 반복했다.
환희밀공에 잘못은 없다. 환희밀공은 원래 이런 것이다. 이렇게 되도록 되어 있다.
루검비가 비중있게 생각한 것은 왜 환희밀공이 동자공이냐는 것이다. 욕정 때문에 반쯤 미치게 만들면서 정조를 지키라는 게 말이 되는가. 사람을 놀리는 것도 아니고 이게 뭔가. 잘 가지고 놀아라. 하지만 한 번만 실수하면 모든 걸 빼앗아간다. 이게 뭐냔 말이다!

잠자리에 누워 꼼짝도 하지 않았다.

이럴 때는 미동조차 않는 것이 최상책이다. 환희밀공이 음기를 취하라, 양기를 취하라고 꼬드기는 순간이기 때문이다.

루검비는 환희밀공이 광술(狂術)로 변하는 순간을 알아냈고, 나름대로 최선의 방책을 강구해 냈다.

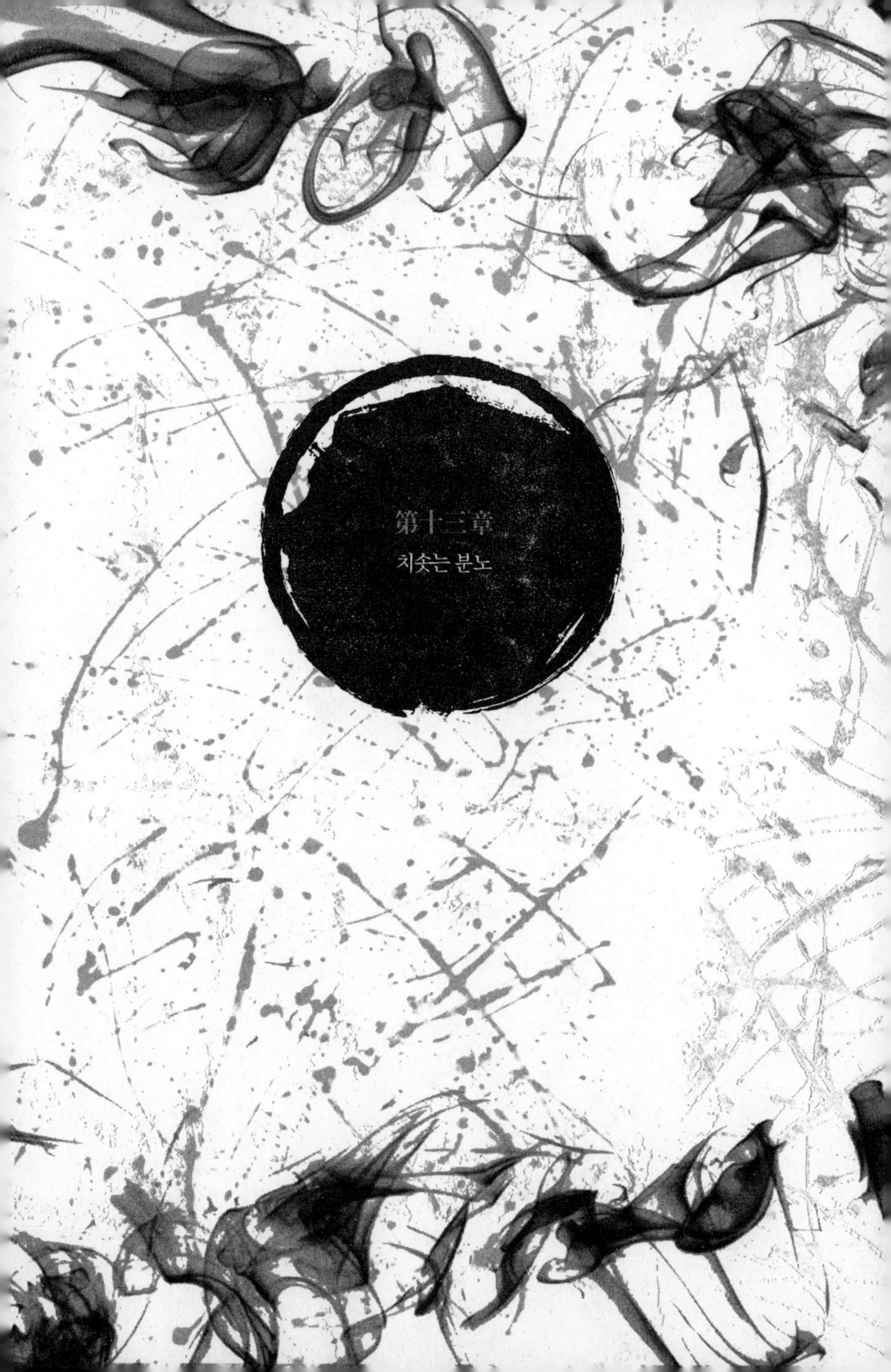

第十三章
치솟는 분노

1

금령의 죽음은 한 여인의 죽음이 아니다. 그것은 상관세가의 자존심과 직결되는 큰 사건이다.

실일취십(失一取十), 하나를 잃으면 열을 취한다.

강호에 적을 둔 무인이라면 누구나 뼛속에 새겨놓고 있는 말이다.

하나를 잃고도 아무런 조처를 취하지 않으면 둘, 셋을 빼앗길 것이고 조만간 문을 닫아야 할 게다.

하물며 금령은 백초원주다.

돈 없고 힘없는 민초들의 질병을 치료해 주는 성녀(聖女)들의 으뜸이다.

금령의 죽음은 상관세가가 명운(命運)을 걸고 해결해야 할 중대 사안이었다.

"흡정대법(吸精大法)이 분명합니다."

바짝 말라죽은 시신들을 살펴보던 사람이 말했다.

용검대는 이번 일로 열다섯 명을 잃었다.

용검대란 이름이 탄생한 이래 최악의 참패였다.

그중 루검비에게 죽은 사람이 네 명이다. 나머지 열한 명은
독에 당했다.

"이쪽은…… 거참, 이상하네. 이럴 리가 없는데."

독에 당한 무인들을 살피던 자가 뭔가를 말하려다 말고 다
시 시신을 뒤적였다.

재촉하는 사람은 아무도 없었다.

설익은 말을 백 마디 내뱉는 것보다 쓸모있는 말을 한마디
하는 게 더 중요하다.

시검(屍檢) 현장에서는 특히 그렇다.

말 한마디에 따라서 복수의 향방이 정해진다. 자칫하면 애
꿎은 사람을 죽이는 경우까지 발생한다.

"믿을 수 없습니다만, 창생원 같습니다."

"지금 뭐라 했소!"

상관외가 자리에서 벌떡 일어나며 소리쳤다.

그뿐만이 아니다. 시검을 지켜보는 많은 사람들이 일시에
쑥덕거리기 시작했다.

창생원이 어디인가. 중원제일의 활의(活醫)가 있는 곳이다.
염라대왕에게 끌려간 자도 발목을 낚아채 올 수 있다는 천하

제일신의가 거주하는 곳이다.

무류 왕신파는 의원이지 무인이 아니다.

그도 무림에 인연이 없는 건 아니다. 교분을 나누는 사람이 상당히 많고, 입김도 크게 작용한다. 하나 무공이라고는 기본 공조차도 닦지 않았다.

그런 사람이 무림사에 끼어들었다는 건 믿기 어렵다. 더군다나 상관세가를 적으로 돌렸다는 건 지나가는 개가 웃을 일이다.

"틀림없나!"

"틀림없습니다."

백초원에서 주검만 다뤄온 자들이 자신있게 대답했다.

그들의 시검은 한 번도 어긋난 적이 없다. 부패가 심해서 끈적끈적해진 시신조차도 정확히 사인을 찾아낸 사람들이다.

"무엇 때문에 창생원을 지목한 것인가?"

사숙(四叔) 상관교(上官喬)가 물었다.

"이 독은 합안사독(合眼死毒)이라고 불리는 것입니다. 중독되는 즉시 졸음이 쏟아져 눈을 감게 되는데, 눈꺼풀이 맞붙는 순간 절명하게 되지요. 시신을 살펴보면 눈꺼풀을 아교(阿膠)로 붙인 것처럼 거품 같은 것이 붙어 있습니다. 두말할 필요도 없이 합안사독에 당한 증세입니다."

"합안사독……."

상관교가 혼잣말로 중얼거렸다.

시검에서 나타난 것이 사실이라면, 정말 창생원이 상관세가 무인들을 독살시켰다면 당장에라도 창생원을 무너뜨려야 한다.

한데 그게 쉽지 않다.

창생원은 백초원과 성격이 같다. 아니, 창생원을 본떠서 백초원을 지었으니 백초원이 창생원과 같은 성격이라고 말해야 한다.

불쌍한 민초들을 무료로 치료해 주고, 희귀한 질병을 연구하며, 많은 의원을 길러낸다.

무류 왕신파는 성불이나 다름없는 사람으로 여겨진다.

그런 곳을 무너뜨린다면 상관세가를 곱게 볼 사람은 없으리라.

"창생원은 두고 보고…… 흡정신공이 맞는가?"

"틀림없습니다."

이번에도 확신에 찬 대답이 들렸다.

"조카, 이번 일은……."

"알겠습니다. 제 손으로 처리하겠습니다."

상관외가 포권을 취해 보였다.

흡정신공, 타인의 진기를 빨아먹는 기생충 무공.

루검비를 공적 명단에 올리기에 충분한 명분이다. 하나 그러지 않는다. 그건 너무 편한 죽음이다. 놈은 검에 죽을 자격도 없다. 죽을 때까지 똥통 속에 처박아둬야 한다.

상관외는 뇌옥으로 갔다.

그곳에는 한 여인이 꽁꽁 묶여 있었다.

전신은 온통 멍투성이고, 머리도 깨져서 피가 줄줄 흘러내린다.

"새로운 건?"

"없습니다. 아주 지독한 계집입니다."

"그래. 지독한 계집이라…… 당연하겠지. 종교에 미친 사람은 약도 없는 법이니까. 어디 내가 한번 해볼까."

상관외는 고문용 소검을 움켜쥐고 여인 앞으로 걸어갔다.

보통 소검과 같은 크기이지만 끝부분이 갈고리처럼 굽어져 있는 검이다.

"이걸 어디다 쓰는지 알아?"

상관외는 소검을 들어 여인의 눈앞에 들이밀었다.

"훗! 후훗! 조…… 족근(足根)……."

여인은 말하기도 힘든지 개미 기어가는 음성으로 대답했다.

"오오! 아는군. 형당 소속이었다고? 그래서 그런지 이런 기구를 잘 아네."

상관외는 말이 끝남과 동시에 소검을 휘둘러 여인의 왼쪽 족근을 확 낚아챘다.

"아악! 아아아아악!"

여인은 온몸을 비틀며 비명을 내질렀다. 하나 그녀의 비명은 문밖을 넘어서지 못했다.

그녀가 갇혀 있는 뇌옥은 사방이 석벽인데다가 유일한 출입구인 철문은 두께만 석 자에 이른다.

상관외는 한쪽 구석에 소검을 내던졌다.

"갔다 오마. 그동안 놈이 있는 곳을 반드시 알아내야 할 것이다. 아니면 네놈들이 죽는다."

상관외의 눈가에 살기가 번뜩였다.

"많은 도움을 주는군."

상관외의 말에 비웃음이 담겼다.

"천만에요. 저의 목적은 오직 하나, 루검비만 죽이면 돼요. 놈만 죽으면 약속대로 제 목도 드리죠."

여인이 냉랭하게 말하며 고개를 쳐들었다.

심장이 약한 사람은 마주 쳐다보지도 못할 정도로 지독한 추녀(醜女)였다.

"그거 적응이 될 만한데 영 안 되는군. 내 앞에서만이라도 벗으면 안 되나?"

"죄송합니다. 놈이 죽기 전까지는……."

"알았어, 알았어. 잔화는 잡았고…… 창생원에 유화가 있다고?"

"네."

"그게 이상하단 말이야. 네 말을 들으면 유화란 여자는 꽤 똑똑한 것 같은데 왜 독인이라면 쉽게 판별해 내는 합안사독을 썼을까? 이건 마치 내가 창생원에 있으니 잡아가시오 하고 말하는 것 같아서 영 께름칙해."

"저도 거기까지는."

유화는 기묘한 수수께끼를 던졌다.

비밀리에 누구를 죽이면서 누구나 알아볼 수 있는 독을 쓴다는 것은 이해할 수 없는 행동이다.

타인에게 누명을 씌우는 거라면 가능하다, 모든 혐의를 창생원에 돌리는 것이라면. 하나 그곳에 자신이 있다면 문제가 다르다. 자신이 있는 곳에 적을 불러들이는 행위가 됨으로 병법상 가장 피해야 할 행동이다.

누명을 씌울 생각이었다고 해도 다른 문파를 선택했어야 한다.

독궁(毒宮)이나 흑독문(黑毒門) 같은 곳의 독을 썼다면 지금쯤 그들을 멸문시키기 위해 상관세가 무인들이 달려가고 있을 것이다.

독만 주의해서 썼다면 신분이 드러날 염려는 전혀 없다.

한데 이것은 모두가 뻔히 아는 독을 썼으니 미숙하기 짝이 없다.

"좌우지간 너희 환…… 환 뭐라고 했지?"

"환희교입니다."

"아! 환희교. 하하하! 이름치고는…… 환희교 여자들 말이야. 정말 이해하지 못하겠어. 아무리 사내가 좋아도 그렇지 이놈저놈 달라붙을 수 있나? 창기가 아니라니까 하는 말이야. 잔화 저 계집도 마찬가지. 밀마(密碼) 하나 달랑 보고 아무 의심 없이 달려온 건 또 뭐야? 너희들, 원래 그렇게 단순한가?"

서화는 대답 대신 인피면구(人皮面具)를 고쳐 썼다.

루검비가 죽을 때까지 벗지 않을 각오다.

인피면구를 썼으니 온갖 모욕을 들어도 상관없다. 내가 듣는 게 아니니까. 금수 같은 행동을 해도 괜찮다. 내가 하는 게 아니니까. 인피면구를 쓰고 있는 동안에는 말이다.

사사사사삿……!

달빛도 별빛도 없는 깊은 야밤에 은밀한 움직임이 일어났다.

그들은 민첩했다. 온 산에 눈이 쌓여 무릎까지 푹푹 빠지건만 그들의 발길을 막기에는 역부족이었다.

그들은 탄탄대로를 걷듯 편안하게 움직였다.

"우…… 후후후! 우우우후후!"

깊은 정적을 올빼미 소리가 일깨웠다.

그러자 일부는 움직임을 멈췄고, 일부만 이동을 시작했다.

"우우…… 후후후!"

다시 올빼미 소리가 울렸다.

"참으로 은밀한 곳에 숨어 있구나. 이런 곳에 있으면 오도 가도 못하겠어."

최종적으로 움직임을 멈춘 무인이 산 아래를 굽어보며 말했다.

사방이 산으로 둘러싸인 곳이다. 계곡을 따라 집들이 지어져 있고, 깊은 밤인 데도 불구하고 불야성(不夜城)을 이루고 있다.

그들은 환희교 총단을 내려다보고 있었다.

“저쪽이 사내놈들…… 아! 자꾸 잊어버린다니까. 정랑이란 놈들이 거주하는 곳이고, 이쪽은…….”

“화녀요.”

“교주는 어디 있지?”

서화는 손을 들어 교주의 침소를 가리켰다.

그곳에도 불이 밝혀져 있었다.

“너흰 교주를 잡아. 죽이거나 놓치면 안 돼. 반드시 산 채로 잡아.”

“알겠습니다.”

명령을 받은 사람은 후광운(侯廣運)이다.

그는 수하 열 명을 이끌고 어둠 속으로 사라졌다.

이 순간, 서화는 가슴이 콩쾅콩쾅 뛰었다.

교주를 죽여야 한다고 그토록 말했건만 기어이 생포하란다.

칠절신군, 면도, 혈우광도가 그토록 오랜 세월 동안 교주 곁에 있는 이유를 몰라서 그러는가. 그들이 원하는 게 정말 환희밀공뿐일까? 교주에게는 아무런 감정도 없나?

정랑 세 사람이 서로를 향해 검을 뽑을 때는 교주 때문일 것이라는 풍문이 있다.

그런 여자를 생포하란다. 생포하란다…….

“너희 셋. 여기서 한풀이해. 선공(先攻)이다.”

상관외는 저번에 낭패를 당한 세 사람, 풍위와 정옥성, 그리고 사동승을 가리켰다.

풍위는 수하를 잃지는 않았지만 적이 천수강막 안으로 들어서는 것을 허용했다. 정옥성은 추적 중에 다섯을 잃었고, 사동승은 멀거니 서 있다가 여섯을 잃었다.

그때의 아픔을 이곳에서 여한없이 풀어보라는 거다.

세 사람도 조용히 사라졌다.

쐐엑! 쉬익

"크윽……."

"헉!"

검풍은 미약했다. 신음은 나직했다.

선공으로 내려보낸 이십여 명이 계곡을 휩쓸고 있어도 환희교에서는 누구 한 사람 나와보지 않았다.

"적이…… 컥!"

드디어 고함이 터졌다.

누군가 소피 보러 나왔다가 용검대를 목격한 모양이다.

쐐엑! 차앙! 차차차차창!

사내들이 부랴부랴 병기를 들고 나섰다.

열락에 들떴던 몸, 여체에 파묻혀 있던 몸…….

원한에 이를 가는 사람들, 살기를 번뜩이는 눈동자…….

정랑들은 상대를 몰라도 너무 몰랐다. 또한 싸움에 대비하지도 않았다.

싸움은 순식간에 끝났다.

정통 무인들이 뒷골목에서 주먹이나 휘두르는 파락호들과
싸우는 격이었다. 더군다나 온전한 상대도 아니고 환락에 취
한 상태였다면 눈 감고 검을 휘둘러도 이긴다.

"끝났군."

상관외가 조용해진 계곡을 내려다보며 말했다.

"한 사람…… 한 사람만 더 살려주세요."

"……?"

"형당에 있을 때 친하게 지낸 동무가 있어요. 살리고 싶은데
요."

"후후후! 이건 순전히 궁금해서 묻는 건데. 여자끼리 그걸
해도 사내 역할을 맡는 사람이 있나?"

"우린……."

"됐어. 어쩐지 대답을 들으면 귀가 더러워질 것 같으니 듣지
않도록 하지."

상관외는 일부러 모욕할 트집거리를 잡는 것 같았다.

서화는 침착했다. 흔들림을 보이지 않았다.

애써서 마음을 다잡은 것은 아니다. 그녀의 마음은 차디차
게 얼어붙어서 모욕인지 아닌지 구분하지도 못했다. 자시에게
던진 말이 분명하지만 모욕으로 여겨지지 않는 것을 어쩌랴.

그녀는 오직 루검비를 죽일 생각에만 골몰했다.

"교주를 생포했습니다. 상한 데는 없습니다."

후광운의 수하가 달려와 보고했다.

"사내가 스물일곱, 계집이 서른둘. 생포자 현황입니다."

풍위의 수하가 와서 말했다.

이때는 서화도 어깨를 움찔거렸다.

환희교에는 이보다 훨씬 많은 사람이 있다. 정랑의 수만 해도 네 배는 넘고, 화녀도 백 명은 넘어선다. 그런데 모두들 어디 가고 쉰아홉 명만 잡혔단 말인가.

계곡에 피가 흐른다. 눈 위를 시신이 덮었다.

"데려갈 필요 없잖아. 모두 죽여."

상관외는 장난이라도 하듯 쉽게 말했다.

지난 십 년 동안 교주는 많이 늙었다. 하기는 그녀도 이제 쉰을 넘어선 나이이니 늙지 않을 수 없다. 오히려 나이를 생각하면 동안이라고 할 수 있다.

"대…… 단하군."

교주를 본 상관외의 첫마디였다.

뭐가 대단하다는 걸까? 미모? 그렇다면 맞는 말이다. 교주는 누구나 탐내는 미색이다. 미모가 아니라 색기(色氣)를 말하는 걸까? 맞다. 교주의 몸은 풍요로움의 상징이다.

"잘 모셔라."

환희교 여인들을 창기나 다름없게 생각하던 상관외였는데…… 교주를 대하는 어투가 달라졌다.

서화는 계곡을 따라 걸었다.

그녀 앞에 많은 시신이 놓여졌다.

혈우광도와 모종의 관계를 유지하던 은화가 싸늘한 시신이 되어 드리누웠다.

사화도 죽었다. 상관외에게 딱 하나의 부탁을 했건만 들어주지 않았다. 죽었다.

안면있는 사람들이 많이 죽었다.

그중 제일 안타까운 죽음은 단연 부두화다.

친언니 같은 분이었다. 특이한 성정을 이해하고 되도록 마음을 가볍게 해주려고 애쓰셨다.

돌아올 수 없는 길로 떠났다.

아는 사람들이 죽어 있는 모습을 본다는 것은 정말 못할 짓이다. 하지만 자청해서 나섰다. 자신을 내친 사람들의 말로를 두 눈으로 목도하고 싶었다.

환희교에 바친 청춘, 고독했던 세월들…… 모든 것을 죽은 지들의 모습으로 보상받고 싶었다.

그중에서도 특히 죽여야 할 자들이 있다.

교주로 하여금 절실하게 수문장을 원하게 만든 자들이다. 그들만 아니었어도 교주는 수문장을 생각하지 않았을 게다. 그렇다면 환희밀공을 일깨울 필요도 없었을 것이고, 자신이 십 년이란 세월을 산속에서 지낼 필요도 없었으리라.

칠절신군, 면도, 혈우광도…… 그 세 놈!

그들의 시신이 없다.

계곡을 위에서 아래로 훑고, 아래에서 위로 다시 훑었건만 그들이 보이지 않는다.

또 한 사람, 흑화녀도 보이지 않는다.

면도와 죽이 맞아서 항상 붙어다니던 새까만 년.

"네 명이 보이지 않아요."

지난 십 년 동안 새로 들어온 사람도 있고, 나간 사람도 있다.

솔직히 이들 중에 몇 명이나 빠져나갔는지 모른다. 죽어 있는 사람들이 전부라고도 할 수 없다.

"그놈들?"

혈겁을 주도한 정옥성이 말했다.

"네. 어떻게 그들을 놓칠 수 있죠?"

"후후후! 이곳에서는 벗어날 수 있어도 용검대 손에서는 못 벗어나. 멸겁(滅劫)을 할 때는 항상 빠져나가는 쥐새끼가 있지. 우린 쥐구멍을 잘 알아."

이곳까지 오지 않은 사람들이 있다. 올빼미 소리와 함께 남겨진 무인들이 있다.

그들은 계곡을 넓게 포위했다.

누구든 빠져나가는 사람이 있으면 집중 공격을 당할 게다.

'아! 그 애!'

서화는 또 한 사람이 빠져 있는 걸 알아냈다.

교주의 심부름을 하던 시녀이지만 무척 총명해서 교주가 직접 교리를 가르치던 아이다.

그 아이는 무공도 배웠다. 깊지는 않지만 항상 병기를 가지고 놀아서 인상이 깊다.

아! 그 아이…… 전쟁터에서 루검비를 찾기도 했다.

그 아이가 보이지 않는다.

서화는 공령지(孔令芝)도 없다는 사실을 말할까 하다가 그만두었다.

어차피 모두 잡힐 몸들이다.

서화의 예측은 틀렸다.

정옥성의 자신감도 무너졌다.

혈겁을 피한 네 사람, 아니, 다섯 명은 용검대의 포위망에 걸려들지 않았다.

사흘이 지나고 나흘이 가도…… 멀리 퍼져 있던 용검대 무인들이 사방을 뒤지며 포위망을 좁혀왔어도 그림자조차 찾지 못했다.

"명이 긴 놈들이군. 언젠가 만나겠지."

상관외가 담담하게 말했다.

그는 올 때와는 다르게 서둘지 않았다. 교주와 함께 있는 게 즐겁기까지 한 듯했다.

지난 나흘간, 그는 교주와 한 침상을 썼다.

교주로부터 환희교의 교리를 들었다. 그리고 교주가 직접 보여주는 몸의 소리를 들었다.

사내의 쾌락을 위해 일심으로 봉양하는 여인을 본 적이 있는가.

돈을 원하는 게 아니다. 사랑을 갈구하지도 않는다. 어떠한 부담을 가질 필요도 없다. 오직 즐거워하면 된다. 최상의 쾌락을 느껴주면 대만족이다.

그런 여인을 봤나?

상관외에게 교주는 특이한 여인으로 부각되었다.

아무리 그래도 그와 교주는 연배 차이가 너무 난다. 나이로 따지면 거의 절반을 접어줘야 한다. 어머니뻘이라면 딱 맞을 게다.

그런데도 그는 교주가 울리는 몸의 소리를 거부하지 않았다.

"교주, 묻어주고 싶은 사람이 있나? 없으면 바로 철수하고."

그가 교주를 쳐다보며 말했다.

2

졸졸졸……!

얼음 녹은 물이 작은 내를 이뤄 흐른다.

루검비는 두 손으로 물을 떠서 시원하게 들이켰다.

"카아!"

물맛이 너무 시원하다. 오장육부가 깨끗이 씻기는 것 같다. 혼탁해진 머리가 단숨에 맑아진다.

루검비는 산속 곳곳을 돌아다니며 여인상 백팔십 개를 수거해 한자리에 모았다.

지난겨울 동안 말벗이 되어준 고마운 친구들이다. 무공도 진일보시켜 주었고, 미처 깨닫지 못했던 부분들도 한층 더 좋게 수정시켜 주었다.

여인상을 깎자는 생각은 실전을 통해 얻었다.

기련산 산적들을 죽이면서 난생처음 잡아보는 낯선 손목에 움찔거린 적이 있다. 진정으로 환희밀공을 써야 하나 하는 생각에 손목을 놓고 물러설 뻔했다.

만약 산적이 철추를 쳐오지 않았다면 손목만 잡아보고는 물러섰을 게다.

서화를 안았을 때는 전혀 다른 감정을 느꼈다.

그때는 머릿속이 텅 비어서 아무 생각도 나지 않았다.

실전은 많을수록 좋다. 그렇다고 많은 사람을 죽일 수는 없는 노릇이니 생명이 없는 목각인형이 딱 제격이다.

"수고했다."

간단한 한마디와 함께 불을 놓았다.

여인상이 요란한 비명을 내지르며 불길에 휩감겼다.

타타탁! 타타타탁……!

불에 타는 소리가 타혈당할 때의 소리와 흡사하다.

이제 산을 떠날 차례다.

마지막으로 오른쪽 가슴을 툭툭 쳐봤다.

묵직한 것이 기분 좋게 만져진다.

세인들이 보면 도리질을 할 물건이지만 루검비에게는 세상으로 나갈 수 있게 해준 귀한 보물이다.

품에는 작은 주머니가 들어 있고, 주머니 속에는 자신이 직접 만든 독단(毒丹)이 들어 있다.

엄밀히 말하면, 사람을 죽이지 못하니 독단이라고는 할 수 없다.

그저 쓸데없는 약초들을 혼합하여 단환으로 만든 것에 불과하다.

유일한 특징이라면 혀끝에 대기만 해도 정신이 번쩍 날 만큼 쓴 맛이 강하다는 것.

써도 보통 쓴 게 아니다. 장담하건대, 보통 사람이 맛을 보면 족히 칠 주야는 미각(味覺)을 잃어버릴 게다.

인법과 지법을 겪으며 쌓아놓은 인내심이 있다. 그것으로 참을 수 없을 때는 보조제로 독단을 쓴다. 그래도 참기 힘들면 석도로 다리를 찌른다.

움직일 수 없는 놈은 아무것도 못한다.

루검비는 인내와 독단의 조합을 시험해 봤다.

여인상으로 환희밀공을 수련할 때마다 극한의 고통이 밀려왔다. 지법에서 겪었던 고통으로 천년한석이 없기 때문에 어쩔 수 없이 받아들여야만 했다.

한데 한 번 움을 트기 시작한 욕정은 고통이 가신 다음에도 식을 줄을 몰랐다. 식기는커녕 점점 더 커져서 당장에라도 산을 내려가 민가를 덮치고 싶었다.

그때 독단이 도움을 주었다.

송곳으로 머리를 콱콱 쑤셔대는 듯한 충격에 잠시나마 욕정을 잊을 수 있었다.

불길같이 치솟은 욕정이 '해소' 라는 방법 이외에 다른 방법으로 풀어진 것이다.

하나 그럼에도 참을 수 없을 때가 있다.

그때는 석도로 허벅지를 찔렀다. 사정없이 푹 찔러서 피가 철철 흐르게 만들었다. 다리가 너무 아파서 움직일 수 없을 지경이 되어야만 했으니까.

사람들이 사는 세상으로 내려가면 더 많은 유혹이 있을 것이다. 더 강한 살심이 피어날 것이다.

그렇다고 내려가지 않을 수도 없다.

전 같으면 깊은 산에 들어가 숨어 살 생각을 했겠지만 지금은 다르다. 피하지 않는다. 도주하지 않는다. 당당히 맞선다.

그는 혼자 몸이 아니었다.

자신에게는 금령이라는 낯선 여인의 한이 스며 있다. 수두화의 성신이 남겨 있다. 서회의 한이 회오리친다.

최소한 세 사람의 운명이 함께한다.

"가야지."

그는 미련없이 산을 내려갔다.

십 년이면 강산도 변한다.

세상은 어제 다르고 오늘 다르다.

서화와 함께 구경했던 세상과 그 혼자서 맞닥뜨린 세상은 전혀 달랐다.

우선 그는 돈이 없다. 길거리에 지천으로 깔린 먹을 것들이 모두 그림의 떡이다. 잠잘 곳도 없다. 산에서 생활할 때처럼 다리 밑이나 관제묘(關帝廟) 같은 곳을 찾아가야 두 발이라도 뻗을 수 있다.

한 가지 다행스러운 점은 건장한 체격 덕분에 시비를 걸어오는 파락호는 없다는 거다.

둘째로 지리를 모른다.

그가 아는 거라고는 자은사라는 세 마디뿐인데 도무지 어디로 해서 어떻게 가야 할지 모르겠다.

사람에게 물어보면 되지 않겠느냐고?

백번 타당한 말이다. 길을 모르니 물어서 가야 한다. 한데 사람들 곁에 다가설 수가 없다.

사람들은 냄새를 풍긴다.

여자 냄새가 있고, 사내 냄새가 있다. 퀴퀴한 냄새가 풍기기도 하고, 시큼털털하기도 하지만 상큼한 냄새도 있다. 기분 좋은 향을 맡을 때는 자신도 모르게 그쪽으로 발길이 옮겨진다.

위험한 순간이다.

환희밀공이 꿈틀대기 때문이다. 욕정이 커지도록 조금만 더 놔두면 살인이 벌어질 게 자명하다.

기분 좋은 냄새다 싶을 때, 당장 물러서야 한다. '무슨 냄새가 이래?' 라는 생각이 들 때 황급히 빠져나와야 한다. 아무 냄새도 나지 않는 곳으로 피해야 한다.

그러다 보면 항상 사람이 없는 외진 길에 있기가 일쑤였다.

그는 사람이 다니지 않는 논둑길을 애용했다.

논에도 사람이 있다. 한 해 농사를 짓기 위해서 논을 갈고
물을 댄다. 그들 대부분은 남자이나 간혹 새참을 내온 여자가
눈에 띄기도 한다.

그럴 때면 눈이 반짝인다.

전에는 그렇지 않았는데 여인의 몸매에 눈이 돌아간다. 가
슴도 훔쳐보고, 엉덩이도 보고…….

이것 역시 위험신호다. 당장 자리를 떠야 한다. 고개를 돌리
는 정도로 됐다고 생각하면 큰 오산이다. 고개를 돌려도 여인
은 그곳에 있다. 또한 환희밀공은 그 점을 잘 안다. 환희밀공
이 아는 게 아니라 마음속의 악마가 아는 것이리라.

무슨 사단이 벌어질지 모른다.

'쯧! 병이야, 병.'

루검비의 자신의 증상을 병이라 단정했다.

환희밀공을 '빌어먹을 무공'이라고 말하기는 싫다. 수두화
가 온몸의 정혈을 내주고 죽어가면서까지 완성시켜 달라고 한
무공이다. 절대로 비하(卑下)시킬 수는 없다.

하니 자신의 육체를 비웃는다.

이런 건 병명이 뭘까? 나중에 유화를 만나면 물어봐야겠다.

모든 게 이 지경이니 가는 길이라도 빠를 리 없다.

'초열흘까지 갈 수 있을는지 모르겠네.'

가야 한다. 가서 잔화를 만나야 한다. 그렇지 않으면 다시
일 년을 기다려야 한다.

왜 매년마다 만나자고 했던고. 자은사에서 기다리라고 하면

되었을 것을.

그녀를 애타게 만나려는 목적은 환희교로 돌아가기 위해서다.

그는 환희교로 가는 길을 모른다. 환희교를 떠나올 때는 너무 어렸다. 세상 사람들이 환희교에 대해서 잘 안다면 모르겠거니와, 열 번을 물어보면 열 번 다 모른다는 대답만 한다.

환희교로 꼭 가야 하는 이유도 있다.

지난겨울 동안 환희밀공을 참오했지만 이상한 점을 찾지 못했다.

자신이 아니라 백년 면벽을 한 고승도 환희밀공을 수련하면 여색(女色)에 환장하는 살인마로 변한다.

루검비는 환희밀공을 단점을 보완할 수 있는 게 환희교에 있다고 믿었다.

바로 환희교의 진정한 교리다.

형당 화녀들이 알지 못하는, 오직 교주만이 알고 있는 교리가 있을 것이다. 성신을 불붙은 용처럼 일으키지 않고 점잖게 일으키는 방법이 있을 게다.

교주와 독대(獨對)해야 한다.

교리에서 얻는 게 없다고 해도 지금으로서는 기댈 수 있는 유일한 곳이다.

믿는 구석은 있다.

전대 수문장은 정상이었다고 한다. 화녀들을 보고도 발광하지 않았다고 들었다. 그녀들을 감싸주었지 음기를 빼앗거나 살인을 즐기지는 않았다.

그럼 정상적인 환희밀공도 있지 않은가.

교리다. 교리를 알아야 한다. 일반적인 교리가 아니라 교주에게만 전해지는 비밀 교리를 알아야 한다.

'서안(西安) 남쪽이라고 했겠다.'

깜깜한 밤에 등불도 없이 험한 절벽을 기어올라 가는 심정으로 서안을 찾았다.

그동안 산에서 가져온 독단은 절반이나 사용되었다.

석도는 휴대하기 편한 소도(小刀)로 바꿨다. 그리고 다섯 번이나 사용했다.

그는 심하게 다리를 절었다.

붕대로 꽁꽁 묶은 다리에서는 시뻘건 핏물이 배어 나왔다.

루김비는 앞을 보지 않기 위해 큰 방갓을 구해서 썼다.

솜을 구해서 코를 틀어막고 입으로 숨을 쉬었다.

환희밀공을 수련한 자가 세상에 섞여 살기란 참으로 어렵다.

덕분에 한 가지 깨달은 것은 있다.

오감(五感)을 차단하면 비교적 순탄하게 사람들과 섞일 수 있다.

시력을 차단하여 사람을 보지 않는다. 후각을 차단하여 냄새를 맡지 않는다. 청각을 차단하여 숨소리, 옷 갈아입는 소리, 깔깔거리는 교소(嬌笑)를 듣지 않는다.

촉감도 죽인다. 살과 살이 맞닿아도 아무런 느낌이 없을 것이다.

이런! 그럼 무인으로서의 생명은 끝난 게 아닌가. 누구든 죽이려고 마음만 먹으면 죽일 수 있지 않은가.

그렇다. 그만한 위험을 감수할 수 있느냐 없느냐가 오감 차단의 관건이 된다. 오감을 차단하고 사람들과 섞이는 것이 목숨을 걸 만한 가치가 있는 것일까?

중원무림에는 기이한 공부(功夫)가 많으니 오감을 차단하는 무공을 있을 것이다.

차차…… 수련한다.

그는 고개를 들어 엄청난 크기의 대안탑(大雁塔)을 쳐다봤다.

밑 부분이 큼지막한 법당에 가려졌는데도 위로 육 층이나 보인다.

이것이 현재의 자은사다. 절은 없고 오직 대안탑만 있다. 개원시(開院時)에는 천팔백구십칠 칸이나 되었다는 승방은 눈을 씻고 찾아봐도 보이지 않는다.

당대(唐代) 전란에 불타 버렸다고는 하지만 이토록 황량하게 변해 있을 줄은 몰랐다.

그래도 사람들은 대안탑을 많이 찾았다.

대안탑 앞에 세워진 법당에서 무엇인가를 연신 빌어댔다.

"잔화!"

그의 입에서 짧은 이름이 새어 나왔다.

사월 초열흘에서 닷새나 지난 보름이다. 초보름.

잔화는 이미 떠나고 없겠거니 생각했는데…… 그녀가 있다. 버드나무에 등을 기대고 서서 대안탑을 쳐다보고 있다.

루검비는 쩔룩거리며 그녀에게 다가갔다. 그때!

"음음! 음음음!"

잔화가 고개를 돌려서 그를 봤다. 그리고 다급하게 고개를 내저으며 뭔가를 호소했다.

"잔화, 왜……?"

"음음음음음……!"

말을 못한다. 혀가 없는 벙어리처럼 웅얼대기만 한다.

'함정!'

불길한 예감은 정확히 들어맞았다.

차앙!

어디선가 낭랑한 검명(劍鳴)이 울렸다.

쒜엑! 패애앵! 파앙!

머리 위, 발 밑, 왼쪽, 오른쪽…… 루검비와 수십 개의 검은 사전에 연습이라도 한 것처럼 손발이 잘 맞았다. 아니, 그렇게 보였다. 미리 짜고 싸움 연습을 하는 것처럼.

검이 흐름과 동시에 루검비는 신형을 띄웠다. 하면 검광은 간발의 차이로 허공을 흐른다.

루검비는 모든 공격에 대응하지 않고 피하기만 했다.

지금은 싸울 때가 아니다. 잔화부터 구해야 한다. 이때를 놓치면 잔화를 구할 길은 영영 없어진다.

검 하나가 부챗살처럼 펴지며 열 개로 늘어나는 순간에 이들의 정체를 알아챘다.

용검대다.

이들의 무공이 어느 정도인지는 한 번 붙어봤으니 잘 안다. 천수강막을 펼치기 전이라면 빠져나갈 구멍이 있지만, 검진(劍陣)이 형성된 후에는 상당히 곤란해진다.

잔화를 구해야 하나, 말아야 하나.

잠깐 동안 망설였다.

용검대는 한두 명만 온 게 아니다. 당장 눈앞에서 검을 쳐내는 자는 몇 명 되지 않지만 눈에 보이지 않는다고 오지 않은 게 아니다. 다른 자들은 포위망을 구축하고 있다.

잔화를 구하는 게 빠르냐, 포위망을 구축하는 게 빠르냐에 따라서 목숨이 좌우될 터였다.

루검비는 모든 검공을 피해내며 앞으로 치달렸다.

쒜엑! 쒜에엑!

수십 개의 검이 옷자락을 베어내며 스쳐 갔다.

용검대는 더 이상 공격하지 않았다.

포위망이 구축되었다는 뜻이다. 검을 날렸던 무인들도 천수강막의 일원이 되기 위해 자기 자리로 돌아갔다.

그동안 루검비는 잔화 앞에 이를 수 있었다.

"음음……! 음음음……!"

잔화는 벙어리 울음소리를 냈다.

그녀의 입을 벌려보자…… 없다. 혀가 없다.

잔화가 눈물을 주르륵 흘렸다. 애잔한 눈빛으로 무엇인가를 계속 말했다.

"많이 상했습니다."

루검비는 잔화의 얼굴을 쓰다듬었다.

잔화의 몸은 엉망진창이었다. 두 다리의 족근(足根)이 잘려서 걸을 수가 없다. 그녀가 버드나무에 기대어 있는 것은 두 발을 묶어놨기 때문이다.

완맥도 끊겼다.

사지를 절단한 것이나 마찬가지다.

그녀는 깨끗한 옷을 입고 있다. 하나 옷 속에는 누런 고름이 줄줄 흘러나온다. 온몸에 피딱지가 앉았고, 뼈가 부러진 곳도 한두 군데가 아니다.

고문을 그렇게 많이 당해봤는데 고문당한 사람을 알아보지 못할 리 없다.

"환희밀공을 거의 완성했어요."

잔화의 눈에 기쁨이 너울졌다.

"교주님을 만나면 나머지 부분도 완성될 겁니다."

잔화가 고개를 끄덕였다. '그럼, 그래야지' 하고 말하는 듯했다.

"환희교…… 환희교가 어디 있는지 모르겠어요."

절망이 엄습한다.

환희교로 길을 인도해 줄 잔화가 이 모양이 되었으니 이제 누가 길을 인도할 것인가.

잔화가 고개를 옆으로 돌리며 턱짓을 했다.

턱끝을 따라가자, 한 여인의 보였다.

"서화?"

"음음! 음음음음······!"

"그렇군요. 이 모든 것이 서화가 저를 죽이기 위해서······ 그래도 잔화까지 이렇게······ 휴우! 잔화, 이곳에 올 수밖에 없었던 것 이해해요. 잔화, 잔화는 절 배반한 게 아네요."

잔화가 무슨 심정인지 모른다. 어떤 말을 하고 싶은지도 모른다. 하나 역지사지(易地思之)로 잔화 입장이 되어서 생각할 때 자신에 대해 진한 죄책감을 느낄 것 같다.

용검대를 이끌고 왔으니까.

루검비는 죄책감을 풀어주기 위해 애썼다.

누구보다도 고문을 잘 안다. 고문 앞에서는 어떤 말이든 내뱉을 수밖에 없다는 것을 안다. 고문을 해본 사람이라고 고문을 잘 이겨내는 건 아니다.

잔화도 참았을 게다. 이를 악물고 버텼을 게다.

"음음······ 음음음!"

잔화가 벙어리울음과 함께 턱짓을 했다.

빨리 가라. 놈들이 오기 전에 빨리 도망가라.

루검비의 귀에는 잔화의 음성이 들렸다. 너무도 생생하게, 또렷하게 들렸다.

"알았어요. 갈게요."

잔화의 얼굴에 웃음이 흘렀다.

루검비는 마지막으로 두 손을 활짝 벌려 잔화를 안았다.

타탓! 타타타타탓!

부드러운 손길이 잔화의 등을 훑었다. 살며시 쓰다듬으면서 다정함을 표시했다. 그런데,

"흑!"

잔화가 벼락이라도 맞은 것처럼 헛바람을 토해내며 고개를 번쩍 쳐들었다.

무척 놀란 표정이다.

"수룡이 철주(鐵柱)를 타고 심궁(心宮)에 드니 온 천하의 평화로움은 모두 모여 있네."

잔화의 얼굴에 홍조가 어렸다.

들뜬 표정이다.

"입에 문 여의주를 놓고 한숨 자고 일어나리니."

"후욱!"

잔화가 밝게, 아주 밝게 웃으며 고개를 푹 떨궜다.

3

루검비는 잔화를 놓아주었다.

그녀는 살아도 산목숨이 아니다. 사지를 쓰지 못한다고 해서 죽인 게 아니다. 상처가 그것뿐이라면 얼마든지 수족이 되어 시중을 들어줄 용의가 있다.

그녀의 생명은 바람 앞에 등불이었다.

내장이 조각조각 끊어져서 그녀 자신도 죽음이 멀지 않았음을 알고 있었다.

루검비는 환희밀공을 이용하여 선화신공을 운용시켰다.

그녀의 몸에 침투한 화룡이 잠자는 수룡을 일깨웠다. 선화신공의 구결에 따라서 척추를 타고 올라가 심궁으로 들어섰다.

생각은 맞았다. 잔화는 평화로움을 느꼈다. 익숙한 길로 익숙한 진기가 흘러들었으니 운공조식(運功調息)을 막 끝냈을 때처럼 상쾌했으리라.

그러면서 화룡의 기운이 은은하게 추파를 던졌다.

사내의 체취가 진하게 풍겼으리라. 억센 팔이 허리를 꽉 껴안을 때처럼 지극한 쾌감을 느꼈으리라.

그녀는 환락사(歡樂死)했다.

최상의 쾌감을 맛보며 숨을 거뒀다.

지난가을까지는 고통으로 가득한 죽음만 이끌어냈다. 하나 이번 겨울, 뼈를 깎는 수련을 하면서 여러 가지 수법을 찾아냈다.

즐거움 속에 죽이는 것도 그중 하나다.

루검비는 그녀의 음기를 취했다. 조금도 망설이지 않고 마지막 한 방울까지 받아들였다.

이제 그녀의 성신은 자신의 몸으로 옮겨왔다.

금령, 서화, 수두화에 이어 잔화라는 여인이 뼛속에 각인되었다.

그녀들의 삶까지 모두 살아줘야 한다.

생기는 곧 그녀의 삶이다.

죽음만 안기는 것보다 그녀의 삶을 이어받아 주는 것이 훨씬 낫지 않은가.

"후읍!"

큰 숨을 들이켰다.

수룡이 화룡과 어울려 전신을 휘돌다가 단전으로 스며들었다.

기운이 충만해진다. 절룩거릴 정도로 허벅지가 많이 아팠는데 통증을 거의 느끼지 못하겠다.

잔화의 음기는 아주 강했다.

"좋아. 와라!"

그는 허벅지를 찌르던 소도를 꺼내 움켜잡았다.

빠져나갈 구멍은 없다. 용검대의 포위망이 완벽하게 갖춰진 후인지라 죽기 아니면 살기로 부딪쳐야 한다.

"정말 말이 안 나오는 놈이군. 저를 지켜주던 여자까지. 루검비, 하나 물어보자. 저 여자, 어떻게 저런 표정으로 죽은 거야? 죽음을 반기는 여자처럼 보이잖나."

훤칠한 키에 딱 부러진 몸, 단정한 이목구비.

어느 한 군데 나무랄 데 없는 미공자, 상관외가 말했다.

"당해보면 알아."

"후후후! 건방진 놈! 풍위!"

말이 떨어지기 무섭게 열 명의 무인이 앞으로 쑥 나섰다.

쒜에엑! 쒜에에엑!

검광은 신형보다 더 빨랐다. 사람이 튀어나오나 싶은 순간에 백여 가닥의 검광은 전신을 난자했다.

루검비는 상체를 빳빳이 세운 채 한쪽 무릎을 꿇고 두 손을 수평으로 들어 올렸다.

휘동미파(揮動尾巴)!

살랑대는 엉덩이를 어루만지는 모습이다. 단순히 만지는 것만은 아니다. 꿇었던 다리를 두 다리 사이로 밀어 넣으면 합궁에 도달할 수 있다.

지법 스물한 번째 자세다.

쒜에엑!

검광은 루검비를 거침없이 휩쓸어왔다.

그들에게 루검비의 모습은 두 무릎을 꿇고 제발 살려달라며 애걸복걸하는 사람들과 다름없어 보였다. 루검비의 자세에서는 어떤 공방도 펼치지 못한다. 들어오는 검을 고스란히 맞아야 한다.

수십 개의 검이 루검비의 상반신을 격타하려는 순간, 루검비는 한 발을 쭉 밀어 넣었다.

앞에 여인이 등을 돌린 채 엉거주춤 앉아 있다면 영락없이 합궁에 이를 것이다.

루검비의 돌연한 행동은 아무런 영향도 끼치지 못했다. 다만 정면에서 달려들던 자가 잠시 주춤한 정도다. 루검비의 상반신이 한 치쯤 낮아졌기 때문이다.

　그 순간, 루검비의 신형이 튕기듯 솟구치며 앞을 향해 득달같이 달려들었다. 그리고 어느새 정면 공격자의 옆에 나란히 서서 손목까지 움켜쥐었다.

　그는 찰나 만에 수십 개의 검광 사이를 누볐다. 손목의 움직임만으로 수만 개의 변화를 그려내는 천수검법인데, 루검비의 움직임은 까딱이는 손목 변화보다도 빨랐다.

　루검비의 입가에 메마른 웃음이 걸렸다.

　웃기 싫은데 억지로 웃는 사람처럼 쓰디쓰게 일그러진 웃음이다.

　다른 한 손이 들려지더니 무인의 앞가슴을 쓰다듬었다.

　"아아아아악!"

　처절한 비명이 울렸다.

　잔화의 죽음과 무인의 죽음은 전혀 달랐다. 그는 오공으로 피를 철철 흘리며 꼬꾸라졌다.

　쒜엑! 쒜에에엑!

　검광 아홉 개가 루검비의 전신에 쏟아졌다.

　루검비는 피하지 않았다. 손아귀에 잡힌 자가 완전히 절명할 때까지 가슴을 아래로 위로 계속 쓰다듬었다.

　퍼퍼퍼퍽!

　루검비는 순식간에 혈인(血人)이 되었다.

　한 사람이 죽고, 검광이 휩쓸고 지나가고…… 모든 일이 찰나 만에 이루어졌다.

"후후후!"

루검비는 짐승처럼 울부짖었다.

그의 두 눈은 굶주린 늑대처럼 새빨갛다. 그런 눈동자가 빨간 선혈로 범벅이 된 전신과 잘 어울린다.

스스슷!

이번에는 루검비 차례다. 구검(九劍)을 받아줬으니 그쪽에서도 한 명 정도는 양보해야 하지 않겠나.

사내가 보인다.

그는 만족스런 웃음을 짓고 있다.

누가 봐도 루검비의 모습은 더 이상 싸움을 못할 만큼 치명적이다. 하니 웃음을 지을 만하다.

그의 기(氣)는 약하다. 살아 있는 아홉 명 중에서 제일 약하다.

쒜엑! 사사사사삿!

갈고리처럼 억센 손아귀가 그의 어깨를 움켜잡았다. 그리고 다른 한 손은 사랑스런 여인의 뺨을 어루만지듯 얼굴을 쓰다듬었다.

승읍(承泣), 사백(四白), 거료(巨髎), 지창(地倉)…….

안면에 있는 혈(穴)이 톡톡 튀었다.

"엇! 아악! 아아아악!

그의 비명 소리는 처절했다. 듣는 사람이 섬뜩할 정도로 온갖 고통이 스며 나왔다.

이번 죽음은 먼저 무인과는 완전히 다르다.

처절하게 죽어간 것은 맞지만 눈동자가 급격히 회색으로 변했다.

"저놈! 흡정이닷!"

풍위가 고함을 지르며 달려들었다.

루검비는 그를 상대하지 않았다.

그는 강하다. 자신이 감당할 수 없을 정도로 강하다. 살만 잡을 수 있다면 자신이 유리하지만 그전에 목이 날아갈 게다.

루검비를 풍위를 피하면서 다른 무인을 노렸다.

남은 여덟 명 중에서 가장 양기가 약하게 흐르는 자.

느껴진다. 분명히 어젯밤에 색(色)을 과하게 즐겼거나 몸이 이겨내지 못할 만큼 만취했을 것이다.

"이놈이!"

그는 달려드는 루검비를 향해 천수검법을 쏘아냈다.

퍽! 퍽퍽!

처음 일검과 이검, 삼검까지 먹혀들었다. 하나 불행히도 그는 목을 잡히고 말았다.

스스스슷!

그의 눈동자도 짙은 회색빛이 되면서 위로 올라갔다.

"후후후! 후후후후!"

루검비는 괴물이 되었다. 인성(人性)이라고는 눈을 씻고 찾아봐도 찾을 수 없었다. 그의 입에서 새어 나오는 괴소(怪笑)를 듣다 보면 피가 연상되었다.

무인이 죽어가며 검을 떨어뜨렸다. 루검비는 떨어지는 검을 낚아채며 몸을 홱 돌렸다.

하늘 가득히 별빛이 쏟아진다. 수십수백 개의 화살이 자신에게 집중된다. 정확히 칠십 개의 면검이 환상적인 검무(劍舞)를 그려낸다.

쒜엑!

그는 사내의 검으로 마주쳐 갔다.

상관세가의 검은 독특하다. 쓸 줄 아는 사람이 쓰면 천하기병이지만 모르는 사람이 쓰면 일 초조차 제대로 뻗어내지 못한다. 하물며 루검비는 검법을 수련한 적이 없었다.

까앙! 까앙! 깡깡깡……!

검과 검이 부딪쳤다. 그리고 얼음끼리 부딪친 듯 수십 개의 파편 쪼가리들이 사방으로 비산한다.

"크윽!"

"커억!"

서너 명이 파편을 피하지 못해 피를 흘리며 물러섰다.

루검비는 많은 검을 받아냈다.

놀라운 일은 그 순간에 벌어졌다. 상대는 일곱 명, 천수강법을 제대로 펼쳤기에 검은 칠십 개다. 루검비는 혼자다. 검도 하나다. 면검이 열 개나 달려 있지만 풀어내지 못한다. 검법도 모른다.

한데 천수검법을 받아냈다. 단지 빠른 속도만으로 변화막측한 검법을 막아냈다.

더욱 놀라운 것은 접전의 결과다. 정통 무인들의 검이 풋내기의 검에 깨져 나갔다. 보검에도 잘려지지 않는 면검인데 루검비와 부딪치자 유리 조각처럼 깨져 버렸다.

엄청난 내력이다.

하나 루검비의 행운은 거기까지다.

검편을 피해 안으로 파고든 풍위의 천수검법이 전신을 난타했다.

쒜에엑! 퍼퍼퍼퍽……!

"곰 사냥을 보는 것 같군."

상관외가 씩 웃었다.

루검비의 신력(神力)에는 박수를 쳐주고 싶다.

더욱 감탄스러운 것은 흡정대법이다. 한 명을 죽였을 때와 두 명을 죽였을 때가 다르다. 수하들이 죽으면 죽을수록 그는 강해진다.

마치 힘으로는 상대할 수 없는 불곰을 보는 듯하다.

풍위가 없었다면 어땠을까? 불문가지(不問可知), 수하들 아홉 명만 나섰다면 전멸이다.

흡정대법을 시전하는 모습도 감탄스럽다.

루검비에게 죽은 무인들은 만만치 않다. 바짝 붙어서 싸울 것인지 떨어져서 싸울 것인지 정도는 자유자재로 조절할 수 있다.

그런데 루검비에게는 장난처럼 당했다. 두 눈을 빤히 뜨고 있으면서 다가오는 자를 막지 못했다. 뿐만 아니라 몸에 상대의 손이 닿게까지 만들었다.

손이 아니라 검이었다고 생각하면 결과는 더욱 자명하다.

두 명은 손목이 잘렸고, 다른 한 명은 목이 베였다.

루검비의 신법은 상당히 독특하고 빠르다. 검권(劍圈) 안으로 파고들면 도저히 막을 수 없다.

한데 루검비는 모순되게도 그만한 신법을 지녔으면서 검을 사용하지 못한다. 검이 아니라면 다른 병기라도 써야 하는데 오로지 진기를 빨아먹는 것밖에 할 줄 모른다.

이상한 놈과 싸웠다.

"이번에는 놓칠 일 없겠지?"

사동승을 보며 말했다.

잡기는 풍위가 잡았지만 호송은 예전처럼 사동승에게 맡겼다.

이것이 그의 방식이다. 실패한 일을 또 한 번 시킴으로써 스스로 만회케 한다.

"걱정 마십시오!"

사동승이 자신있게 말했다.

'죽여야 해. 루검비……'

서화는 살기 띤 눈초리로 루검비를 쏘아봤다.

그는 기식(氣息)이 엄연하다. 언제 숨이 끊어질지 모른다. 겉으로 봐서는 지금 당장 장례를 준비하는 게 나을 것 같다.

어떻게 루검비는 용검대에 잡힐 때마다 저런 꼴이 되는 것일까?

무공이 약하다는 결론밖에 되지 않는다.

천하제일 환희밀공이라면서 상관세가 가주가 나선 것도 아니고 용검대주에게 당한 것도 아니다. 용검대주보다 한 수 아래인 열 명의 교두, 그중에서도 한 명에게 잡히고 말았다.

환희밀공은 그 정도로 약한 무공이다.

한데 불안하다. 한겨울을 못 봤을 뿐인데, 루검비는 몰라보게 달라졌다.

잔화를 미련없이 죽였다.

예전의 그라면 그러지 못했다. 그토록 모진 일을 당하면서도 인정을 가슴에 품고 살았었다.

잔화가 웃으면서 죽어갈 때는 소름이 쭉 끼쳤다.

전혀 새로운 방법이다. 획기적인 죽음이다.

다른 사람은 눈치채지 못했지만 서화는 잔화의 표정이 의미하는 바를 안다.

쾌락이다. 절정을 느낀 여자의 표정이다. 육신을 잊고 하늘로 붕 떠오를 때의 환희다.

음기가 빨려 죽는데 어떻게 그런 표정을 지을 수 있을까.

루검비는 시간이 지날수록 변한다. 그러니 또 다른 사단이 나기 전에 죽여 없애야 한다.

서화는 검을 움켜잡았다.

그때, 누군가가 그녀의 어깨를 지긋이 짓눌렀다.

"살기가 지나쳐."

"놔줘요."
"본가로 가면 죽을 놈이야. 만인이 보는 앞에서 효수(梟首)
당할 놈이라고."
"명이 긴 놈이에요. 지금 죽여야 해요."
"말귀를 못 알아듣는군. 저놈은 금령 소저를 죽인 놈이야.
다시 말하면 상관세가의 얼굴에 먹칠을 한 놈이라고. 그렇기
때문에 놈이 지은 죄를 만천하에 공표한 후, 만인이 보는 앞에
서 처리해야 해."
"……"
"걱정 마. 어떤 일이 있어도 살지 못해."
정옥성이 손에서 힘을 빼며, 어깨를 다독거렸다.

상관외는 마차에 오르기 전, 잠시 머뭇거렸다.
교주라는 여자는 기이한 힘을 지녔다. 어찌 된 것이 그녀만
쳐다보면 정신없이 빨려 들어간다. 그러다 앗차! 하고 정신을
차려보면 어느새 알몸이다.
더욱 비참한 것은 그런 게 싫지 않다는 거다.
가볍게 생각했다. 이놈 저놈 껴안는 계집 아닌가. 사창가에
서 돈 주고 여자를 산다 생각하면 되지 않겠나. 더럽긴 하지만
얼굴과 몸매는 가히 우물(尤物)이니.
일은 그때부터 벌어졌다.
그녀의 살 냄새에서 벗어나지 못하겠다. 술에 중독된 주정
뱅이처럼 여체에 중독되었다. 벗어나야 한다는 생각은 드는데

그러면서도 약간만 멀어지면 허전하다.

수많은 여인을 품어봤지만 이런 거지 같은 경우는 없었다.

사랑? 웃기는 소리. 나이가 배나 많은 여자를 사랑할 만큼 정신없지는 않다. 이놈 저놈 껴안은 계집을 내 여자라면서 군웅들 앞에 내세울 미친놈이 어디 있는가.

야망을 위해 금령까지도 멀리했던 몸이다. 철저한 계산이라면 언제든 자신있다.

그럼 뭔가, 이런 거지 같은 경우는.

그녀는 집에서 기르는 개처럼 막 대해도 상관없어 한다. 인격 모독이나 자존심 같은 것은 애당초 태어날 때부터 없었지 않나 싶다. 살아가는 목적이 오직 사내가 즐거워하는 모습을 보는 것이니 도대체 머릿속이 어떻게 생겨먹은 여자일까.

백치나 푼수라면 모자라니 그렇다고 하지만 정사를 나누지 않을 때는 고고히고 정숙하기 이를 데 없으며, 학문도 꽤 깊은 듯하니 어떻게 해석할까.

그는 마차 문을 밀치고 안으로 올라탔다.

교주는 다소곳이 앉아 있었다.

마혈이 제압된 것도 아니고 약을 먹인 것도 아닌데, 옷매무시 하나 흐트러뜨리지 않고 단정히 앉아 있다.

"저놈 이름이 루검비라고 했지? 잔화를 죽이더군, 채음보양으로."

"봤네."

교주는 관세음보살처럼 자애스런 미소를 지었다.

어떤 일도 그녀의 얼굴을 찡그리게 할 수는 없을 것 같았다.

'웃기는 여자야.'

참으로 특이한 여자, 두고두고 살펴볼 가치는 있는 것 같다.

"우리 애들, 잡아먹는 것도 봤고?"

"……."

"저놈…… 저번에도 죽을 뻔하다가 살아났는데, 이번에는 어떨지 모르겠어. 겁을 심하게 맞았거든. 내 생각에는 죽을 것 같은데. 교주, 당신이 믿는 신에게 살려달라고 해보지?"

"저 아이…… 묻어주고 가면 안 될까?"

교주는 버드나무에 축 늘어져 있는 잔화를 쳐다보며 말했다.

"까요. 안 될까요. 어른한테는 존대를 써야지?"

"묻어주고 가면 안 될까요?"

제길! 또 이렇다. 싫은 말을 들으면 인상이라도 찡그려야 하는데 고분고분 말을 듣는다.

"광운! 잔화를 묻어주고 와!"

상관외가 신경질적으로 말했다.

후광운과 아홉 명의 무인이 뒤떨어졌다.

"음성에 화(火)가 심어져 있군요. 일도 바라는 대로 되었고…… 기분 풀어요."

교주가 상관외를 쳐다보며 말했다.

"……."

이번에는 상관외가 침묵했다.

교주의 다음 행동을 안다. 물리쳐야 한다. 더러운 수작이다.
한데 기대된다.

"흐음!"

교주가 달짝지근한 비음을 토했다. 끈끈한 눈길을 보내왔
다. 그리고 조금도 망설임없이 그의 발밑에 무릎을 꿇고 앉았
다.

뜨거운 정사는 언제나 이렇게 시작된다.

이 여자, 도대체 머릿속에 뭐가 들었나. 어떻게 틈만 보이면
정사로 유도할까. 울적하고, 화나고, 무료하고…… 즐겁지 않
은 모든 감정을 정사로 해결하려는 발상은 어디서 나온 것일
까.

살기 위해서 이러는 것일까? 죽음이 두려워서? 할 줄 아는
게 정사밖에 없어서?

'내가 뭐가에 홀렸지. 이런 여자와…… 으음!'

"자아…… 긴장을 푸세요."

교주의 몸이 문어처럼 찰싹 달라붙었다.

第十四章
탈정(奪情)

환희밀공

1

백초원은 금령의 죽음을 슬퍼할 겨를도 없었다.

금령 휘하였던 의원 스물일곱 명은 상관세가에서 가장 은밀한 가산(假山), 통천동(通天洞)으로 이동되었다. 평소 상관세가 사람들이 폐관수련(閉關修練)을 하던 곳이다.

"너희는 통천동에서 벗어나지 못한다. 한 발짝이라도 나가려 하면 사정없이 목을 벨 것이다."

금족령(禁足令)이 떨어졌다.

"급히 봐야 할 환자가 있는데요?"

"백초원은 당분간 문 닫는다. 환자는 다른 의원으로 인계하고 있으니 신경 쓸 것 없다."

"집에 연락이라도……."

"연락 같은 건 해준다. 지금부터 이 통천동 바깥세상의 일은 신경 쓰지 마라. 통천동 안의 일만 신경 써라."

"……?"

"열어라!"

대기하고 있던 무인들이 목관(木棺) 뚜껑을 열었다.

안에는 시체 네 구가 들어 있었다. 스물일곱 명 중 시검(屍檢)을 담당하는 두 명은 전에 봤던 시신들이다.

루검비에게 죽은 네 명이다.

"이 시신의 비밀을 풀어라."

"……?"

"어떤 연유로 이리됐는지, 진기가 어떤 경로를 통해 빠져나갔는지, 마른 장작처럼 바짝 마른 원인이 무엇인지. 낱낱이 밝혀내라. 이 시신의 비밀이 밝혀질 때 너희는 통천동 밖으로 나갈 수 있을 것이다."

"그럼…… 저희가 밝혀내지 못하면……?"

"세상에 의원은 많다. 백초원을 채울 의원 정도는 금방 찾을 수 있겠지."

의원들의 얼굴이 새파랗게 질렸다.

사내들은 붉은 무복을 입고 있으며, 양쪽 허리에 하나씩 두 자루의 검을 차고 있다.

검수(劍首)부터 검격(劍格)까지는 붉은색이며, 검집은 검은색에 붉은 줄이 길게 그어져 있다. 목관 뚜껑을 연 무인은 한 줄이다. 그들에게 엄포를 놓고 있는 무인은 두 줄이다.

평소에는 모습조차 비치지 않는 홍의랑(紅衣狼)이다.

상관가주의 직속으로, 오직 가주의 명만 받는다.

이들을 부릴 수 있는 자는 가주뿐이다. 그럼 무인이 시킨 이일도 가주의 뜻이리라. 시신의 비밀을 밝혀내지 못하면 통천동 밖으로 나갈 수 없다는 말도 사실일 게다.

검집에 붉은 줄이 두 줄이면 그야말로 일인지하(一人之下)인 홍의랑주, 그가 직접 나섰다.

의원들은 침만 꼴깍 삼켰다.

"필요한 게 있으면 종이에 적어서 문밖으로 내밀어라. 다시 말하지만 절대 밖으로 나올 생각은 하지 마라. 목숨은 하나뿐이니."

그 시각, 상관가주 상관기(上官麒)는 당대 제일신의라는 무류 왕신파와 찻잔을 기울이고 있었다.

"먼 길을 오셨는데 대접할 게 이것뿐입니다."

상관가주가 차를 권했다.

그는 키가 그리 크지 않다. 보통 사람보다 조금 작다. 하지만 다부진 체격 때문에 작다는 느낌은 들지 않는다.

네모나게 각이 진 얼굴에는 부러질지언정 휘지는 않겠다는 의지가 단호하게 엿보인다.

그의 작은 눈은 약간의 실수도 용납하지 않겠다는 듯 왕신파를 쏘아봤다.

"늙은이라 맛도 잘 모르는데 이 귀한 걸…… 잘 마시겠소이다. 허어! 고거참, 향기롭다.”

왕신파가 다향(茶香)을 음미하며 말했다.

그는 의원이라기보다는 후덕한 옆집 아저씨 같았다. 머리가 반쯤 벗겨져 이마가 넓게 드러났으며, 약간 뚱뚱한 체구는 소박한 성품과 잘 어울렸다.

“전서(傳書)는 읽으셨는지.”

“그러잖아도 내 그것 때문에 부랴부랴 왔소이다. 합안사독이 발견되었다고요?”

“창생원이 간여했다고는 생각하지 않습니다. 하지만 창생원의 독인지라 실례를 무릅쓰고 전서를 드렸지요.”

“이 무슨 황공한 말씀을. 상관가주, 이놈 독이 가주에게 쓰였다면 백번 죽어 마땅하지요. 차도 좋지만 어서 시신을 보고 싶소이다.”

왕신파가 찻잔을 내려놓으며 말했다.

“허허! 그럼 그럴까요?”

상관가주가 일어서자는 손짓을 하며 일어섰다.

두 사람은 방금 내린 차를 입도 대지 않았다.

“허! 허어!”

왕신파를 말을 잇지 못했다.

“합안사독이 맞소이까?”

“맞소이다. 맞소이다. 이놈 독이 틀림없는데…… 허어! 이게…….”

왕신파는 곤혹스럽다는 듯 미간을 찌푸렸다.

"합안사독이 맞는다면, 어찌 된 영문인지 설명을 해주셔야 되겠소이다. 사람이 죽었는데 모른다고는 하지 않으시겠지요."

왕신파는 눈을 감았다.

"가주, 어찌 된 영문인지는 모르나…… 이 왕신파, 하늘을 거스르며 살지는 않았소이다."

"설명이 안 되는군요."

"사람은 태어나면서부터 얼굴을 갖지요. 똑같은 얼굴은 없어요. 쌍둥이는 비슷하지만 똑같지는 않습니다. 독도 마찬가지지요. 독에도 얼굴이 있답니다. 사람마다 취향이라는 것이 있어서 약재를 저울에 재도 어떤 사람은 적게 재고, 어떤 사람은 많게 재지요. 똑같은 처방으로 약재를 지어도 각기 다른 얼굴을 갖게 되는 까닭이지요."

"누가 만든 독인지 알겠다는 말로 들리는군요."

"내 소림(少林) 방장(方丈)의 목을 걸고 약속하리라. 독을 만든 자가 누구인지 꼭 밝혀내겠소. 하지만 시간을 주셔야겠소이다. 어느 놈이 만든 것인지 일일이 뒤적여야 되니…… 한 달 정도는 주셔야겠군요."

"방금 소림 방장이라고 하셨습니까?"

"오랜 지우(知友)지요. 목 하나쯤은 내줄 거외다."

상관가주의 미간이 좁혀졌다.

소림은 무림의 태산북두(泰山北斗)다.

어느 누가 감히 소림 방장의 목을 담보로 잡을 수 있을까.

왕신파의 말인즉, 알아서 할 테니 찍소리 말고 있으라는 뜻이다. 한 달의 여유를 달라고? 그때 가서 노력은 했지만 알아내지 못했다고 하면 할 말이 없다.

"하하하! 독은 창생원 것인데 소림 방장이 목을 걸 이유가 없지요. 내 무류를 믿겠소이다. 약속대로 한 달. 그때까지는 이놈들, 편히 쉬지 못하겠군요."

장례를 치르지 않겠다는 뜻이다. 끝까지 물고 늘어질 테니, 꼭 해결하라는 말이다. 무류를 믿겠다는 말은 약속을 어길 시, 무류에게 책임을 묻겠다는 의지의 표현이다.

왕신파는 시신을 뚫어지게 쳐다보며 말했다.

"허어! 그것참…… 어떤 고연 놈이……."

무림에서 살다 보면 많은 죽음을 본다. 가족이나 수하들의 죽음도 피할 수 없다. 무림에서 산다는 건 언제 어느 때든 싸움을 하겠다는 뜻이니 죽음은 늘 곁에 있다고 봐야 한다.

죽음에는 분노가 깃든다. 어떤 죽음이든, 설혹 그것이 당연하다 싶은 죽음일지라도 분노는 치민다. 화가 머리끝까지 치밀 경우도 있고, 복수를 다짐하기도 한다.

하나 어떤 죽음에는 바들바들 치를 떨면서도 모른 척해야 할 때가 있다.

상관세가에서 당한 수하들의 죽음이 그렇다.

창생원에서 나온 독이고, 열한 명이나 되는 사람이 죽었지만 무류 왕신파의 입장을 생각해서 모른 척 덮고 넘어갔어야 한다.

상관가주도 그 정도는 안다.

왕신파가 한 달이라는 기한을 달라고 했지만 결국은 아무것도 내놓지 않을 것이다.

흉수를 뒤지다 보면 제자들 중에 한 명이 나올 텐데, 순순히 내놓겠는가.

나름대로 징치는 가하겠지만 상관세가에 건네주지는 않는다.

그때 왕신파를 용서해도 늦지 않다. 온갖 생색을 내가며 놓아줘도 된다.

왕신파에게는 빚이 남는다.

아무도 모르는 일이 아니다. 전 무림이 안다. 왕신파의 독에 상관세가의 수하들이 죽었지만 용서해 주었다는 사실을 알게 된다. 원래 무림이란 비밀이 존재하지 않는 곳이니까.

굳이 상관세가에서 말을 퍼뜨릴 필요도 없다. 입을 꼭 봉해 놔도 결국은 누군가의 입에서 새어나갈 것이고, 며칠 지나지 않아서 전 무림이 알게 된다.

상관세가는 왕신파에게 우호적인 빚을 남겨놓으니…… 언젠가 긴요하게 쓸 날이 올 게다.

"이것으로 된 거야."

상관가주는 정문을 나서는 왕신파를 보면서 옅은 웃음을 지었다.

왕신파는 씁쓸한 마음으로 상관세가를 나섰다.

시신을 보고 단번에 알았다. 독을 만들어도 어찌 그리 못나게 만들었는지. '내가 만들었소' 하고 떠들고 다니는 것과 똑같은 짓을 해놓고 발 뻗고 잠이 오는지.

국화황련(菊花黃連:개불주머니)을 너무 썼다.

국화황련을 잘 쓰는 놈이라면…….

"허! 고연 놈……!"

왕신파는 상관세가의 높은 문턱을 나서며 제자의 얼굴을 떠올렸다.

여인의 몸이면서 상당한 재주를 지녔다. 모르는 약초라도 생김새와 냄새만 맡으면 쓰임새를 알아낸다. 의원으로서 대성할 수 있는 자질이다.

성격도 침착하다. 사지가 절단된 환자를 앞에 놓고도 침착하게 정리해 나간다. 고래고래 고함을 지르거나 있는 욕, 없는 욕 모두 퍼부어도 마이동풍(馬耳東風), 제 할 일을 꿋꿋이 한다.

투지도 있다. 모두가 포기한 병을 악착같이 물고 늘어진 게 한두 번 아니다. 결국은 졌지만 언젠가는 이길 것이라며 악착같이 달라붙는다.

의원은 모름지기 그래야 한다.

사람을 긍휼히 여기는 마음도 크다.

은자 몇 푼이라도 생기면 없는 사람을 위해서 기꺼이 내놓는다. 전낭 자체를 지니지 않았으니 차 한 잔, 떡 하나 사 먹지 못한다. 그러면서도 환히 웃는다.

"허어! 고연 놈!"

왕신파의 입에서는 같은 말만 튀어나왔다.

그녀가 어찌하여 상관세가에 독을 썼을까? 합안사독을 썼다면 아주 은밀히 그러면서 아주 짧은 순간에 목숨을 취하려는 것이었는데…… 그럴 이유가 뭐였을까?

왕신파는 눈에 보이는 것만 보지 않았다.

그녀에게도 어떤 사정이 있을 것이다. 그 사정까지 들어본 이후, 판단을 내릴 생각이다.

어떤 연유에서든 합안사독을 창생원 밖에서 썼다는 것은 의원의 길을 버리고 무림에 뛰어들었다는 뜻이니까.

뚜벅! 뚜벅!

한 걸음, 한 걸음이 무겁다.

따각, 따각……!

반대쪽에서 다가오는 마차도 느리다.

"허어!"

왕신파는 또 한 번 한숨을 내쉬었다.

이번에는 합안사독 때문이 아니다. 마차 때문이다. 요즘 세상이 미친 겐가? 벌건 대낮에 길을 가면서 정사를 즐기는 것들이 있다니, 도대체 세상이 어찌 되려고…….

마차 안은 조용하다. 아무 소리도 나지 않는다. 하나 그렇다고 모르는 게 아니다. 정사를 벌이면 특이한 냄새를 풍긴다.

땀과 체액이 혼합된 독특한 냄새가 난다.

왕신파같이 냄새란 냄새는 모두 맡아본 사람에게 정사의 냄새가 맡아지지 않을 리 없다.

왕신파는 혀를 끌끌 차며 마차를 지나쳤다. 그러나 그는 더이상 움직이지 못했다. 몸이 땅에 달라붙은 듯 꼼짝도 하지 못했다.

'이, 이건! 이건!'

마차 뒤에 수십 필의 말이 따라온다.

백색 무복을 입은 무인들이다. 어깨를 딱 펴고 보무도 당당하게 다가온다.

왕신파는 그들을 보지 않았다. 말 위에 앉아 있는 사람들이 아니라 엎어져 있는 사람들을 봤다.

장작개비처럼 딱딱한 시체들.

'트, 틀림없어! 화, 환희…… 환희밀공! 환희밀공이야!'

왕신파의 얼굴빛은 새파랗게 질려갔다.

"이자가 루검비냐?"

정문을 통과하기 무섭게 삼숙(三淑) 상관흘(上官屹)이 앞을 가로막았다.

"그렇습니다."

상관외는 마차에서 나와 포권지례를 취했다.

"데려가겠다."

가타부타 긴말이 없다.

"그러십시오."

상관외도 이유를 묻지 않았다. 용검대의 입장에서는 직접 처리하는 것이 당연하지만 입도 벙긋하지 않았다.

상관흘은 형옥(刑獄)을 맡고 있다.

죄인은 그의 소관인 것이다.

"조카님, 죽은 자들은 내게 맡기시게."

사숙 상관교가 수하들의 시신을 가로챘다.

"그러시지요."

이번에도 상관외는 순순히 내주었다.

삼숙이나 사숙이나 독자적으로 일을 행할 배포는 없는 사람들이다. 두 분은 철저히 아버지의 꼭두각시에 지나지 않는다. 그들이 어떤 일을 벌였다면 그건 아버지의 명이다.

상관외는 또 다른 말을 기다렸다.

허나 더 이상의 요구는 없었다. 사숙은 수하들의 시신을 인계해 갔고, 삼숙은 반쯤 송장이 된 루검비를 데려갔다.

"그래도…… 그대는 남겨두는군."

상관외가 교주를 쳐다보며 말했다.

디디딩! 디디디딩! 투웅! 투우웅!

온갖 악기 소리가 한데 버무려져 밤하늘에 퍼져 나갔다.

"그만 돌아가겠습니다."

풍위가 얼큰하게 취한 얼굴로 말했다.

"아니, 아니. 좀 더 즐기자고. 하룻밤 정도는 밝혀야 되는 것 아닌가. 칼질을 했으면 술로 씻어내야 하는 거야."

"하룻밤이 아니니 드리는 말입니다. 벌써 사흘째입니다. 이제는 한 방울도 더 못 마시겠습니다."

"사흘? 벌써 그렇게 되었나?"

"네. 사흘입니다. 속하들을 죽일 심산이 아니시라면 이만 돌아가 쉬겠습니다."

정옥성이 말했다.

"그렇군. 사흘이 지났군. 후후! 후후후! 그럼 나도 쉬어야지. 내 것 어디 있어. 내 것 어디다 뒀더라?"

상관외는 몸도 가누지 못할 만큼 취해서 교주를 찾았다.

상관외는 별채로 들어섰다.

교주는 사흘 전부터 별채에 거주하고 있었다. 상관세가의 들어오는 즉시 연못이 있는 별채에 들어와 편히 쉬었다.

상관외는 교주가 기거하는 방을 힐끗 쳐다본 후 어깨를 부축하고 있는 풍위를 살며시 밀쳐 냈다.

"됐다. 어디 있느냐?"

그의 음성은 낭랑했다. 조금도 취한 기색이 엿보이지 않았다.

"안에. 어쩔 수 없이 교주와 함께 됐습니다만 대화는 하지 못하도록 막아뒀습니다."

상관외는 풍위를 어깨를 톡톡 친 후 방문을 열었다.

안에는 커다란 구렁이 한 마리가 똬리를 틀고 앉아 있었다.

　　살짝 손만 대도 단숨에 삼켜 버리는 무시무시한 구렁이다.
온몸의 정혈을 다 뽑아먹은 후에야 툭 내뱉어 버리는 괴물이
다. 하지만 빨려들고 싶다.
　　'교주.'
　　상관외는 급히 눈을 돌려 다른 자들을 쳐다봤다.
　　네 명, 그들이 왔다. 직접 올 줄 알았다.

　　"이 몸이 구생이외다."
　　구생 갈굉축, 이 시대 최고의 의원. 무류 왕신파와 더불어
의계(醫界)를 주무르는 거물이다.
　　그가 직접 왔다.
　　"보내신 건 살펴보셨는지요?"
　　상관외는 공손히 포권지례를 취하며 말했다.
　　"봤소이다. 죽을 때가 다 되어서 세상사에 흥미를 잃었는
데…… 허허! 염체불구하고 이리 달려왔소이다. 시신을 직접
보고 싶소이다."
　　"잠깐 기다리시지요. 다른 분도 계시니."
　　상관외는 옆 사람에게 눈길을 주었다.
　　"절죽원주 포명봉이올시다."
　　"호, 호리수 서유동…… 인사드립니다."
　　"무, 무수루고……."
　　"부가의인가?"
　　"네, 네."

탈정(奪情)　293

“잘 왔네.”

상관외는 네 사람을 쳐다봤다.

목내이가 되어버린 수하들의 비밀을 밝혀줄 사람이 이렇게 모였다.

돈으로 움직일 수 없는 사람들이다. 각기 다르겠지만 명예나 욕망도 자극할 수 없는 자들이다.

한데 단번에 달려왔다. 시신 조각 하나씩을 보고 즉시 뛰어왔다. 이들이라면 완벽하게는 아니더라도 대충 윤곽은 잡아낼 게다.

“시신을 보기 전에 알아둘 게 있습니다. 먼저 시신은 환희밀공이라는 무공에 당했습니다. 환희밀공은 인법, 지법, 천법을 거쳐야 하며…….”

상관외는 서화에게서 들은 말을 고스란히 전했다.

솔직히 말은 하고 있지만 곧이곧대로 믿지는 않는다. 여섯 살배기 꼬마한테 온갖 고문을 가했다니, 그러고도 살아남았다니. 하기는 루검비란 놈, 옷을 벗겨보니 전신이 상처투성이더만.

지법은 들어가 보지 않아서 모른다? 천법은 무너지고 없다?

모두 밝혀낼 것이다, 모두.

2

‘또…….’

생명은 참으로 끈질기다.

이제 꼼짝없이 죽었다 생각했는데 또 살아났다.

혼절하기 직전의 광경이 주마등처럼 스쳐 갔다. 잔화의 음기를 빼앗고, 무인들을 채양보양 수법으로 죽이면서 자신도 깜짝 놀랄 만큼 강렬한 쾌감을 느꼈다.

성적인 쾌감이 아니다. 온몸에 힘이 무궁무진하게 넘쳤다. 온 세상의 휘어잡을 수 있을 것 같은 패력(覇力)을 감지했다. 아무렇게나 휘두른 검에 용검대 무인들이 쩔쩔맬 때는 이것이 진정한 힘이구나 하는 생각까지 했다.

그것은 분명히 성적인 쾌감과는 전혀 다른 무(武)의 쾌감이었다.

"후웁!"

루검비는 긴 숨을 들이켰다. 그리고 화룡을 일으켜 척추에 곧추세웠다.

환희밀공을 일으킬 준비는 끝났다.

'해도 좋을까?'

당장 음기가 없다. 환희밀공이 운용된다고 해도 수룡의 도움을 받지 못하니 지법에서처럼 극심한 고통을 겪을 게다.

"후웁!"

다시 한 번 큰 숨을 들이켜며 화룡을 강력하게 이끌었다. 순간!

파파파파팟!

전신 요혈이 모조리 터져 나간다. 머리가 깨질 듯이 아프고 손발은 제멋대로 꿈틀댄다.

"크으윽!"

루검비는 신음을 참지 못하고 입 밖으로 토해냈다.

인법에서 분근착골(分筋錯骨)이라는 걸 당해봤다.

힘줄을 잘라야 하나 자르는 효과를 내게끔 침을 박고, 뼈마디는 정말로 분질렀다.

지금도 생생히 생각날 만큼 참으로 지독한 고통이었다.

그때의 고통을 능가한다. 지법에서 당한 고통도 지독했지만 이보다는 덜할 것 같다.

시간이 얼마나 지났을까?

"하아! 하아!"

루검비는 거친 숨을 토해내며 축 늘어졌다.

이제는 정말 손가락 하나 꼼지락거리지 못하겠다.

'저놈…… 저놈이라도 가까이 와주면 좋을 텐데.'

정신이 들 때부터 강력한 양기가 감지되었다.

풍위 정도는 상대도 되지 않는다. 지금까지 숱한 양기를 느껴봤지만 이자처럼 강한 자는 없었다. 그렇다. 용검대주 상관외, 그자보다도 강하다.

도대체 어떤 자이기에 이토록 강한 기운을 가지고 있을까.

그는 가까이 오지 않는다. 죄인을 감시하는 간수처럼 멀찌감치 떨어져서 지켜보기만 한다.

한데…… 이런 걸 보고 기적이라고 하나?

그가 걸어온다.

저벅! 저벅!

그는 손만 뻗으면 닿을 거리까지 거침없이 걸어왔다.

"운공했나?"

음성에서도 강력한 힘이 느껴진다.

네모난 얼굴에 무척 단단해 보이는 체격을 지녔다. 머리에는 흰머리가 듬성듬성 나 있고, 가느다란 눈에서는 비수처럼 날카로운 섬광이 새어 나온다.

그가 말했다.

"네놈…… 상당히 강한 내공을 지녔군. 아직 새파란 애송이인데. 이게 전부 다 다른 사람의 진기겠지?"

말을 듣고 있을 이유가 있나?

쉬익!

손을 뻗었다. 손만 닿으면, 아무 데나 잡기만 하면…….

사내의 양기만 뺄아들이면 이곳에서 벗어나는 건 아주 쉬울 것 같다. 당장 몸만 추스를 수 있다면 어떻게든 빠져나갈 자신이 있다. 그런데,

턱! 타악!

차가운 쇠붙이가 손등을 쳤다.

그도 빨랐지만 상대는 더 빨랐다. 그의 손은 웬만한 저항쯤은 가볍게 젖혀낸다. 혼절하기 직전에 느꼈던 강력한 패력을 심었다. 그러나 상대도 강했다. 그의 패력을 아주 간단한 동작으로 제지시켰다.

"호오! 내 것도 탐나나?"

“……”

“네놈. 혈을 봉하지 않았다. 지금은 몸이 상해서 그런데 몸만 멀쩡하다면 당장에라도 뛰쳐 일어날 수 있어. 네놈을 왜 제압하지 않은 줄 아나?”

“나 정도는 언제든지 눕힐 수 있으니까.”

“그것도 맞는 말이지만 정답은 아냐. 좀 희망적으로 생각하라고. 널 살려줄 수도 있다는 생각은 하지 않았나?”

“살려줄 거요?”

“그럴 수 있지.”

“조건은?”

“역시 영리해. 환희밀공의 구결이 듣고 싶군. 세상에 흡정대법은 많지만 환희밀공처럼 빠르고 즉효(卽效)를 보는 건 없지. 부작용도 전혀 없는 것 같고. 말해주겠나?”

“훗! 후후! 후후후!”

루겸비는 웃었다.

여자만 보면 정신 못 차리는데 그런 걸 알기나 하고 구결을 달라고 하는 걸까? 그렇다면 정말 미친놈이다. 세상 남자들은 모두 먹잇감으로 보이는데 그건 어떻게 참으려고 그럴까.

“안 되겠지? 그럴 줄 알았네. 그냥 돌아가지.”

사내가 일어섰다.

“참! 우리가 이렇게 만난 것도 인연인데 조그만 선물 하나 하지. 마음에 들길 바라네.”

사내는 아무 미련도 없다는 듯 커다란 발걸음 소리를 내며 뇌옥을 빠져나갔다.

　사내는 가지 않았다. 양기가 밖으로 빠져나가더니 위로 올라선다. 그리고 발걸음 소리를 죽인 채 은밀히 다가온다.
　그는 아무 소리도 흘리지 않았다. 느낌도 죽였다. 자객이 목표를 노릴 때처럼 모든 기운을 죽였다.
　완벽한 잠입이다. 딱 하나, 살아 있는 사람이라면 어쩔 수 없이 지녀야만 하는 생기(生氣)만은 어쩌지 못했다. 그리고 지금까지 생기 때문에 암살이나 잠입이 실패한 경우는 전혀 없었다. 아예 거론조차 되지 않았다.
　루검비는 생기를 감지한다.
　느끼고자 해서 느끼는 것이 아니라 자연적으로 느껴진다.
　'뭘 하자고……'
　궁금증은 일다경도 되지 않아서 풀렸다.
　그가 있는 뇌옥에 여인이 들어섰다.
　"어, 어르신이 보내신 서, 서, 선물…… 선물이에요."
　여인에게서 공포가 감지된다. 독사를 앞에 둔 참새처럼 오들오들 떨면서 한 걸음씩 다가온다.
　"사람을 선물로?"
　"오, 옷을 벗을까요?"
　그런가? 여인은 잠자리를 같이하라는 명인 줄 알았나?
　이제야 천장에 숨어 있는 자가 원하는 것을 알았다.
　그는 환희밀공을 보고 싶어한다. 천천히, 세밀히, 모든 부분을 자신의 눈으로 직접 목도하고자 한다.

그래서 어쩌자고? 그럼 환희밀공을 깨닫기라도 한다는 건가?

이제야 인법에서 그토록 은밀하게 구결을 전수해 준 이유를 알겠다.

환희밀공의 구결은 구결을 불러준 여인과 자신밖에 모른다. 이 세상에 딱 두 사람만 안다.

제일 먼저 구결을 알아야 한다. 그래야 혈도 치는 법을 배운다.

두 번째로는 지법의 자세를 익혀야 한다.

그런데 그건 아무것도 아니다. 상대에게 접근하는 방법, 잡는 방법, 가장 편안한 자세, 어렵지만 가능한 자세…… 인간의 모든 행동을 설명해 주는 것에 지나지 않는다.

물론 간공, 상공, 반공도 있다. 한데 그건 구결이 없으면 무용지물이나 마찬가지다.

마지막으로 무공을 수련할 수 있어야 한다.

천년한석으로 만든 석관이 없다면 필요한 음기를 조달할 수 없다.

그렇다고 사마(邪魔)들처럼 실제로 여인을 죽여가며 무공을 수련할 수는 없지 않은가.

천법이 없어졌다.

이제 환희밀공은 대가 끊겼다고 생각해도 과언이 아니다. 이 세상에서 유희성의 진전을 이은 자신이 직접 석관을 만들지 않는 한은 실전(失傳)된 게다.

루검비는 꿈틀거리는 손을 입에 대고 꽉 깨물었다.

"돌아가! 죽기 싫으면. 내 손에 잡히면…… 넌 죽어! 그러니…… 그러니 돌아갓!"

여인이 파랗게 질려 뒷걸음질을 하더니 쪼르르 달려나갔다.

"이따위 선물 원치 않아, 이따위 선물은! 한 번만 더 이따위 것을 선물이라고 내놓으면…… 콱 벽에 머리를 박고 뒈질 터! 만인 앞에서 효수라도 하고 싶으면 건들지 마시오!"

그의 절규가 쩌렁 뇌옥을 울렸다.

상관외에게는 루검비에게 당한 시신이 한 구 있다. 사지가 잘라진 금령의 시신이다.

그녀는 죽은 지 오래되었는데도 깨끗했다. 땅속에까지 묻혔던 사람인데 전혀 썩지 않았다. 저주받은 무공에 당해서 벌레들조차 꼬이지 않는 것일까?

"대단하군."

구생 갈굉촉이 살을 벌려 장기를 들여다봤다.

상관외가 째어놓은 부분이다. 머리끝에서부터 하복부까지 길게 베어놨다.

"장기도 전혀 손상되지 않았고…… 허어! 서장(西藏) 쪽에 가면 환영받을 사람이군. 사람을 단숨에 목내이로 만들어 버렸어."

"온갖 것을 다 보았지만 이런 시신은 처음입니다."

호리수 서유동이 구생의 말을 받았다.

"이건 목내이가 아녜요. 목내이는 이렇게 탄력이 없어요. 만지면 부스러질 것 같죠. 봐요. 이건 탄력이 있지 않습니까."

이 시대 최고의 도굴꾼, 무수루고 부가의가 금령의 가슴을 쿡쿡 찔렀다.

"목내이라면 손톱이 파고들지도 않는데, 이건 눌러지기까지 해요. 목내이라고 할 수 없어요."

"사람이 목내이가 되려면 어떤 경우에서든 물기가 말라야 돼. 피, 체액, 방광에 든 소변까지 모두 빠져나가야 돼. 일시에 빠져나가는 건 있을 수 없지. 오랜 시간을 두고 천천히…… 있는 듯 없는 듯 말라가야 되는데……."

구생 갈굉축은 금령의 전신을 샅샅이 만졌다.

그들에게 금령은 여인이 아니었다. 사람도 아니었다. 흙으로 빚은 도자기나 마찬가지였다.

호리수 서유동이 눈을 빛내며 상관외를 쳐다봤다.

"이렇게 되는 것, 볼 수 없겠습니까?"

"흐음!"

"꼭 보게 해주십시오. 대체로 흡정대법이란 살과 살의 접촉이 있어야 하고, 진기를 끌어올림으로써 신체에 변화가 생기기 마련. 그 정도라도 보아야 뭐라도 건질 수 있지 않겠습니까."

말은 호리수가 했지만 모두가 같은 뜻이었던 듯 일제히 상관외를 쳐다봤다.

금령의 시신을 접한 후, 한마디도 꺼내지 않은 절죽원주 포명봉까지도 상관외에게 부탁의 눈길을 보내왔다.

"보여줄 수 있습니다."

상관외는 어디까지나 공손했다.

"하지만 보고 난 후에도 환희밀공의 무리(武理)와 흡정 경로를 알아내지 못한다면…… 죄송하지만 네 분의 목숨을 받겠습니다."

"그럼 난 안 보죠."

무수루고 부가의가 말이 끝나기 무섭게 빠졌다.

"빠질 분은 언제든지. 나가시면 밖으로 나가는 길을 안내해 드릴 겁니다."

상관외는 시종 차분했다.

이런 말투는 좋지 않다. 감정이 섞인 듯하면서 섞이지 않은 말투는 비정한 사람들의 특징이다.

밖으로 나가면 바로 죽는다.

"생각해 보니 보는 것도 좋을 것 같군요."

무수루고 부가의가 구생의 등 뒤로 숨었다.

천하제일의 현자(賢者)라고 해도 시신만 보고 흡정 경로를 알아낼 수는 없다.

그런 건 처음부터 기대하지 않았다.

그래서 두 여자를 끝까지 데리고 왔다. 교주와 서화.

"삼숙, 루검비를 반 각만 빌려주실 수 없겠습니까?"

"반 각?"

"반 각이면 됩니다. 부끄럽습니다만, 이번 출타 중에 여자 몇 명을 데려왔습니다."

"허허허! 알고 있네. 그게 뭐가 부끄러운 일인가. 금령이 저렇게 되니 자네도 쓸쓸했겠지."

"환희교라고 들어보셨습니까?"

"얼핏 들은 기억은 나네. 정사 제일주의라지? 내 것 네 것 가리지 않고 남녀가 발가벗고 한데 뒹구는."

"제가 데리고 있는 여자가 환희교 교주입니다."

"그런가? 쯧! 어쩌려고?"

상관홀이 짐짓 놀란 척했다.

모두 알고 있으면서. 지금도 일거수일투족을 감시하고 있으면서. 하품을 몇 번 하는지까지 아버지에게 고하고 있으면서.

"교주가 루검비를 만나고 싶어합니다. 물어볼 게 있다고 하나 곧이곧대로 믿을 말은 아니지요. 같은 환희교도였으니 어쩌면 기둥서방 정도 될지도 모르겠다는 생각이 들더군요. 루검비란 자, 몸 하나는 튼실하지 않습니까."

"자네 생각은 알겠네. 숙고해 보지. 곧 연락을 줌세."

상관외는 삼숙의 말이 다른 말로 들렸다.

─음! 가주님께 여쭤보지. 명령이 떨어지는 대로 바로 알려 줌세.

만나도 좋다는 연락이 왔다.

당연하다. 구생 갈굉촉이 시신만 보고 흡정 경로를 유추해내지 못하듯이 백초원 의원들도 시신만 보고는 아무것도 알아내지 못한다. 통천동에서 백날 머리를 싸매고 있어봐야 공염불이다.

흡정 경로는 루검비가 직접 가르쳐 줘야 한다.

물론 루검비가 자신의 입으로 말할 리는 없다. 여섯 살 때 인법을 겪었다는 말은 사실이 아닐 게다. 하나 절반만 꺾어들어도 고문에 굴복할 위인이 아니라는 건 쉽게 짐작된다.

결국 루검비가 직접 흡정을 하고, 흡정 과정을 알아볼 수 있는 자가 지켜보는 수밖에 없는 것이다.

루검비를 만인 앞에 내세워 효수한다면서 아직까지 형옥에 가둬두고 있는 이유도 이 때문이다.

상관외는 즉시 움직이지 않았다.

"알아낸 건?"

"가주님께서 한 번 뇌옥에 들르신 적이 있답니다."

"아버님이?"

"이상한 건 소연(小鳶)이를 대동하셨다고."

"소연이를? 허! 아버님이 소연이를? 하하! 하하하하! 우하하하하!"

상관외는 실컷 웃었다.

이제야 왜 이리 쉽게 허가가 내려졌는지 알겠다.

"소연이는 살아 있고?"

"네."

"후후후! 이거 정말 재미있군. 후후후! 그렇단 말이지. 아버님이 환희밀공에 목을 매셨군. 그토록 원하신단 말이지. 소연이를 들개 먹이로 내놓을 만큼. 그럼 내가 형옥에 갈 필요가 없지. 저 인간들을 들키지 않고 어떻게 데려가나 고민했는데, 의외로 쉽게 풀리는군. 풍위, 넌 지금 곧바로 삼숙을 찾아가서 루검비를 달라고 해. 교주가 몸이 아파서 움직일 수 없다고 하고. 하하하! 삼숙은 알면서도 내줄 수밖에 없을 거야. 하하하!"

오늘은 모든 일이 다 잘될 것 같은 날이다.

귀찮은 것은 네 사람을 은밀한 곳에 숨겨놔야 한다는 거다. 루검비와 교주가 만나는 자리에는 아버님의 심부름꾼이 끼어들 테니까. 어쩌면 아버님이 직접 올지도 모르겠고.

"이곳을 쓸 때가 된 건가?"

그는 별채 바닥을 쳐다봤다.

3

오랜 만에 만났다. 딱 십 년 만에 만났다. 어차피 올해는 만날 예정이었다. 천법 수련이 예정대로 끝났다면 지금쯤 교주와 찻잔을 마주하고 담소라도 나누고 있을 것이다.

뜻하지 않은 굴곡이 생겨서 이제는 보지 못하겠거니 생각했는데.

아버지의 죽음 앞에서 손을 잡아준 사람이 반백이 되어 눈앞에 앉아 있다.

루검비는 무릎을 꿇었다. 두 손을 바닥에 대고 오체투지(五體投地)했다.

"교주님! 오랜만에…… 참으로 오랜만에……."

"검비야."

교주는 어머니가 자식을 부르듯 다정하게 불렀다.

'훅!'

루검비는 부름에 응답하지 못했다.

욕정이 치민다. 어머니 같은 분에게 음심이 생긴다. 이게 사람인가 짐승인가.

교주가 무릎걸음으로 다가와 루검비의 두 손을 잡았다.

"교, 교주님! 아, 안 됩니다! 저, 저는……."

[힘드니?]

전음(傳音)! 뜻밖의 음성!

루검비는 고개를 번쩍 쳐들었다.

교주가 눈앞에 있다. 옛날, 인법을 당하며 사경을 헤매고 있을 적에 하루 한 번씩 구결을 던져 주던 분이 여기 있다. 구결을 알려준 여인이 혹시 교주가 아닐까 했는데 역시 교주였다.

[내 한(恨)을 아니?]

교주가 여전히 전음으로 말했다.

대답을 한답시고 입을 열거나 고개를 끄덕이는 짓 따위는 하지 않았다. 눈만 끔뻑여서 안다는 뜻을 전했다.

환희교는 화녀만으로는 존재하지 못한다. 정랑만 있어서도 안 된다. 반드시 화녀와 정랑이 함께 어울려야 한다.

정랑이 패거리를 지어 못된 짓을 하면, 모두 버리고 뚝 떨어져 나와 새로운 환희교를 만들면 되지 않느냐고들 한다. 교주는 버텼다. 어디서 새롭게 시작하든 똑같은 일이 반복될 뿐이다. 정랑을 통제하지 못하는 한은 악순환만 계속된다.

정랑은 쉽게 왔다가 쉽게 떠나간다.

사내는 뿌리가 아니다. 태생적으로 집착, 소유, 독점욕에서 벗어날 수 없다.

사내가 여러 여인을 거느린다. 하나 여인이 여러 사내를 거느리는 건 눈 뜨고 보지 못한다. 육체, 성교와 관련있는 것은 무조건 독점해야 직성이 풀린다.

그런 사고로는 여인의 자유가 이해될 리 없다.

환희교에 머무는 정랑 중에 쓸모있는 인간은 없다. 그들은 화녀들을 창기로 생각한다. 화녀도 마찬가지다. 입으로는 교리, 자유 운운하지만 마음으로는 자신 스스로 화냥년으로 치부한다.

모두들 인생의 패배자다.

여인은 사내들에게 종속되어 왔다. 그렇기에 자유에 대한 열망도 각별하다. 사내가 환희교를 이끌면 퇴폐적으로 변질될 가능성이 농후하지만 여인이 이끌면 항상 초심을 잃지 않는다.

환희교의 골격은 화녀가 이뤄야 한다. 환희교의 적통을 이어가야 한다.

교세를 확장시키고, 교리 학습을 강화시키고…….

교주는 자신이 하고픈 것을 전혀 하지 못했다. 환희교를 한 낱 창기들의 집합처로 만들고 말았다.

환희교는 다시 태어나야 한다.

[넌 환희교 수문장이지?]

이번에도 눈을 끔벅였다.

한데…… 뭔가 이상하다. 아까까지만 해도 물밀듯이 일어나 던 음심이 깨끗이 사라졌다. 아무 욕념 없이 교주와 대화를 나 눌 수 있다. 세상에 이런 기적이!

[환희교는 없어졌다. 깨끗이 사라졌어. 몇몇은 살겁을 피해 도주했지만, 환희교에 대해서는 입도 벙긋하지 않을 게다. 모 두 잊어라. 이제 환희교도는 없다.]

교주는 환희교의 몰락을 이야기하면서도 포근한 미소를 지 었다.

너무 예쁘다. 아니, 아름답다. 그래, 그렇다. 어릴 적에 보았 던 얼굴이 바로 이 얼굴이다. 어린 마음에도 이분이라면 마음 놓고 몸을 의탁해도 될 것 같았다.

성스러움…… 교주에게서는 성스러움이 풍긴다.

[다시 시작하는 거야, 다시. 루검비! 제사대 교주로서 명한 다. 루검비 수문장! 제오대 교주를 찾아라. 환희교주로 적합한 여인을 구해 교리를 전수하라. 완벽한 환희교를 만들어라.]

루검비는 눈만 끔벅였다.

무슨 소리? 교주를 찾으라니? 무슨 말인지 자세히 설명해 달라는 뜻에서 연속으로 대여섯 번이나 끔뻑였다.

천장에, 벽 뒤에, 기둥 뒤에…… 사방에 눈이 있다. 그들은 모습만 숨겼을 뿐, 자신들이 숨어 있다는 사실조차 숨기지 않았다. 호흡은 컸고, 가끔 옷자락 부스럭거리는 소리도 들렸다.

"검비야."

교주가 입을 열어 말했다.

그러자 정말 기이한 일이 벌어졌다. 방금까지만 해도 고요하던 마음이 들끓는다. 교주를 눕히고 싶다. 마구 탐하고 싶다. 저 입술, 저 가슴, 저…… 아!

[검비야, 똑똑히 들어라. 여기서 네가 살아나갈 방법은 없다. 오직 하나, 가진 걸 모두 내놓고 버려지는 것뿐. 껍데기만 남겨놓고 꼭꼭 숨어라. 숨어 살아라. 교를 일으켜도 세상에 드러내지는 말아라. 만인이 공유할 신(神)이 아니니.]

'이게 무슨 귀신 곡할……'

전음을 들으면 마음이 평화로워지고, 입을 열어 말하면 욕정이 생긴다.

무슨 조화인지는 모르지만 환희밀공의 비밀을 또 하나 알았다.

[명심해라. 정신이 드는 순간 넌 아무것도 가진 게 없을 것이니. 그래도 환희밀공을 믿어라. 환희밀공이 널 영원히 지켜줄 것이다.]

루검비는 즉시 눈을 끔뻑였다.

"검비야, 어째서 잔화를 죽였니? 환희밀공을 왜 그런 데다

쓴 거야? 넌 무슨 생각으로……."

교주가 말을 했다. 그것도 아양 섞인 콧소리까지 흘렸다.

루검비는 교주의 말을 끝까지 듣지 못했다.

"이이……!"

참을 수 없다. 미치겠다.

그는 교주를 밀어뜨렸고, 확 달려들어 가녀린 동체를 껴안았다.

회음혈에서 수십 마리의 화룡이 일어나 온몸을 휘젓는다.

단연코 이런 적은 없었다. 언제나 한 마리만 일어났었다. 자신의 몸에 화룡이 수십 마리나 있다는 것을 지금에야 알았다.

"허억!"

황급히 음기를 취하기 위해 손을 놀렸다.

타혈…… 타혈…… 타혈해야 음기를 얻는다.

하나 루검비는 혈을 치지 못하고 땀만 뻘뻘 흘렸다. 어찌 된게 손가락 하나 까딱하지 못하겠다.

어느새 마혈(麻穴)을 제압당했다.

미치고 환장하겠다. 화룡이 요동을 치는데 몸은 꼼짝도 하지 않는다. 교주가 들뜬 신음을 토하고 있으니 더욱 미치겠다.

아니다. 그는 부지런히 움직이고 있었다. 숨어서 지켜보는 사람들에게는 아주 격렬하게 여체를 탐하는 색마처럼 보였다.

교주의 손이 밑으로 미끄러지더니 하물을 움켜잡았다.

'아아! 교주!'

이제야 알았다. 교주는 환희교에 언제 어느 때든 환희밀공을 깨뜨릴 사람이 있다고 했다. 루검비가 아무리 강해져도 손가락 하나로 죽일 수 있는 사람이 있다고 했다. 수문장이 되기 싫다고 도주하면 지옥 끝까지라도 쫓아가 죽이겠다고 장담했다.

그 여자가 교주다.

교주의 수룡은 환희밀공과는 극성이다. 그녀는 거대한 바다요, 자신은 조그만 모닥불이다.

"검비, 나 못 참겠어."

교주가 치마를 걷었다. 그리고 루검비를 이끌어 비밀의 문을 열게 했다.

"학! 아아아……!"

난생처음 느껴보는 쾌감.

음기를 빼앗지 못했다. 태어나서 처음으로 여체를 접했다. 진짜 성교가 무엇인지 알았다. 동정(童貞)이…… 동정이 깨지고 말았다.

"아아! 아아아!"

루검비는 짐승처럼 울부짖었다.

쾌감은 또 다른 쾌감을 불러왔다.

더욱 강하게, 더더더 강하게…… 그의 몸은 파도처럼 쉴 새 없이 움직였다.

'안 돼! 이건 아냐. 안 돼!'

저항은 통하지 않는다. 그의 몸은 쾌락에 순응했고, 지법에서 본 백팔십 가지 그림을 떠올리며 교주를 희롱하기 시작했다. 능숙할 대로 능숙해진 자세들 아닌가.

  '저것들!'
  상관외는 처음으로 질투라는 감정을 느꼈다.
  원래는 서화를 안길 셈이었다. 루검비를 잡았고, 교주까지
손에 넣은 이상 서화는 아무 짝에도 쓸모없는 존재였다.
  교주가 특별히 부탁을 해오지 않았다면 지금쯤 루검비와 뒹
굴고 있는 여자는 그녀였으리라.

  "검비는 날 못 죽여요. 하지만 서화는 촌각 만에 죽을 거예요.
서화가 얼마나 버틸 수 있다고 생각해요? 그 짧은 틈에 흡정 과정
을 살필 수 있어요?"
  "못 말릴 자신감이군."
  "자신이 아니라 사실이에요. 루검비는 수문장, 난 교주예요. 교
주가 수문장 하나 다루지 못한다면 말이 안 되죠. 세상에는 음양
이 존재해요. 환희밀공은 양, 저는 음. 제게는 환희밀공을 제압할
비기가 있어요. 그러니 믿어봐요."
  "무공을 익혔는가?"
  "정확히 말하면 특이한 방중술이죠."

  두 가지 생각을 했다.
  교주의 말이 사실이라면 환희밀공을 세세히 살필 수 있는
좋은 기회다. 교주의 말이 거짓이라면 교주는 죽는다. 음기가

빨려 목내이가 된다. 이것도 좋다. 이렇게라도 해서 교주를 떼어내야 한다. 교주가 옆에 붙어 있는 한, 중원을 향해 뻗어나가고자 하는 야망은 물거품이 된다.

상관외는 독한 마음으로 교주를 밀어 넣었다, 질투에 몸을 떨게 될 줄은 꿈에도 모르고.

그때다! 한참 운우지락에 젖어 있던 두 사람에게 기묘한 변화가 생겼다.

루검비가 교주에게서 빠져나오려고 발버둥 친다. 거미줄에 걸린 나방처럼 안간 힘을 다해 푸드덕거린다. 상반신을 일으키는가 하면 두 손을 옆으로 뻗어 기어나가려고도 한다.

아주 이상한 상황이다. 지금쯤 환희밀공을 펼쳐 음기를 빨아야 할 루검비가 오히려 벗어나지 못해 쩔쩔매다니!

"아악! 아아아악!"

루검비는 절규까지 터뜨렸다.

뭔가 잘못됐다는 느낌이 왔다.

사마귀의 교미가 떠오르는 건 왜일까? 교미가 끝나면 수컷을 잡아먹는 암사마귀가 생각나는 것은 우연일까?

동충하초(冬蟲夏草)라는 버섯이 있다. 누에의 살을 파먹고 자라는 버섯이다. 결국 누에는 죽고 버섯만 남는다. 승자는 버섯이다. 그런데 그게 끝이 아니다. 동충하초는 인간에게 먹힌다. 최종 승자는 인간인 셈이다.

빨려 나간다. 마지막 한 방울까지 남김없이 빨려 나간다.

가짜 수룡만 맛본 화룡은 절대로 진짜 수룡을 만나서는 안 된다.

지금까지는 잘해왔다. 음심이 들어 여인을 덮쳐도 합궁에 이르기 전에 가짜 수룡을 먼저 만나곤 했다.

음기를 빼앗고, 여인은 죽고…….

언제나 같은 일이 반복되었다. 환희밀공은 한 번도 믿음을 배반하지 않았다.

지금은 다르다. 진짜 수룡과 만나자 미련없이 빠져나간다. 꼬리치는 여자를 졸래졸래 따라간다. 그리고는 돌아오지 않는다.

"커억! 커억!"

루검비는 급하게 숨을 들이켰다.

가슴이 답답하다. 숨이 막힌다. 숨을 쉴 수가 없다. 머리는 어질어실한데, 화룡은 계속 빠져나간다.

수룡…… 놈도 참 지독하다. 온몸을 뒤져 꼭꼭 숨어 있는 새끼 화룡까지 모조리 끌어간다.

서화가 이런 고통을 당했다. 금령이 이렇게 죽었고, 수두화와 잔화도 이런 아픔 속에서 죽었다.

생기를 빨린다는 게 이런 것이다.

자신은 그녀들의 음기를 빨고, 교주는 자신을 먹고…… 결국 최종 승자는 교주다.

[검비.]

교주가 전음을 보내왔다.

[이제 여한이 없다. 이로써 환희밀공은 완성된 것…… 청음산(淸陰山) 쌍괴목(雙槐木)에 교리가 있으니, 찾아서 제대로 습득해라. 그리고 꼭 제오대 교주를 찾아 전하거라.]

교주는 정녕 이해할 수 없는 소리를 했다.

생기가 모두 빨려 나가 죽기 직전인데 오히려 환희밀공을 완성했다니. 그리고 유언이나 다름없는 말을 하다니.

[검비야, 세상에 나가면 딱 하나만 해라.]

'뭘 하라는 겁니까?'

마음속 물음이다. 그는 입을 열 기력조차 남지 않았다.

[즐겨라. 이거. 성교를 즐기도록 해. 사랑하는 마음을 듬뿍 담고. 싸움도 즐기고…… 사는 걸 즐겨.]

'즐기면 강해지기라도 한답니까?'

[살아남을 수는 있을 거야. 살아남지 못하더라도 즐기면서 산 인생이니 후회는 없겠지. 즐기거라. 즐기면서 살아.]

교주가 루검비에게 해준 마지막 말이었다.

펴엉!

알맹이가 쏙 빠진 루검비는 허깨비에 불과했다. 가볍게 내친 장력에도 데구르르 굴러가 축 늘어졌다.

"호호호호호!"

교주가 깔깔거리며 일어섰다.

"아이들아! 구경 다 했으면 나와야지? 정인군자인 척하며 숨어서 비결을 훔치려는 좁쌀들. 호호호!"

숨어 있던 사람들이 한 명, 두 명 모습을 드러냈다.

작고 단단한 체구의 상관가주를 비롯하여, 일숙, 이숙, 삼숙, 사숙 모두 나타났다. 그들이 나타나니 상관외도 나올 수밖에 없었다. 풍위도, 정옥성도 몸을 드러냈다.

별채에는 의외로 많은 사람들이 숨어 있었다.

"루검비만 흡정대법을 연마한 줄 알았더니…… 넌 참 운이 좋구나. 흡정대법을 연마한 여자와 나뒹굴어도 멀쩡하고. 아니면 빨아먹을 게 시원치 않았나?"

상관가주가 비웃음 섞인 농을 건넸다.

상관외는 아무 대꾸도 하지 못했다.

교주가…… 교주가…… 루검비의 정혈을 빨아먹었다. 루검비를 목내이로 만들어 버렸다.

"호호호! 이 누님은 시간이 없어서. 나중에 보자!"

쉬이익!

교주가 신형을 날렸다.

그녀는 지금까지 보아왔던 정숙한 여인이 아니었다. 음탕하고 간악한 여인의 표본이었다. 백치처럼 순종적이던 여인이 이럴 수 있는가. 정사밖에 모르던 여자였는데.

"어딜!"

삼숙 상관흘이 앞을 가로막았다.

쒜엑! 퍼엉!

교주의 무공은 상상외로 높았다. 루검비의 정혈을 모두 취한 터라 파괴력도 가공스러웠다.

쒜엑! 쒜에엑!

교주는 맹렬히 삼숙을 공격했고, 삼숙은 즉시 응대했다.

교주가 사용하는 무공은 응조공(鷹爪功)이다. 삼숙은 매화수(梅花手)를 썼다. 매의 발톱이 삼숙을 갈기갈기 찢어발기려는 찰나에 꽃잎 다섯 개가 화려하게 일어나더니 응조공을 감쌌다.

퍽! 퍽퍽퍽퍽퍽……!

교주는 열다섯 번이나 격타당했다.

적진(敵陣), 한 명도 이기기 어려운데 수십 명. 결국은 죽을 수밖에 없을 것.

교주가 내린 판단이다.

그녀는 살기를 듬뿍 담아 응조공을 펼침으로써 매화수를 이끌어냈다. 그리고 육신으로 부딪쳤다.

교주는 훨훨 날아가 벽에 부딪친 다음 화병을 깨뜨리며 굴러떨어졌다.

삼숙이 다가가 교주의 맥을 잡았다.

"이런! 즉사…… 입니다."

삼숙은 민망한 듯 고개를 들지 못했다.

"쯧! 아깝게 됐군. 하지만 볼 건 다 봤고, 아직 한 놈이 살아 있잖아? 그놈은 어떤가?"

"이놈은 아직 숨이 붙어 있습니다."

사숙이 루검비의 맥을 살피며 말했다.

루검비는 껍데기만 남은 상태였다. 단단하던 몸이 푹 꺼지면서 허물만 남았다고 할까? 그가 죽는 것은 시간문제다.

"그놈은 내 방으로 데려오게. 죽기 전에 몇 마디는 물어볼 수 있겠지."

상관가주는 상관외를 힐끔 쳐다본 후 별채를 나섰다.

상관외는 한마디도 하지 못했다. 멍하니 정신을 놓고 죽은 교주만 쳐다봤다.

'이런…… 이런 개 같은 일이…….'

그는 두 주먹을 으스러지게 움켜쥐었다.

『환희밀공』 3권으로 계속…

絶代
君臨

절대군림

장영훈 新무협 판타지 소설

문피아 골든베스트 1위, 선호작 베스트 1위

「고표무적」, 「일도양단」, 「마도겁패」에 이은 장영훈의 네 번째 강호이야기.

절대군림

"왜 나를 선택했지?"
"당신은 좋은 어른이니까."

호북 제패를 시작으로 적이건의 강호 제패가 시작된다.

"비록 아버지의 강호가 옳다 해도, 난 어머니의 강호에서 살 거야.
아버지의 강호는 너무… 고리타분하거든."

왼손에는 군자검을, 오른손에는 지옥도를 든 천하제일과일상
행운유수의 장남 적이건. 그의 유쾌하고 신나는 강호제패기

"문파를 세울 거야. 이 강호에서 가장 강하고 멋진."

뿌리를 찾아가는 목동 파소의 여행.
그 여정의 끝에서
검 든 자들의 고향 대무천향(大武天鄕)을 만난다.

검객 단보, 그는 노래했다.

…모든 검 든 자들의 고향 무천향.
한 초식의 검에 잠든 용이 깨어나고, 또 한 초식의 검에 잠든 바다가 일어나네.
검의 흐름을 따라가다 보면 어느새, 세월도 잊어버리고, 사랑도 잊어버리고,
무공도 잊어버려…….
결국에는 자신조차 잊어버리는…….

은하의 가장 밝은 빛이 되어버린다는
그 무성(武星)들의 대지(大地).

아, 대무천향(大武天鄕)이여!

閻王眞武
염왕진무

김석진 新무협 판타지 소설

"그, 그럼 어디서 오셨습니까?"
무심하게 고개를 돌리며 진무가 속삭이듯 말했다.

…… 지옥에서.

인간이라면 절대 익힐 수 없다는 강호삼대불가득!
그것에 얽힌 비사를 풀기 위해 그가 강호로 나섰다!
피처럼 붉은 무적의 강기, 혼돈혈애를 전신에 두르고
수라격체술과 염왕보로 천하를 질타하는 쾌남아, 진무!
염왕의 진실한 무학을 발현하여 무림삼패세와 고금십대천병을
이겨내고 속세의 악업을 심판하는 진정한 염왕이 되어라!

이제 강호는 진무의
일거수일투족에 열광한다!

유행이 아닌 자유추구 -
WWW.chungeoram.com
Book Publishing CHUNGEORAM

絶代
君臨

절대군림

장영훈 新무협 판타지 소설

문피아 골든베스트 1위, 선호작 베스트 1위

「보표무적」, 「일도양단」, 「마도쟁패」에 이은 장영훈의 네 번째 강호이야기.

절대군림

"왜 나를 선택했지?"
"당신은 좋은 어른이니까."

호북 제패를 시작으로 적어건의 강호 제패가 시작된다.

"비록 아버지의 강호가 옳다 해도, 난 어머니의 강호에서 살 거야.
아버지의 강호는 너무… 고리타분하거든."

왼손에는 군자검을, 오른손에는 지옥도를 든 천하제일 과일상 행운유수의 장남 적이건.
그의 유쾌하고 신나는 강호제패기

"문파를 세울 거야. 이 강호에서 가장 강하고 멋진."